裏切りの戦場
SAS部隊イエメン暗殺作戦
〔上〕

クリス・ライアン
石田享　訳

竹書房文庫

裏切りの戦場　ＳＡＳ部隊イエメン暗殺作戦〔上〕

主な登場人物

ダニー・ブラック……………………イギリス陸軍特殊空挺部隊（SAS）パトロール隊員。

クララ・マクラウド…………………医師。ダニーの恋人。

スパッド・グローヴァー……………SAS連隊員。ダニーの相棒。

アブ・ライード………………………イスラム教指導者。

サリム・ガライド……………………ソマリ移民。爆破テロの実行犯。

ジャマル・ファルール………………パキスタン人。爆破テロの実行犯。

タスミン・カーン……………………爆破テロの実行犯。

アル・シクリティ……………………サウジアラビアの富豪。

ハムザ…………………………………イエメン人の教師。CIAの情報屋。

ヒューゴー・バッキンガム…………MI6の情報部員。〈ハマーストーン〉のメンバー。

ヴィクトリア・アトキンソン………MI5の情報部員。〈ハマーストーン〉のメンバー。

ピアーズ・チェンバレン……………SASの元将校。〈ハマーストーン〉のメンバー。

ハリソン・マドックス………………CIAの連絡担当。〈ハマーストーン〉のメンバー。

テッサ・ゴーマン……………………英国内相。〈ハマーストーン〉最高責任者。

リプリー………………………………SAS連隊員。

バーカー………………………………SAS連隊員。

レイ・ハモンド………………………SAS連隊作戦担当将校。

ジョニー・カートライト……………第22SAS連隊連隊長。

フランク・フレッチャー……………パディントン・グリーン警察署警部補。

カイル・ブラック……………………ダニーの兄。

蛇の生殺しは人を嚙《か》む

――日本のことわざ

プロローグ

その男たちはメルセデス・ベンツに乗っていた。

といってもＷ１２３という三〇年も前の旧式モデルで、ずっとミニキャブとして使われていたものだ。いまもルーフにタクシーランプを載せていた痕跡《こんせき》が残っている。土砂降りの雨の中、慎重に運転しているかぎり、こんなポンコツをわざわざ停《と》めて車内を調べようなんて警官はいない。

ハンドルを握っているのはジャマルという男だ。ごくふつうの茶色のズボンにしわ一つないチェックのワイシャツを着込み、襟元のボタンだけはずしている。ひげをきれいに剃《そ》りあげ、髪も二日前に刈ったばかりだ。レイバンのサングラスを襟元に引っ掛けている。ジャマルはバックミラーに映る自分の姿を見つめた。まるで珍しい動物でも見るかのように。ひたいに汗が噴き出していた。ヒーターがフル稼働している。

「サリム」ジャマルはついに口を開いた。「いいかげんにしろよ。気が散るだろうが」

サリムはうつむいた。膝に〈英国鉄道《ナショナル・レール》〉のロゴが入った封筒を置いていた。その封筒を左の手のひらでずっと叩《たた》いていたのだ。サリムは言われた通りにした。「そこを左に入れ」

「わかってるよ。ここには何度も来てるんだ」ジャマルは左のウィンカーを点滅させると、バックミラーに目をやってから、テラスハウスが立ち並ぶ通りへベンツを乗り入れた。ヒース・ロードという道路標識。その標識の下の方に、小さな文字で〈ロンドン市サットン特別区〉と記してあった。

ヒース・ロードはゴミ溜《た》めだ。廃屋と化したテラスハウスが並ぶエリアである。不法占拠を防ぐために窓や戸口は鉄板で覆われている。しかし、もぐり込むやつはかならず出てくる。わずかに開いた扉や、煙突からときおり立ち昇る煙が、その証拠だ。しかし、ベンツが向かった先はそんな廃屋ではなかった。ただ、見るからにむさ苦しい家屋ではあった。ゴミ箱からゴミがあふれ出し、玄関前の生垣はずっと手入れされず放置されたままだ。

ジャマルはエンジンを切るとサリムを振り返った。土砂降りの雨が車体を激しく叩き、外はほとんど見えなかった。「おめえが連れて来い」ジャマルは命じた。「おめえはあいつのお気に入りだからな。荷造りを手伝ってやれよ、いいな？」

「このおれはなんだ？」サリムはぶつぶつ言いながら助手席のドアを開けた。「アホのお友達か？」

サリムはジャマルの返事を待たなかった。車の外へ出ると、サイドミラーにちらっと目をやった。サリムはアバクロンビー&フィッチのフード付きジャケットを着ていた。雨よけにそのフードをかぶる。顎《あご》のところに切り傷が二つあった。ひげを剃っているときにこしらえたものだ。ひげ剃りに慣れていないせいだ。サリムは車道から歩道に上がるとすぐさま玄関扉に歩み寄った。ドアベルは壊れているので、ノックした。

ほとんど同時にドアが開いた。

玄関口に現れた若者の顔はまるでお日様のようだった。ダウン症特有の顔つきにもかかわらず、喜びに満面を輝かせている。いや、そうじゃねえ。サリムは胸のうちでつぶやいた。ダウン症だから、こんなに興奮してやがるんだ。いい大人が、子どもみてえによ。

サリムは笑みを浮かべた。「よう、アルフィ！」

アルフィも満面の笑みでこたえた。べとついた黒髪が一筋、顔に降りかかった。運動不足のせいか、ぽっちゃりした丸顔である。アルフィはその黒髪を吹き飛ばすと、くすくす笑った。

「はやいとこ中へ入れてくれないか？」サリムは言った。「ずぶ濡《ぬ》れになっちまうだろ！」

アルフィはニコニコしながら脇へどいた。「入んなよ」いつものように不明瞭な発音で言った。

サリムはその横をすり抜けた。汚れた衣類のすえた臭《にお》いが鼻を突く。ゴミ箱は見ないようにして不快感が顔に出ないよう努めた。暗い廊下をそのまま進むとワンルームがあった。左側に小ぶりのキチネット。右側にシーツがめくれたままのダブルベッドと、イケアの二人掛けのソファが置いてあった。そして片隅にテレビ。ベッドの上に開けっ放しになったスーツケースが一つ載せてあったが、中はからっぽのままだ。畳みかけの衣類が何枚も床に散らばっていた。

「パッキングするところ」アルフィはベッドに歩み寄りながら言った。そして前かがみになると、床の衣類をぎこちない手つきで片っ端から拾い上げて、スーツケースに詰め込んだ。

サリムはキチネットの方へ行った。床のタイルは紅茶の染みだらけだし、流しの下の扉が開いてゴミ入れが覗《のぞ》いていた。サリムはその中に目をやった。ポテトチップスの空き袋であふれかえっている。どれも青色。ウォーカーズのチーズ＆オニオン味の袋だ。どうやら、このポテトチップスがアルフィの主食らしい。

「頼むから急いでくれよ」サリムは声をかけた。「列車は待ってくれねえからな」

そしてアルフィを振り返った。アルフィはまた前かがみになっていたが、衣類の代わりに丸めたポスターに手を伸ばし、それをスーツケースに詰め込みはじめた。

「なんだそれ？」サリムはさりげなく尋ねた。

アルフィは顔を上げると、人を疑うことを知らないあどけない笑みをサリムに向けた。そしてポスターを広げた。それは、ほとんど半裸に近いマイリー・サイラスの写真で、首筋に髪を巻きつけるようにした姿がエロティックだった。「ぼくは彼女と結婚するんだ」アルフィは真顔で言った。

サリムはうなずいた。「そいつはいい。ところで、荷造りを手伝ってやろう。遅れそうだからな」

二分後、スーツケースは満杯になり、マイリー・サイラスのポスターもぺしゃんこの状態で荷物に収まった。サリムはジッパーを閉めるとスーツケースをベッドから持ち上げた。

「ちょっと待って！」アルフィがふいに言った。

サリムは大きく息を吸って気を静めた。

「アノラックがいる」

「なら、はやいとこ着ろよ」

一分後、アルフィはネイビーブルーのアノラックを着込むとフードをかぶって引きひもをしっかり結んだ。サリムとアルフィはフラットを後にした。玄関を施錠するのにまるまる一分を要したが、そのあいだサリムは雨の中で辛抱強く待っていた。アルフィは車道に向き直ると、急に足を止めた。

「ちょっと待って！」アルフィはひたいに深いしわを寄せた。感情をいちいち顔に出すのがこの若者の特徴だった。「やっぱり行けないよ！」アルフィは雨音に負けない大声を上げた。

　サリムは目を閉じた。「どうしてダメなんだ、アルフィ？」苛立《いらだ》ちを抑えて穏やかに問いかける。

「月曜日にソーシャル・ワーカーが来るから」

「月曜日にはここに戻ってるよ。前にも言ったろ、覚えてないのか？　この旅行は内緒にしとくって。そうすれば、ソーシャル・ワーカーに邪魔されることもないしな。月曜日には間違いなく会えるから心配すんなって」

「そうか、そうだったね」アルフィは肩をすくめ、不安そうな表情も消えた。そしてサリムの後を追いかけてベンツまで歩いた。サリムが車のトランクを開ける。すでに小型のスーツケースが二個積んであった。二つとも同タイプのスーツケースでジッパーが南京錠でロックされている。ぎこちない手つきで自分のスーツケースを載せようとしたアルフィを、サリムが押しとどめた。「貸しな、おれがやってやるから」再びあどけない笑みを浮かべたアルフィから大きめのスーツケースを受け取ったサリムは、それを二個の小型スーツケースのすぐ横に押し込んだ。そしてトランクを閉めるとアルフィを振り返った。雨に濡れているにもかかわらずアルフィの興奮ぶりに変わりはなかった。

「さて、行こうか？」サリムは言った。

アルフィが車に乗ると、ジャマルはがぜん多弁になった。ロンドン南部の渋滞ぎみの道路を縫うようにして進みながら、サリムと一緒になって休みなくアルフィに話しかけた。「おめえ、浜辺が好きだろ？」

そう、アルフィは浜辺が大好きなのだ。

「アイスクリームが好きだろ？」

そう、アルフィはアイスクリームが好物なのだ。

「バケツとスコップを買わねえとな？」

アルフィには自信があった。砂のお城なら、この二人の友達よりずっと大きいものをこしらえるぞ。アルフィは暖気でくもったウインドーにその絵を描いてみせた。

そうやって楽しく語り合っているうちにパディントン駅が近づいてきた。一一時半にはウエストウェイを通り抜け、一一時四〇分にエッジウェア・ロード近くのＮＣＲ（英国最大の駐車場チェーン）の駐車場にベンツを乗り入れた。車を停めると、サリムはトランクを開けてアルフィのスーツケースを取り出し、本人に手渡した。サリムとジャマルは小型スーツケースをそれぞれ手にすると、車をロックした。

サリムは腕時計をチェックした。一一時四三分。「あと二五分で発車だぜ」そう言いながらジャマルにチラッと目をやった。ジャマルはうなずいた。「さあ、アルフィ、急ごう」

駅まで五分かかった。サリムは発車案内の表示に目をやった。「七番ホームだ」そう告げると、三人は後手にスーツケースを転がしながら歩き出した。

ホームには改札口があったが、自由に通り抜けられる。制服姿の親切な駅員が三人の切符をチェックしてくれた。「みんなで、どこかいいところへ行くのかね？」

「ハーヴァーフォードウエストへ」サリムが即答した。「ちょっと旅行に」

「天気がよくなるといいね」駅員はアルフィの顔を見てウインクした。「たっぷり楽しんで来なさい」しかしアルフィは屋根にとまった鳩《はと》を見るのに夢中で返事どころではなかった。そこで駅員はサリムとジャマルに向き直った。「カミさんの妹のところにダウン症の子がいてね。愛らしい男の子さ。疑うことを知らない。わかるだろ、わたしの言う意味。ひどい世の中だからね。でも、あんたたちは感心だ、ちゃんと世話しているんだから。立派だよ」

サリムはいかにも誠実そうな表情を浮かべて切符を返してもらった。「コミュニティの仲間だもの。それが近所付き合いってもんだろ？」

「きみたちが乗るのはあの車両だよ」駅員はホームの先を指差した。「G号車の自由席。この次から指定席を取るといいよ。追加料金はいらないから」

「そうしよう」サリムはフードをかぶりながら穏やかに答えた。「この次から」

ホームは混み合っていた。一〇〇人以上はいるだろう。スーツケースを引きずりながらホームを歩くあいだ、アルフィは反対側からやって来る乗降客の一人一人に「こんにちは」とあいさつをしていた。しかしG号車にたどり着くと、ぴたりと足を止めて車両を指差した。アルフィが列車に乗るのはこれが初めてかもしれない。サリムはふとそんなことを思った。とにかく驚くほどの喜びようだった。

三人は車両の扉から五メートル離れたところに立っていた。「おっと、いけねえ」ジャマルはそう言いながら、意味ありげに駅のコンコースを振り返った。「ちょいと用を足してくるわ」

アルフィは戸惑いの色を浮かべた。「用って？」

「トイレさ。我慢しきれなくなって列車の中で漏らしちまったらまずいだろ。すぐに戻ってくるから」

「おれたちはここで待ってるよ」サリムが答えた。

アルフィはひどく心配そうだ。「列車が出ちゃったらどうするの？」

「時間はまだあるから大丈夫」サリムは言った。それでもアルフィが不安そうなので、サリムは付け加えた。「ジャマルが帰ってくるまで待つんだ、アルフィ。それが友達ってもんだろ」

アルフィはうなずいた。自分を恥じているような顔つきだ。「ぼくたち、ここで待ってるからね」

ジャマルがその場を離れた。サリムは腕時計をチェックした。一一時五五分。アルフィに向き直る。

「列車の中で食べるおやつを買ってこようか？」

アルフィは再び心配顔になった。列車に目をやってからサリムを振り返った。「はやく席を取らないと満員になっちゃうよ」

「腹へってねえか？」サリムは重ねて尋ねた。

アルフィは首を振った。

「先は長えぞ。おめえの好物はなんだっけ？」サリムはわずかに目を細めた。「チーズとオニオン味のポテトチップスだったな？　青い袋の？　特大のやつ、買ってきてやろうか？」

アルフィは優柔不断を絵に描いたような顔つきになったが、しばらくするとうなずいた。サリムは心配するなとばかりにその肩に手を置いた。「ほんの二、三分のことだ」そう言いながらアルフィとスーツケースのそばを離れた。「ちゃんと荷物の番をしてろよ」念を押す。「ほったらかしにしたら、駅員にこっぴどく叱られるからな」

叱られると聞かされたとたん、アルフィの緊張は一段と高まった。スーツケースに張り付くようにして立ち、そのハンドルを握りしめた。

サリムはそんなアルフィにウインクした。さっきの駅員みたいに。そして足早にコンコースへ引き返した。プラットホームを抜けるとき、肩越しに振り返った。アノラックのフードをかぶったままのアルフィの顔が人ごみの中にチラッと見えた。

あれだけ強く言っておけば、荷物の側を離れることはまずあるまい。


サリムとジャマルは一一時五九分に、前もって決めておいた雑誌販売チェーン店〈WHスミス〉のすぐ外で落ち合った。ジャマルがようやく口を開いたのは、足早にパディントン駅の構内を後にして、雨の降りしきる通りに出てからだった。「なんだ、あの駅員のオヤジ」ジャマルは吐き捨てるように言った。「薄気味悪い野郎だぜ。妙なゴタク並べやがってよ」

二人は小ぢんまりした石畳の駐車スペースに入った。通行人はおらず、アストンマーチンやBMWといった高級車が数台停めてあった。

「あれ、持って来たな?」サリムは尋ねた。雨音に負けないよう声を張りあげる必要があった。

ジャマルは濡れた手をポケットに入れると携帯電話を取り出した。

「ダイヤルの1を押せ!」サリムは大声で命じた。「そう指示されたろ。それで両方ともオーケーだ」

　ジャマルは不安そうに唇を舐《な》めた。「おまえ、あの人を信用してるのか？」

　サリムはうなずいた。「この命にかけて。といっても別に惜しむような命じゃないけどな」

「あの人はどうしてあんなに自信たっぷりなんだ。おれたちが捕まらないって」ジャマルは尋ねた。「駅のいたるところに監視カメラがあったのに。そりゃ、いつもと違う格好はしてるけど……」

　会話が途切れた。

「おめえ、ビビッてんのか、ジャマル？」サリムは問い返した。声にトゲがあった。「おめえは、みんなが思ってたような人間じゃなかったわけか？」

　ジャマルは不安そうな表情を浮かべただけで返事をしなかった。

　サリムはその上腕をつかむと、もう一方の手で上空を指差した。「ほら」大声で言い放つ。「あそこを見ろ。何が見えるか言ってみろ」

　ジャマルは困惑した表情で空を見上げた。雨粒が顔に降りかかってきたので、思わず瞬きをした。

「さあ、何が見える？」サリムは繰り返し問い詰めた。

「そ……そう言われても」ジャマルは答えた。「見えるのは……雨と……雲だけだ」

サリムは激しくうなずいた。「雲。そのとおりだ。おめえ、雲好きだろ？　曇ってる日が好みだろ？」

ジャマルは首を振った。

「じゃあ、太陽が好きなのか？」

「もちろん」

サリムは軽く舌打ちをした。「おめえの国のパキスタンじゃ、みんな、雲が出るよう祈ってるんだぞ。その理由、知ってるか？」

ジャマルはもう一度首を振った。

「雲が出たら、ドローンが来ねえからだ」

しばらく沈黙が続いた。

「思い上がったイギリス人とアメリカ人どもが勝手に判決を下して死刑を執行してやがるんだぞ」サリムの声は大きかったが、それでも土砂降りの雨音に掻《か》き消されそうだった。「あいつらは罪のない女子どもを平気で殺す。おれたちが反撃できないと思っているからだ。ジャマル、おめえもそう思ってるのか？　反撃する力がないと？」

ジャマルは大きく息を吸い込んだ。「おれはそんなヘタレじゃねえ。そうだろう？」ジャマルは雨に濡れた顔をしかめ、携帯電話を握った手をぶるぶる震わせた。

「じゃあ、やれよ！」サリムは大声で命じた。「いますぐ！　あのウスノロだっていつまでも待っちゃいねえぞ。荷物が放置されていることがわかったら、たちまち警戒されちまう」

ジャマルはギリギリと歯を噛みしめた。その指がダイヤルの1の上をさまよう。

「グズグズするな！」

ジャマルは親指で携帯電話のボタンを押すと、そのまま腕をだらりと垂らした。

アルフィが爆発に気づくことはなかった。

パディントン駅構内に響きわたった雷鳴のような爆発音を耳にすることもなかった。その爆発音は、ウエスト・エンドやシェパーズ・ブッシュやプリムローズ・ヒルの頂上だけでなく、駅から半径三キロメートル圏内のどこにいても聞こえた。

車窓のガラスがこっぱみじんに砕け散り、車体に鋭くとがった金属片が多量に突き刺さる物音も聞くことはなかった。

衝撃波によってG号車の車体が大きくねじまがり、乗客全員が押しつぶされて死んだことも知らなかった。

爆発の瞬間、向かいの番線に入ってきた列車が大破したことにも気づかなかった。

そして爆発の直後、ほんの数秒だが、駅全体が異様に静まり返ったことも知らなかった。

やがて悲鳴が聞こえた。

苦痛を訴える悲鳴。恐怖のあまり発した悲鳴。このような惨劇を目の当たりにした者にしかわからない恐怖。引きちぎられてバラバラになった人体を目前にした恐怖。死んだわが子を抱きかかえる母親たちの恐怖。およそ見るに耐えない光景だった。

もちろんアルフィはそんな惨劇を目にすることもなかった。無残に切断された手足が、コンコースや屋根や地下鉄の駅へ通じる階段にまで吹き飛ばされるところを見ることもなかった。コンクリートや鉄やねじまがった死体の上にペンキのように飛び散った血の色にも気づくことなかった。一〇〇メートル以上離れたところに転がる死体にも。彼らは金属片ではなく、爆風で命を落としたのだ。皮膚が焼けただれて毛細血管がむき出しになったその顔面を見ることもなかった。屋根で羽を休めていた鳥たちが地面にバラバラと落下して死屍累々《ししるいるい》と横たわっていることも。その破損した屋根から雨が漏りだし、プラットホームに濃いピンク色の水たまりをいくつもこしらえていることも知らなかった。

アルフィは何一つ見なかった。爆発の瞬間も、友達を辛抱強く待っていた。週末の旅行に誘ってくれた友達を。すこしでも親切にしてくれる人たちを頭から信用してしまうアルフィは、その友達のことを疑ったりはしなかった。二人の友情に報いるため、友人たちのスーツケースのハンドルをしっかり握りしめて荷物番をしていた。それぞれのスーツケースの中に、二五キロの軍用火薬と、長さ一二センチあまりの鋭い釘《くぎ》をパンパンに詰め込んだビニール袋が入っているとも知らずに。

そう、アルフィは爆心に立っていたのだ。そして、当然のことながら最初の死者となった。

第1部　ハマーストーン屋敷

第1章　深夜の銃撃戦

サウス・ロンドン　月曜日　二三〇〇時

「いってえおれたちを何だと思ってやがるんだ？」スパッド・グローヴァーはつぶやいた。「二四時間営業の錠前屋か？」

ダニー・ブラックはうなり声を漏らすと、ホースフェリー通りの左右に目をやった。高架鉄道のアーチ形の橋脚が一〇〇メートルばかり続くこの裏通り《ミューズ》はそう呼ばれている。ミューズとは馬屋のことだが、馬屋が消滅するとともに、その周囲を取り囲んでいた小路を指すようになったのだ。いかにも上品な響きがするが、実際は大違いだった。アーチ形の橋脚は洞窟のようなスペースを生み出していたが、その中はゴミと色とりどりのどぎつい落書きだらけで、小便の臭いが鼻を突いた。しかし貸し倉庫や職人の作業場に改造されたスペースもあった。ダニーとスパッドはそうした貸し倉庫の前に立っていた。ちょうど裏通りの中央に位置しており、正面の壁はグレイに塗り替えられ、車両の出入り口には赤色のシャッターが下りていた。そして片隅にスチール扉があった。両方とも施錠されている。その貸し倉庫の両側のアーチ形スペースは扉もなく、中は空っぽのままだ。土砂降りの雨音に加え、アーチ内のコンクリート床にこぼれ落ちる雨だれが大きな音を響かせた。アーチとアーチの間には、線路の雨水を地上へ流す金属製の排水管が据え付けてあったが、すっかり錆《さ》びついており、雨量は排水管の処理能力を大幅に上回るものだった。あふれ出した雨水が壁を伝って流れ落ち、排水口の格子《こうし》蓋《ふた》からも水が噴き出していた。

ダニーはその排水管と同じようにずぶ濡れで、不機嫌だった。通常の任務なら輸送機で前線基地に送られて、そこから敵陣深く潜入して活動する。ところがこれは何だ？　つまらないにもほどがある。ダニーとスパッドは半年前にシリアから帰還して以来、これといった任務を命じられていない。

今夜の任務にはほかに二名、リプリーとバーカーというＳＡＳ隊員も参加しており、それぞれホースフェリー・ミューズの両端で見張りに立っていた。ダニーのところからリプリーのくわえているタバコの赤く光る火先がはっきり見えた。リプリーは鉄道の高架橋の向かいに立つ高さ三メートルの塀にもたれていた。その塀のてっぺんには有刺鉄線を蛇腹状《じゃばらじょう》に巻いた鉄条網が張りめぐらしてあった。ヘリフォードにいるときのリプリーはたいていライダー用のレザージャケットを愛用している。オートバイは彼の命で、六、七台所有していた。しかし、今夜の任務にレザージャケットは不向きだった。ライフルを隠せないからだ。リプリーもバーカーもＨＫ４１６（コルト社からＭ４カービンの製造権を買ったヘッケラー＆コッホ社が独自に改造を加えたエンハンスト・カービンと呼ばれるモデル）を所持しているようには見えないが、じつは伸縮自在のスリングに取り付けて肩から吊《つ》るし、バーブアの防水コートの下に忍ばせている。したがって、いざというときにはコートの前をひろげて右腕を突き出せばいいだけだ。パディントン駅での爆弾テロの直後だけに、これくらいの装備は当然だった。

スパッドとダニーはそれほど重装備ではない。ジーンズ姿で、腰のホルスターに挿したシグを隠すためにザ・ノース・フェイスのジャケットをはおっていた。スパッドはひたいのところまで暗視ゴーグルを押し上げている。二人とも防弾チョッキは着用していない。ヘリフォードで話し合って、不要だという結論に達したのだ。現場はラゴス（ナイジェリアの首都）ではなく、ロンドン市内のルイシャム特別区である。派手にドンパチやるような任務とは思えなかった。必要もないのに防弾服《プレート・ハンガー》を装着するようなＳＡＳ隊員はまずいない。

「まったく、おれたちを何だと思ってやがる？」スパッドは愚痴《ぐち》を繰り返した。「二四時間営業の……」

「便利屋くらいにしか思ってないのさ、役人どもは」ダニーは相棒の無駄口を封じた。

「早いとこドアを開けろ。さっさとここから退散したい」

ダニーとリプリーの中間地点、ダニーの位置から三五メートルほど離れたところにグレイのバンが駐車していた。ベッドフォードの使い古したバンで、フェンダーに大きなへこみがあった。ちょうど道路を挟んで高架橋の真向かいに停まっている。ライトをすべて消し、運転席に誰もいない。しかし、その後部の貨物収納スペースには警察の技術班が身を潜めていた。スパッドがロックを解除して危険がないことを確認したら、技術班が貸し倉庫になだれ込み、内部の物品をすべて写真に撮る。そしてランプとか灯油缶のレプリカをこしらえるのだ――盗聴器や監視カメラを仕込めるものなら何でもよかった。つまり、数日したらまたここへ引き返してきて、そうしたレプリカとオリジナルを交換する作業が残っているわけだ。

「あのスティーブン・ホーキングがここに押し込められていようが、そんなことは知ったこっちゃねえ」スパッドは言いつのった。「てめえの影にもおびえるようなバカ役人のために、カレン・マクシェインとこの無礼講《ビスアップ》の飲み会に行きそこねることだけが気がかりなんだよ」

「あきれたもんだな」ダニーは気のない返事をした。

スパッドはダニーを振り返った。「あきれたもんだと？」スパッドは問い返した。「なに言ってやがる。あいつからもらった自撮り写真《セルフィー》のこと知らねえだろ。オッパイ丸出しの！　それに冗談めかしたお誘いのメッセージが添えてあってな……」

ダニーはスパッドが右手に握っている工具を意味ありげに見つめた。それはスナップガンと呼ばれるピッキング用のツールで、昔なつかしい子ども用のポテトガンほどの本体から先のとがった細いブレード状のビットが突き出ている。まず鍵穴にテンション・レンチを差し込んでから、スナップガンのビットを挿入する。そしてハンドルを絞れば、三〇秒もしないうちにシアラインがそろってシリンダーが回転し、開錠する。もちろん使い方を知っていればの話だが、スパッドはピッキングの達人だった。

「なら、グズグズ言ってないで、早いとこ済ませたらどうだ？　そうすりゃ、カレン・マクシェインと思い出に残る夜を過ごすことができるだろ」

　スパッドはダニーを睨《にら》みつけると、鍵穴に向き直った。

　そのとき、耳に差し込んだイヤホン型受信機から声が聞こえた。二〇〇メートル先で非常線を張っている武装警察官からの連絡だ。「青色のパサート（フォルクスワーゲン社が販売している中型乗用車）がホースフェリー・ミューズの北端に接近中。乗員は二名、男一人女一人」

　続いてリプリーの声。「了解」

　その五秒後、まばゆいばかりのヘッドライトで雨粒を照らしながら乗用車が通り過ぎていった。

　ダニーはスパッドに視線を戻した。いつもなら開錠が済んでいる頃合いだが、スナップガンは鍵穴に差し込まれたままだ。スパッドが小声で悪態をついた。ダニーが眉を吊り上げると、スパッドはしかめ面で振り返った。「雨で濡れているせいだ」

にな」

ダニーは笑みを浮かべた。「その鍵穴にも毛が生えてりゃ、もっとヤル気が出たのにな」

スパッドは歯を見せて笑った。「まったくだぜ」二人の間に遠慮はなかった。スパッド・グローヴァーは短軀《たんく》だが、肩幅の広いがっちりした体格で、若い頃のフィル・コリンズによく似ていた。そしていまも女を口説くことにかけては誰よりもマメだった。スパッドはもう一度スナップガンを操作した。一〇秒後、カチッと音がして錠がはずれた。スパッドはスナップガンを引き抜くとそのままダニーに手渡し、暗視ゴーグルを装着した。

ダニーはベルトに固定した無線機のボタンを押すと襟元のマイクに口を向けた。

「これから潜入する」

「了解」さきほどパサートの到来を告げた警官が答えた。「赤色のミニクーパーが南端に接近中」

ダニーはスパッドの顔を見てうなずいた。スパッドはシグを抜いてドアを必要なだけ開けると、倉庫の中に踏み込んだ。

それから三〇秒間、聞こえるのは石畳に打ちつける激しい雨の音と、空っぽのアーチ内にこだます雨だれの音だけだった。ダニーは神経を張りつめながら目の前の裏通りを見渡し、バーカーとリプリーの位置を確認すると、警察の技術班を乗せたベッドフォードのバンに目をやった。連中は緊張しきっているはずだ。同時に、やる気満々でもある。この貸し倉庫で不審な動きがあるとの情報が寄せられたのは数日前のことだ。パディントン爆弾テロの直後であり、この事件につながる手がかりが何か見つかるのではないかと、警察の連中は勇み立ったに違いない。おそらく上層部からの後押しもあったのだろう。いずれにせよ、この隠密作戦を計画したやつは正気とは思えかった。何が起きても責任はそいつが取ることになる。

「みんな、聞いてるか」スパッドの声が受信機から聞こえた。「まず、いい知らせから。ここには赤外線センサーもマット式重量センサー《プレッシャー・パッド》もない。つまり、侵入感知システムは何一つ見当たらない。悪い知らせは、写真に撮るものが何もないってことだ。奥の壁際にパレットが一個置いてあるだけで、レプリカをこしらえられるような物品は皆無。これからパレットの中身をあらためるが、ここで爆弾の材料を見つけるのは、陸の上で魚を釣《つ》るようなもんだぜ」

また警官の声が聞こえた。「黒塗りのキャブが北端に接近中」

ダニーは顔をしかめた。ヘリフォードからロンドンまで引っ張り出されたあげく、このザマだ。典型的な無駄骨である。ダニーは上着の袖でひたいに降りかかる雨水をぬぐうと、技術班のバンに向かって歩き出した。おそらく無駄足だとわかっても自分たちの目で倉庫の内部を確認したいだろう。ダニーはその検分に立ち会う義務があった。まさに骨折り損のくたびれ儲《もう》け。

しかし一〇メートルほど進んだところで足を止めた。受信機からスパッドの声が聞こえたのだ。「おい、こいつはヤバいぜ……」

「どうした？」ダニーはたちまち緊張して問いただした。

「さっきパレットが一個あるって言ったろ？　その上に、おれの膝の高さまで白い粉を詰め込んだ袋が山積みになってる。どうやら粉石鹸《パーシル》じゃなさそうだ」

ほぼ同時に警官の声が聞こえた。「黒塗りのキャブがもう一台、こっちは南端に向かっている」

ダニーは身をこわばらせると、通りの左右に目をやった。

黒塗りのキャブだと？

貸し倉庫しかない鉄道高架下の人けのない通りに二台もタクシーがやって来る理由はなんだ？　真夜中にこんなところで降りる客がいるとは思えないし、まして流しの客を拾うなんてありえない。

つまり、ただのタクシーではない。黒塗りの中古タクシーは政府の情報機関も監視用車両としてよく使うが、それでもなさそうだ。

ダニーは、スパッドが調べている貸し倉庫まで駆け戻ると、ドアの隙間ごしに声をかけた。「おい、本当に侵入感知システムはなかったのか？」

「ひとつもねえよ」スパッドは答えた。その声が倉庫の中にこだました。「とにかく、早いとこ退散しよう、でないと……」

「スパッド」ダニーは相手の発言をさえぎった。「中に入るとき、ドアに封印《シール》がしてあるかどうか確認したか」

沈黙。

続いて「クソッ」とつぶやくスパッドの声が聞こえた。

ダニーは躊躇《ちゅうちょ》しなかった。上着の内ポケットから鉛筆ほどの太さのマグライトを引っ張り出すと、倉庫に踏み込んだ。強烈な白色光で戸口の蝶番《ちょうつがい》を照らしだす。たちまち銀色の切れ端に気づいた——おそらくアルミホイルだろう——懐中電灯の光線を浴びてキラキラ光るそのホイルから細いワイヤーが天井の暗がりに向かって伸びていた。

「カレン・マクシェインのことは忘れろ」そう告げるダニーの声は異様なほど落ち着いていた。「この倉庫の主が誰であれ、すでにこちらへ向かっている」ダニーはホルスターからシグを抜いて給弾《コック》すると、無線のスイッチを入れた。「バーカー、リプリー、もうすぐお客さんがやって来る。黒塗りのキャブが二台。おそらく武装している。ほかの者はただちに退避しろ。繰り返す、ただちに……」

ダニーが指示を伝え終わらないうちにタイヤのきしむ音が聞こえた。

「スパッド！」ダニーは大声で呼びかけた。しかしスパッドはすでに奥の方から駆け寄っており、二メートルほどの距離にいた。暗視ゴーグルをひたいに押し上げ、シグをコックしている。二人は外壁を背にしてうなずくと、すかさず左右に向き直った。

土砂降りの状態が続いていた。お陰で視界がひどく悪かった。ダニーは戸口の側に陣取り、通りの北側に目を向けていた。一方、スパッドは南側をカバーしている。黒塗りのキャブの輪郭がかろうじて判別できる。ヘッドライトのまばゆい光が雨だれを照らし出していた。距離は五〇メートル。ダニーはリプリーの姿を捜した。それらしい姿が見当たらないが、おそらくヘッドライトの強烈な明かりと土砂降りの雨のせいだろう。そこで顔を横に振り向けて闇に強い周辺視野を使った。今度はリプリーのシルエットを捉えることができた。リプリーはベッドフォード・バンのフロント側に移動していた。つまり、ダニーに面した側で、両者の距離は三五メートル。黒塗りのキャブからはまったく見えない位置である。リプリーはバーブアの防水コートを広げると、HK416をかまえた。

ダニーは視野の片隅に、もう一台のキャブを捉えた。ホースフェリー・ミューズの南端に停まったのだ。距離は五〇メートル。これでSAS隊員と警察の技術班はこの通りに閉じ込められたことになる。北側のキャブから人影が降り立つのが見えた。

四名。ブツの隠し場所に侵入者があったことを知り、駆けつけてきた麻薬密売人どもだろう。スパッドの言うとおりだとすると、数百万ポンドの値打ちはありそうだ。この連中は武装している。間違いなかった。

ヘッドライトの明かりは通りを五〇メートルほど照らし、ダニーの視界をさえぎっていた。あのライトをつぶす必要があった。いずれにせよ、弾が飛んできたら、あの連中だってビビるだろう。地面に伏せさせた上で武装解除すればいい。あとは警察の仕事だ。結局、こうやって一働きすることになったわけだ。

このまま倉庫の前にいたら丸見えだ。ダニーは洞窟のような左側のアーチに駆け込んだ。スパッドも同時に動き、右側のアーチに潜り込んだ。三メートルほど中に入ればば闇にまぎれて相手からは見えないが、こちら側からはキャブがよく見えた。距離はおよそ四〇から四五メートル。ダニーは前かがみになってシグを構えると、入念に狙いをつけてから二発立て続けに撃ち込んだ。サプレッサーを装着しているうえ、雨音に掻き消されたため、銃声は軽くノックするような音にしか聞こえなかった。これでは、どの方角から撃たれたか判断のしようがない。

ヘッドライトは粉々に吹き飛び、真っ暗になった。

倉庫の右側のアーチからも銃声が二回聞こえた。スパッドが同じようにシグを使って南端のキャブを狙い撃ち、ヘッドライトを吹き飛ばしたのだ。

ダニーが見ている前で、北側の四つの人影が動いた。キャブのドアを両方とも引き開けると、その後ろに二人ずつ隠れた。ドアを弾除《たまよ》けに使うつもりなのだ。

「地面に伏せろ！」ダニーは雨音に負けないよう大声で命じた。「両手を頭の後ろに回せ！　いますぐ！」激しい口調だったが、息遣《いきづか》いはいつもと変わらず、心拍数にも変化はなかった。ダニーは落ち着きはらっていた。

相手側の一人が耳慣れない言語で何事か言い返してきた。

その直後、いきなり銃撃が始まった。フルオートに切り替えたＡＫ47の発射音に、ＭＡＣ10の銃声がまじる。金属板を撃ちぬく音がはっきりと聞こえた。

まずい。

相手側の銃弾は、技術班が身を潜めているベッドフォード・バンの側面に穴をあけた。ルーフから七センチほど下のところに八つの穴が横並びにきれいに並んだ。しかもその穴から内部の明かりが漏れだしている。その明かりを目にすれば、どんな馬鹿にも人が乗っていることがわかるだろう。

ダニーは無線で連絡した。「技術班、被弾したか？」

不気味な沈黙。しばらくするとようやく、息せき切ってあわてふためいた声がダニーの耳元の受信機に返ってきた。「いや……」ささやくような声。「撃たれていない……われわれは大丈夫だ……でも、これからどうすれば……」

「床に張り付け。できるだけ姿勢を低くするんだ！　スパッド、どうする？」

「技術班の存在を知られちまったわけだろ」スパッドは迷いのない口調で答えた。「武装してバンバン撃ってくる連中に。こうなったら、やり返すしかねえだろう」

ダニーは瞬時に決断した。スパッドの言うとおりだ。技術班は五人。その命が危険にさらされているのだ。

「北側に四人いる」ダニーは確認した。「スパッド、そっちは？」

「南側は三名」

「バーカー、リプリー、姿を見られたか？」

「いいや」二人とも声をそろえた。

北側のキャブの方からふいに呼びかける声が聞こえた。今度は英語だが、強いなまりがあった。「銃を捨てろ。さもねえと、バンに乗ってるお友達が穴だらけになっちまうぞ！」

沈黙。キャブの側で動きがあった。三人が前進してきた。四人目は助手席のドアの後ろに残り、ベッドフォード・バンにライフルの銃口を向けている。

ダニーはシグを構えた。そして、助手席のドアの背後に立つ男の頭に狙いをつけた。ほかの三人がじりじり前に進んでくる。だが、あの銃の持ち方はまるっきり素人だ。あれでは攻撃どころかわが身を守ることすらおぼつかないだろう。しかもバンのフロント側にうずくまっているリプリーにまったく気づいていない。

三人はすでにキャブから五メートルほど離れ、ベッドフォード・バンから一〇メートルの位置にいた。三人は並んで歩いてきたが、そのうち一人だけ、二、三歩前に出た。その男がフルオートで連射したが、それは警告射撃だった。弾は石畳に当たって火花を散らした。

「姿を見せろ！」リーダー格の男がわめいた。

ＳＡＳ側は反応しなかった。

男たちは再び前進を始めた。

やがてバンのすぐ横に並ぶ格好になった。ダニーは依然として助手席のドアの後ろの男に狙いをつけたままだ。

「そっちはどんな具合だ、スパッド？」ダニーは小声で尋ねた。

「まだ車から降りて来ない。これじゃ狙いようがねえ」

北側の三人組は前進を続けた。バンの横を通り過ぎるとき、銃弾の穴から漏れ出した明かりにその姿が浮かび上がった。身体《からだ》がやけに大きく見えたのは防弾服を着用しているせいだった。

ダニーの耳元におびえた声が届いた。技術班のスタッフだ。「どうなっているんだ？」

ダニーは応答しなかった。標的に全神経を集中させていた。この狙撃は難度が高い。

暗くて雨が降っているうえに、距離は五〇メートル。神経を研ぎ澄ませておく必要があったのだ。

三人組はバンのそばを通り過ぎた。すでにリプリーの前方五メートルの位置に来ていた。リプリーは音もなく銃口を振り向けると、三人の後頭部に狙いをつけた。ダニーは自分の狙いがずれていないか再確認してから、命令を発した。

「撃て」

ためらいはなかった。ダニーとスパッドのシグと同じように、リプリーのＨＫ４１６にもサプレッサーが装着してあったので、雨の音も手伝い、銃声はほとんど聞き取れなかった。木製の扉をそっとノックするような音が三回聞こえただけだ。三人組はドミノ倒しのように次々と路上にくずおれた。

その直後、ダニーも発砲した。一発だけ。その銃弾は標的の頭に命中した。男は助手席のドアの後ろに倒れ込んだ。

「どうなった？」技術班から問いかける声。

「伏せてろ！」ダニーは強い口調で命じた。

北側の四名は倒したが、まだ終わったわけではない。南側のキャブにはまだ三人残っているのだ、間違いなく武装した連中が。

その攻撃を予期してリプリーが地面に突っ伏すところを視野の片隅にとらえたダ

ニーは、すかさずアーチの暗がりから反対方向へ身体を振り向けた。これで四名のSAS隊員は残らず南側の脅威に対処できる。仲間が全滅したことに生き残りの三人が気づくのに数秒かかるだろう。事態を悟ったら、取るべき手段は二つに一つ――反撃するか逃走するか。

この三人は反撃する方を選んだ。

ふいに激しい銃撃が始まり、それが五秒ばかり続いた。石畳に銃弾が当たり火花が散った。ベッドフォード・バンのフロントガラスも被弾して砕け散った。技術班の身が心配だったが、リプリーはもっと危険な場所にいた。フロントのすぐ前の路上に張り付いていたのだ。

「撃て」ダニーは命じた。

SAS側の反撃はずっと静かなものだった。われがちに無駄弾を撃ちまくるようなまねはしない。サプレッサーを装着した銃器で標的を正確に狙い撃ちした。ダニーのところから五〇メートル離れた位置に停車したキャブのウインドーは粉々に吹き飛び、車体も穴だらけになった。乗っていた連中に命中したかどうかダニーには確認できなかったが、一部始終を目撃していたバーカーの報告が耳元に届いた。「二名を射殺。もう一名は不明」

「撃ちかたやめ」ダニーは命じた。

発砲音が途切れ、あたりは静まり返った。

南側のキャブに動きはなかった。

雨が降り続いていた。

そのとき突然、黒塗りのキャブの背後から三人目の人影が飛び出した。猛獣におびえて逃げ出す草食動物のように。逃走しながら自分の頭ごしにやみくもに拳銃を撃ちまくる。

バーカーの声。「おれが仕留める」

ダニーにはバーカーの姿は見えなかったが――バーカーは南側のアーチの一つに身を潜めていた――くぐもった銃撃音とともに標的がよろめくのが見えた。その倒れ方から見て、右肩に被弾したことがわかった。衝撃で前のめりになった標的はダイビングでもするかのように路上に突っ伏した。

あたりは静まり返った。

やがてスパッドの声が無線から聞こえた。「ゴロツキどもが」

「リプリー」ダニーは命じた。「技術班の安否を確認しろ。スパッド、リプリーが仕留めた三人の死亡を確認しろ」

「おいおい、あいつらは頭をぶち抜かれているんだぜ。死んだに決まってるだろ」

「言われたとおりにしろ、スパッド」ダニーはすでにバーカーのところへ向かって駆け出していた。バーカーはＨＫ４１６の銃口を下げて立っている。両者の距離は二〇メートル。アドレナリンで昂揚した笑顔がダニーにはっきり見えた。

だがそれも長くは続かなかった。

「伏せろ！」ダニーは大声で呼びかけた。

バーカーが一発で仕留めたはずの男が動き出したのだ。バーカーから一五メートル離れたところにあお向けに倒れていた男は、狙いも定めず発砲した。しかし、その弾がＳＡＳ隊員の右腕に命中した。バーカーは血を撒《ま》き散らしながら路上に倒れこんだ。

そのとたんスイッチが切り替わったようになった。そのときまでダニーは落ち着いており、自制できていた。息遣いに乱れはなく、心拍数も正常だった。それがふいに一変したのだ。目の前に真っ赤な霞《かすみ》が立ち込め、抑えがたい憤怒《ふんぬ》に襲われた。ダニーは発砲した男に駆け寄った。男は股間と腹部から出血していた。しかし依然としてピストルを握りしめており、それをやみくもに振り回した。すでに視力を失っていることがわかった。

ダニーは何かに取り憑《つ》かれた状態にあった。何か尋常ならざる力に。ダニーは前かがみになると、銃を持つ男の手をつかんでその銃口を男の口に突っ込んだ。喉の奥まで強引に。そして引き金を絞った。一度。二度。三度。そのたびに男の身体がブルッと震えた。たちまち後頭部と口から血が噴き出し、ダニーの手は血まみれになった。

その直後、またスイッチが切り替わったかのように、ダニーは我に返った。血まみれの惨殺死体をそのままにして立ち上がると、くるりと振り返る。バーカーは路上に倒れたままだが、動いていた。ダニーは濡れた石畳の上でもがいている仲間のもとへ駆け寄った。

「あのクソ野郎！」バーカーはわめいた。「あのクソ野郎に腕を撃たれた！」

バーカーは右の上腕部を左手で押さえていた。命に別状はなさそうだ。かなり出血したはずだが、その血も雨が洗い流していた。

「じっとしてろ」ダニーはバーカーに命じた。「すぐに病院へ連れて行ってやる」

「あのクズにとどめを刺したか？」バーカーは歯ぎしりしながら問いかけた。

ダニーは路上に横たわった死体を振り返ると、血まみれの右手をじっと見つめた。一瞬だが、俯瞰《ふかん》で捉えた自分の姿が眼前に浮かんだ。男の口に銃口をねじ込み何発も撃ち込んでいる姿が。雨に濡れた野獣のようなその姿が。

ダニーは負傷した仲間の肩に手を置くと安心させるように言った。

「もちろん息の根を止めてやったよ」

第2章　テムズ・ハウス

二三四七時

英国内相のテッサ・ゴーマンは、開けっ放しになった玄関扉のそばに立って、まだ雨が降っているかどうか確かめようとダウニング街を見渡した。その扉には〈10〉と記されている。それは番地表示で、ここがダウニング街一〇番地（英国首相官邸の所在地）であることを示していた。

たとえ雨が降り続いていたとしても問題なかった。内相専用車の運転手が玄関ステップを降りるあいだも黒のコウモリ傘を差しかけてくれるからだ。運転手は女性内相のために専用車のドアを開けた。テッサはほとんど濡れることなく車に乗り込めた。運転手はすぐにヒーターのスイッチを入れてくれたし、革張りの柔らかいシートが心地よかった。

ついさっき終わったばかりの会合とは大違いだ。出席者は政府高官だけで、首相と、外務省でテッサと同じ地位にあるマイケル・メアーズ、それに内閣府首席報道官のティム・アトキンスが同席していた。アトキンス報道官の坊主頭とゲジゲジ眉は道化じみており、とても最高権力者の側近には見えなかった。三人の男たちは代わる代わるテッサを持ち上げ、自分たちが決めた方策の責任を会合に出席した唯一の女性閣僚である彼女に押し付けようとした。テッサは国家安全保障問題に関してタカ派で知られていた。卑劣な三人組はその評判につけ込んでテッサを追いつめたのだ。とりわけメアーズが強引だった。シリア情勢の悪化にともないメアーズ外相は批判にさらされてきた。ロシアとの交渉でことごとく劣勢に立たされているように見えたからだ。その批判の矛先《ほこさき》をかわせるのだから、外相にとってこれほど喜ばしいことはない。

「大臣、ご自宅へお帰りになりますか？」運転手が運転席から尋ねた。

テッサは首を振った。「テムズ・ハウスへ行ってちょうだい、ロバート。遅刻しそうだわ」

ダウニング街の出入り口を警備する警官たちが――テッサの夫は彼らのことを常日頃から「あの平民ども」と呼んでいた、これほど笑える冗談はないとばかりに――ずぶ濡れになりながら、うやうやしく一礼して内相専用車を通してくれた。警備陣は増強されており、銃器を携帯した兵士が四名、いかめしい表情を変えることなく立っていた。いまほど軍隊の存在を心強く思えるときはなかった。ご苦労さま。テッサは胸のうちでつぶやいた。ふいに車のウインドーを下げて励ましの声をかけたくなったが、雨が吹き込んでくることを考えたとたん、身震いして思いとどまった。

車が官庁街《ホワイトホール》をのろのろと走り出すと、テッサはシートに積み上げられた朝刊の早版を手に取り、各紙の一面に目をやった。いつものように派手な紙面。パディントン駅の惨状を伝える写真が紙面いっぱいにこれでもかとばかりに並ぶ。一方、タブロイド紙は、現在英国でいちばん憎まれている人物、すなわち過激なイスラム教指導者アブ・ライードの写真をでかでかと載せていた。ロンドン北西部にあるホーリー・シュライン・モスクのすぐ外で指を立てながら説教しているところを捉えたものだ。この厄介な人物を国外に退去させようとすると、いつも裁判所が邪魔をする。首相が苛立ちをつのらせるのも当然だろう。しかも、これまた厄介な相手であるライードの妻は――新聞各紙から白い魔女《ホワイト・ウイッチ》と呼ばれている――寝室が三つもあるイーリング特別区の自宅で公的給付の対象者としてのうのうと暮らしているのだ……。

一〇分後、内相専用車はテムズ・ハウスの正面入口となっているアーチ門のところに到着した。ロバートは車を停めると内相のためにドアを開けた。テッサが降り立つと、きりっとしたパンツスーツ姿のいかにも有能そうな若い女性職員が出迎えた。

「こちらへどうぞ、大臣」出迎えの女性職員は屋内のエレベーターへテッサを案内した。開けっ放しのエレベーターに乗ると、女性職員は四階のボタンを押した。四階まで二人とも無言だった。エレベーターの扉が開くと、女性職員は廊下へ出た。「大臣、コーヒーをお持ちしましょうか？」

テッサは即座に首を振った。「結構。それよりヴィクトリア・アトキンソンにすぐ会わないと」

女性職員は無言でうなずくと内相を連れて四階の廊下を進んだ。そして、ある扉の前で立ち止まるとノックした。

「どうぞ」中から男の声が聞こえた。

「ここで結構よ。あとはわたし一人で大丈夫だから」テッサは言った。そしてドアを開けると部屋の中へ足を踏み入れた。

そこはごく普通の部屋だった。歴史の学徒だったテッサはずっとこんな風に思っていた。国家の命運を決するような重要な会談は、天井からシャンデリアがぶら下がり壁にフレスコ画が並ぶ荘厳な部屋でおこなわれるものだと。しかし、現実は正反対だった。生死にかかわる重要問題は、ＭＩ５本部のこの部屋みたいに、味もそっけもない一室で話し合われるものなのだ。デスクを前にして若い男が一人腰掛けており——おそろしくハンサムで、俳優のヒュー・グラントそっくりだとテッサは思った——気さくな笑みを浮かべている。

「ヴィクトリア・アトキンソンは？」テッサは尋ねた。

「よんどころない急用で席をはずしています」男は答えた。「ご家族に問題が生じたようです。それも、いちばん下のお子さんに……」笑顔で続ける。「子どもは国家の安全保障のことなんか気にかけちゃくれませんからね。わたしはバッキンガム。MI6代表として派遣されてきたヒューゴー・バッキンガムと申します」

「あなたもハマーストーンの一員なの？」

バッキンガムは穏やかにうなずいた。「ええ、そうです、大臣」

テッサもうなずくと、男の向かいに腰掛けた。「バッキンガム？」何かを思い出そうとするかのように首をひねる。「どこかで聞いたような名ね？　もしかしてシリアに送り込まれていた人？」

「ええ、そうです、大臣。刺激にみちた現場におりました」

「らしいわね」テッサは室内を見回した。「盗み聞きされる恐れは？」

「その心配はご無用です」

「ならいいわ。わたしは首相官邸《ナンバー・テン》から直接来たの。首相の説明によると、パディントン爆破事件の実行犯の手がかりをすでにつかんでいるそうね。今回は内閣府特別対策《COBRA》会議を招集しません。おわかりだと思うけれど、おしゃべりが多すぎるのでね」

「よく存じております、大臣」

テッサはこの若者に親しみを感じはじめていた。いかにも誠実そうだし、頼りになりそうだ。

「首相は世間の風向きに敏感になっていてね。これ以上テロリストの好きにさせたら内閣はもたないでしょう。わたしたちはいい笑い者ね。そこでハマーストーンの出番が来たというわけ……」

「超法規的措置を取るわけですね、大臣？」

「好きなように呼べばいいわ。とにかく公式には認められない手法なので、実行メンバーについて詳細を教えてもらう必要もありません。わたしがここへやって来たのは念を押すため。いかなる超法規的措置が実行に移されても、わが政府はいっさい関与しません。その意味はおわかりね？」

「一〇〇パーセント承知しております」バッキンガムは答えた。「ほかの三人のメンバーにも大臣のお言葉を遺漏なく伝えておきます」

「それはありがたいけど……」テッサは少し口ごもってから続けた。「……いまの会話はなかったことにしてちょうだい」

政治家と情報部員《スプーク》の視線が絡み合い、両者のあいだで暗黙の了解が成立した。テッサ・ゴーマンは立ち上がると手を差し出した。バッキンガムも同じように立ち上がると、その手を握った。

「家族の問題とか言っていたわね？」英国内相は感心しない顔つきだった。

「そう聞いております。おそらく水疱瘡《みずぼうそう》ではないかと……」

「熱を出したわが子の汗をぬぐいながらこの職務をこなすのは、ちょっと無理じゃないかしら」

「わたしの立場では何とも言えません、大臣」

突然ドアが開いた。テッサとバッキンガムが振り返ると、小柄で小太りの女が部屋に飛び込んできた。花柄のブラウスに華《はな》やかなパンツを身につけていたが、本人を引き立たせる役には立っていなかった。ねずみ色の髪はびしょ濡れで、雨水のしたたるレインコートを腕に掛けている。顔は赤く上気して、息を切らしていた。

「遅れて……申し訳……ありません」女は息を弾ませながら、胸を何度も叩いた。「ルイシャムで何かあったらしく……どこも警官だらけで……」瞬きしながら二人の顔を見つめる。「もう始まりましたか？」

「じつはね、ヴィクトリア」英国内相は言った。「ちょうど終わったところなの。詳しい話はミスター・バッキンガムから聞いてちょうだい」

ヴィクトリアは赤面したが、すぐに背筋をグッと伸ばした。そんなに高くもない背を精いっぱい伸ばして。「それはぜひとも教えてもらわなくては」ヴィクトリアの態度が一変して、急に横柄でトゲを含んだ口ぶりになった。「でないと……」

「大手柄になるわよ」テッサはヴィクトリアの発言をさえぎった。「上層部が認める結果を出せばね」それはヴィクトリアというよりバッキンガムに向けた口約束だった。

「それはこのわたしが請け合います。かなりの点数が稼げることをね」そして椅子を後ろへ押しやるとドアに向かって歩き出したが、ふと足を止めてバッキンガムを振り返った。「あとはよろしく。この手の工作を任せられる人間に心当たりがあるようね、あなたは？」

「ええ」バッキンガムは落ち着いて答えた。「じつは、二、三の候補が頭に浮かんでおります。もちろん、ヴィクトリアに異議がなければの話ですが」

「ヘリフォードのＳＡＳ連隊《レジメント》？」

「ええ、大臣。そうですが、さっきおっしゃっていたように、何もお知りにならない方がよろしいかと」

〇〇〇二時

ホースフェリー・ミューズの両端で青いネオン警告灯が点滅していた。銃器対策特捜班の警察官が二名やって来ると、バーカーを立たせて近所の病院へ連れて行ってくれた。バーカーは助力を断り、貸し倉庫のすぐ外に停まっている覆面パトカーまで自力で歩くと言い張った。ベッドフォード・バンに乗っていてとんだ災難に見舞われた技術班の連中が興奮気味にしゃべりまくっているが、五人とも怪我《けが》はなく無事だった。

耳に挿したダニーの無線受信機はさまざまな声であふれかえっていた。ロンドン警視庁の無線指令室からの連絡だけでなく、ヘリフォードのSAS本部からも指示が来た。命令は明快である。SAS隊員《レジメント・ボーイズ》は顔を出すな。後始末はSCO19（ロンドン警視庁銃器対策特捜班）に任せろ。七名の麻薬密売人を射殺して相当量のコカインを押収した手柄は警察のものになるが、それはダニーたちにとってかえって好都合だった。自分たちの存在を知られないことが何よりも重要だったからだ。

　ダニーたちは南端のキャブの側に立っていた。

「あいつ、大丈夫かな？」リプリーが遠ざかりゆくバーカーのシルエットを指差した。

「貫通銃創《じゅうそう》だ」ダニーはリプリーに答えた。「しばらく左手でカネの出し入れをすることになるが、その程度の傷だ」

　スパッドは、ダニーが射殺した男の死体に意味ありげな視線を向けた。「あいつの九ミリを強引に口に押し込んで、たっぷりぶち込んだろ。なんでだ？」

「口が臭ったから」ダニーはつぶやくように言った。「むかついたのさ」

　スパッドは納得しがたいとばかりに眉を吊り上げたが、ダニーが着ているザ・ノース・フェイスの上着に顎先を振り向けた。「袖のところに脳味噌《のうみそ》のカケラがくっついてるぜ」ケチャップの染みをつけてしまった子どもに注意するような口ぶりである。

　ダニーは肩をすくめた。「さあ行こう。本部から帰還命令が出ている」

　三人とも顔を伏せるようにして、警告灯が点滅する銃撃現場からひっそりと立ち去った。ダニーたちが乗ってきた白のトランシット・バンは二ブロック離れたところに停めてあった。三分後、ダニーたちはトランシットの後部に乗り込むと、雨水のしたたる防水コートを床に脱ぎ捨てた。三人とも着替えを持ってきていた。濡れた衣服を脱ぐと、乾いたジーンズとTシャツに着替えた。血まみれの濡れた衣類が床に積みあがった。

リプリーがハンドルを握った。スパッドがそのすぐ横、つまり真ん中に腰掛け、ダニーは助手席の窓際にすわった。トランシットはゆっくり走り出した。二分もしないうちに警察の非常線にぶつかったが、武装警官はトランシットの所属先を確認するとすぐに手を振って通してくれた。一分後、車はルイシャム・ハイストリートを走っていた。ダニーはウインドーの曇りを拭うと外を眺めた。

ほかに車は見当たらないが、それは土砂降りの雨のせいではない。街全体が不安に覆われていた。ダニーは二〇〇五年七月七日の同時爆破テロ（朝のラッシュ時を狙った自爆テロで実行犯四人をふくむ五六人が死亡、七〇〇人以上が負傷）のときもロンドンにいたが、あのときと同じような感じである。ただ、今回のパディントン事件の方が影響は大きい。死者の数も、最新情報では一〇〇人を超しているらしく、市民はおびえきっていた。誰にも悲運に遭遇した知り合いがいた。たとえばバーカーにはA中隊にハンコックという親友がいるが、その兄貴が列車に乗っていて爆弾テロに巻き込まれた。ハンコックには特別休暇が認められたが、本人は固辞した。また何かあったらいつでも出動できるよう待機していたかったからだ。ルイシャム駅に差し掛かると、四人の武装警官がエントランスを警備していた。おそらく市民を安心させるための措置だろう。ダニーには逆効果のように思えた。

　スパッドがラジオのスイッチを入れた。たちまち〈バット・アウト・オブ・ヘル〉を歌うミートローフの声が車内に響きわたった。スパッドはさらに音量を上げた。

「おれの大好きな曲だ！」ミートローフに負けない声でそう叫ぶと、音階を無視して一緒に歌いだした。緊迫した街中とは対照的に、トランシットの車内にはアドレナリンによる高揚感が残っていた。どんなベテランでも銃撃戦直後の興奮と安堵《あんど》の入り交じった独特の気分から逃れることはできない。

　ミートローフの歌声が絞られて、〈ラジオ２（BBCの娯楽専門チャンネル）〉の楽しげなジングルが聞こえると、ダニーにはひどく耳障りに感じられた。すぐにニュースが始まった。

「先週の金曜日にパディントン駅で発生した爆弾テロ事件の犠牲者が一〇七名に達しました。バッキンガム宮殿の公式声明によりますと、その中にカトリーナ王女の婚約者オーランド・ホイットビー氏が含まれていることが……」

　スパッドがラジオのスイッチを切った。「胸クソ悪いニュースを聞かせるなってんだ」

　リプリーが相づちを打った。「やれやれ、またプリンセスDのときみたいにあることないこと言い立てるんじゃないか」

「おい」スパッドが言った。「あれとは違うだろ」

ダニーは笑みを浮かべた。王室の黙認のもと権力者たちが入念に練り上げた冷酷非情のダイアナ妃暗殺計画を実行したのはSASではないか。そんな風に思っているイギリス国民が多数存在した。SAS《レジメント》の中にもそんな疑いを抱いている隊員がいた。たとえばスパッド。何であれ陰謀説がささやかれると真っ先に飛びつくのがスパッドだった。しかしダニーは違う。ダイアナ妃暗殺説はフィクションとしては面白いが、現実には無理がある。暗殺ならもっと簡便で目立たない手段を使うだろう。セーヌ川地下の高速道路でカーチェイスのすえ亡き者にする？　パパラッチがわんさか追いかけ、カメラのフラッシュがこれでもかと焚《た》かれているのに？　あり得ない。変数が多すぎるのだ。変数が多すぎると予期せぬ事態を招きやすい。ダイアナ妃は交通事故で死亡した、それだけのことだ。オーランド・ホイットビーにも同じことが言える。どんな野郎か知らないが、こいつも運悪くテロに巻き込まれたにすぎない。

「おい、もっとスピードを上げろよ」スパッドはリプリーに言った。「この時間じゃ、もう今夜中の報告聴取《デブリーフ》は無理だろ。M4（ロンドンとウェールズ南部を結ぶ高速道路）をぶっ飛ばせば、カレン・マクシェインのパーティーに間に合う。どこかのクソ野郎にあの女の女陰《マフ》を横取りされないうちにたどり着ける」

「ウォーハム出身の女と付き合ってるんじゃなかったのか？」

「あの女にはふられた。ホラ吹きだと言われて」

「おまえのことをそう言ったのか？」リプリーは満面に笑みを浮かべた。

「てめえのモノにけつまずきそうになって、われながらたまげたとか、そんな自慢話ばかり聞かせてたせいかもな」スパッドは口笛で〈バット・アウト・オブ・ヘル〉のメロディーを奏ではじめたが、ふいにその口笛をやめるとダニーを振り返った。「おまえも来ねえか？　あんなことがあった後だ、気晴らしに一杯やれよ」

ダニーは再び視線を窓の外に向けた。「おまえの世話になるつもりはないよ」チラッと横を見ると、スパッドが胸のうちを見透かすような視線を向けてきた。「いまクララが来てるんだ、休みを取って。だから……おまえはおまえで、その上品なおネエちゃんとたっぷり楽しんでくれ。わかってるよ、おまえの言いたいことは」

ダニーは携帯電話を二つ持っている。仕事用と私用のやつだ。いまは仕事用の電話しか持っていない。それが鳴り出した。画面に目をやったが、相手の番号は表示されない。そもそもこの電話は暗号化されており、かけてくる相手は限られていた。いまごろ電話をかけてくるのは、本部の作戦室くらいのものだ。「こいつは面白くなりそうだ」ダニーは受信ボタンを押してから携帯電話を耳元に当てた。

あいさつの言葉を口にする暇もなかった。レジメントの作戦担当将校レイ・ハモンドの怒鳴《どな》り声がいきなり耳に飛び込んできた。「何やってんだ、おまえら。おまえたちをロンドン《ザ・スモーク》に送り出したのは錠前を外すためであって、キプロス人の死体を七個もこしらえるためじゃないぞ。おかげでロンドンのジャーナリストの半数がこの銃撃事件の真相を探ろうと躍起になっている」

「いささか不手際がありまして」ダニーは穏やかに答えた。

「何が不手際だ、ふざけるな！」ハモンドの怒鳴り声があまりにも凄《すさ》まじいので、ダニーは携帯電話を耳元から数センチ離した。「おまえとスパッドは本部に帰還したらただちに連隊長《CO》のもとに出頭しろ」

そのやりとりはダニーのすぐ横に腰掛けているスパッドにも明瞭に聞こえた。スパッドは悪態を口にしかけたが、ダニーの邪魔にならないよう声には出さなかった。

「ご用件は何でしょう？」

「知るか」作戦担当将校はにべもなかった。「標的の一人が三度も自分の口の中に弾を撃ち込んだ不可解な状況について事情聴取したいのかもしれん。とにかく急げ。三時間後には基地に戻れるようにな」

電話が切れた。ダニーは携帯電話をじっと見つめてから、スパッドを振り返った。

「すまん。今夜はおれに付き合ってもらうことになりそうだ。ＣＯから出頭命令が出た」

スパッドはダニーを睨みつけた。「知ってるか？　人体には何百万本もの神経が張りめぐらされてる。その一本一本にことごとく障るのが、このハモンドって野郎だ」

第3章　E中隊

英空軍《RAF》クリデンヒル基地（RAFへリフォード基地の別称で、いまもRAFを冠しているが、じつは陸軍基地）に帰還したのは午前三時半だった。駐車場はいつになく混み合っており、各中隊の宿舎だけでなく、本部ビルにも明かりがともっていた。非常時なのだ。ダニーはへとへとだった。スパッドも車に乗っているあいだずっと舟を漕《こ》いでいた。連隊本部ビルの前に車が着くと、ダニーはひじでスパッドの脇腹をつついた。そしてフロントガラス越しに指差した。相変わらずワイパーが勢いよく動いていたが、それでもエントランスのすぐ内側でダニーたちを待ち構えるレイ・ハモンドの姿がはっきり見えた。

「さっさと済ませようぜ」ダニーは言った。スパッドとリプリーは了解とばかりにうなり声を漏らした。三人は車から降り立つと、そそくさと中庭を横切り、エントランスへ通じる階段を駆け上がった。

ハモンドの目の隈《くま》はいつもよりずっと黒ずんでおり、ひたいに深いしわを寄せていた。「リプリー、おまえは来なくていい。銃器類を保管庫に返却しろ。おまえとおまえ」ハモンドはダニーとスパッドを順番に指差した。「ついて来い」

一同は足早に廊下を進んだ。制服姿の事務職員たちがコンピューターを前に電話を取ったり、走り回ったりしている。しかしダニーたちの仲間は見当たらなかった。現在、国内にいるSAS《レジメント》の隊員たちはほとんど出払っていた。それもフル装備で。容疑者逮捕のさいに銃撃戦となった場合、警察を支援するためだ。B中隊の半数も各地の大型ショッピングセンターに派遣されている。ほんの数週間前、ケニヤのショッピングモールがアル・シャバーブの民兵に襲われて、民間人が多数犠牲になったばかりなのだ。同じような襲撃事件がイギリス国内でも起こり得るとして保安機関は神経をとがらせていた。

　ダニーたちはクレムリンと呼ばれる中心部に向かって黙々と歩いた。ハモンドの表情はいちだんと険しくなり、怖いもの知らずのスパッドですら軽口を慎んだ。クレムリンには、第22SAS連隊の連隊長《CO》、ジョニー・カートライトのオフィス、その真向かいにブリーフィング・ルームがあった。その手前が主作戦室になっている。ハモンドがノックしようと拳《こぶし》を上げたとたん、ドアが開き、空《から》のコーヒーカップを手にした事務職員が出てきた。ハモンドは中へ入った。「連隊長、連れてきました」

「ここに通せ、レイ。きみはもう帰っていいぞ」

　のけ者にされた作戦将校はすこしムッとした表情を浮かべた。しかし無言で脇に寄るとダニーとスパッドを通した。数秒後、二人と連隊長だけになった。

　ダニーはカートライト連隊長が好きだ。上官《ルーパート》としては、かなりマシな部類に入る。

ここ数か月、銃弾の飛び交う前線に送られることなくイギリス国内で何事もなく単調とも思える日々を送れたのは、過酷な海外任務が連続したことにCOが配慮してくれたからだ。それだけでも好感を抱くのに値するのだが、ほかにも理由があった。カートライト連隊長は部下のことを心底気にかけているようなのだ。日頃、そのような感情を表に出すことはなく、むしろ正反対に見えるが、いざとなると例外なく部下をかばってくれる。ダニーとスパッドが仲間のグレッグ・マーレイを連れて帰還したとき、連隊長は上層部による聴取の場に立ち会うと言ってきかず、欠かさず同席した。そしてダニーが返答に窮すると——そんな質問ばかり浴びせられたのだ——連隊長の特権を駆使して愚にもつかない追及をはねつけてくれた。シリアの秘密警察《ムカバラト》にさんざん拷問《ごうもん》された後遺症で兵士として使い物にならなくなったグレッグをヘリフォード本部の常勤の事務職に就けてくれたのもカートライトである。この手厚い処遇にダニーは心から感謝していた。

もっともそうした感謝の気持ちを連隊長に直接伝えたことはない。連隊長だってわざわざ聞きたくもないだろう。とりわけいまのような状況では。カートライト連隊長は雷神のような顔つきだった。

「これをいったいどう釈明するつもりだ？」連隊長はあいさつ抜きでいきなり問いただした。

ダニーは表情を変えなかった。「きわめて不可解な一件です。あの男はあきらかに生きて捕まる気はありませんでした。こちらが撃つ暇もなく、みずから命を絶ちましたから」

「自分の口の中に三発も撃ち込んでか？」

「さきほど申し上げたように、きわめて不可解な一件なんです」

カートライトはダニーとスパッドの顔を交互に睨みつけると、手に負えない悪ガキどもだとばかりに首を振った。「この件はわたしに任せろ。何とかしよう」押し殺した声でそう言うとカートライトは立ち上がった。「おまえたちをここへ呼んだのは、そんなたわごとを聞くためじゃない。まあ、座れ」

二人は言われたとおりにした。

「おまえたちはＥ中隊に転属になる」カートライトは言った。「たったいま、この瞬間から」

ダニーは目をぱちくりさせると、スパッドの方をチラッと見た。

Ｅ中隊の存在は公然の秘密である。ＳＩＳ（ＭＩ６の別称）にもレジメントにも公式にその存在を認める幹部はいないだろう。しかし実在しているのだ――特別に選抜された隊員からなる精鋭部隊で情報機関が必須だと認定した極秘任務を遂行する。かつてはインクレメント（特別編成部隊）とかＣＲＷ（反革命戦争遂行部隊）と呼ばれていた。

そのメンバーは、第22SAS連隊やSBS（英海兵隊特殊船艇部隊）やSRR（英陸軍特殊偵察部隊）から選抜されるが、いずれ劣らぬ腕利きぞろいである。リビアをはじめ北アフリカ諸国で活躍していたことをダニーも聞いているが、その具体的な活動内容までは知らない。とにかくE中隊に選ばれるのは、経験豊富で身元の確かな人材だけだ。言い換えれば、ベストの連中だけを集めた部隊なのだ。

「便宜的な措置だ」カートライトは言った。「当方としては納得しかねるが、二時間半ほど前にロンドンから直接おまえたち二人を指名してきたのだ。どうやらおまえたちは、あのヒューゴー・バッキンガムのお気に入りらしい」

ダニーは侮蔑の念が顔に出るのを抑えることができなかった。バッキンガムとはシリアから帰ってきてから一度だけ顔を合わせている。身勝手な世迷いごとを聞かされたが、それ以来音沙汰がなかったので安心していたのに。あのクソ野郎は卑怯者《ひきょうもの》で、男の風上にも置けないやつだ。ダニーはまったく信用していない。この呼び出しには何か裏がある。E中隊は世界各地の紛争地帯で活動するのを常としており、MI6要員の護衛もよく担当する。だがダニーにしてみれば、あのクソ野郎の子守だけは二度とごめんだった。

カートライトは説明を続けた。「わたしにも詳しいことはわからんが、バッキンガムはパディントン爆弾テロの直後にMI5、MI6、CIA合同で結成された緊急対策委員会の一員らしい。その極秘任務をこなせる要員が必要になり、おまえたちが呼ばれたというわけだ。夜が明けたらただちにロンドンへ行き、警察の連絡担当者に会え。任務に必要な隠れ家《セイフハウス》はすでに手配済みだ。おまえたちは必要とされるあいだ首都に留まることになる。当分ヘリフォードには帰れないだろう」

「隊長」ダニーは口を開いた。「そのバッキンガムという男は問題です。スパッドがシリアの共同墓地で朽ち果てる寸前まで追い込まれたのも、そいつの……」

「過去のいきさつは忘れろ、ブラック。おまえの気持ちはわかるが、もう決まったことだ。言うまでもないが、この決定には英国政府《ホワイトホール》の意向が強く働いている。緊急対策委員会の連中もその圧力をひしひしと感じているはずだ。そのクソ野郎は、おまえたちの中東での働きぶりに感心したんだろうよ。そう思えば、すこしは気分もよくなるだろう。さもないと、嫌悪感で自分を見失うことになるぞ。〇八〇〇時にヘリがロンドンまで運んでくれる。迎えの車が待っているから、一二〇〇時までにパディントン・グリーン警察署へ行け。そこで詳しい情報を教えてくれるはずだ。何か質問は？」

質問なら山ほどある、とダニーは思った。しかし連隊長に答えられそうなものは一つもない。いつもならウィットの利いた応答をするスパッドでさえ黙り込んでいる。

「質問がないようなら、ただちに帰宅して充分に睡眠を取れ。両名ともその必要がありそうだ」カートライトはデスクの引き出しを開けて封印した茶色の封筒を取り出すと、それをダニーに手渡した。封筒の表にロンドンの住所が記してあった。ずしりと重い感触からすると鍵束が同封されているらしい。

経験から言って本部の意向に異を唱えても無意味だ。ダニーは一兵卒にすぎず、命令される立場なのだ。その命令の伝達も終了した。

連隊長が言ったように、過去のいきさつは忘れるしかない。


ダニーにとって自宅とは、私物を収納しておく場所にすぎない。自宅でくつろぐといった暮らしとは無縁なので、クララが待っていなければ基地の宿舎に泊まったことだろう。宿舎には割り当てられた簡易寝台があり、必要最低限の着替えも置いてあった。しかしクララはどんなに遅くなってもダニーの帰りを待っているはずだ。舗道にオートバイを停めると、自室に明かりが灯《とも》っているのが見えた。そこはヘリフォード西部、ホワイトクロス・ロードのすぐ南に位置するアパートで、ダニーはその一階に小さな部屋を借りている。起きて待つ必要はないと言っておいたのに、クララはその指示を無視していた。

ダニーはそっと自宅に入ると狭い廊下で濡れた上着を脱ぎ捨てた。テレビの音声が聞こえた。手前の部屋に足を踏み入れると、クララがソファで丸くなって眠り込んでいた。つけっぱなしのテレビ画面では深夜の討論番組が進行中だった。ブルドッグより太い首をした参加者の一人がだぶついた襟元を震わせながら熱弁をふるっている。「このアブ・ライードがわれわれのルールに従えないのなら、わが国にいることを認めるべきじゃない」聴衆から拍手が聞こえると、ブルドッグ男は満足そうに腕を組んだ。スタジオのスクリーンには、誰もが知っているひげ面のイスラム教指導者の顔が大きく映し出されている。〝憎悪の聖職者〟と呼ばれるこの人物を国外に退去させるべく、英国政府は一年以上にわたって努力を続けてきた。その努力が実を結ばなかった理由が何なのか納得のゆく説明を聞いたことがないし、この聖職者の妻が郊外に一戸建ての大きな家を与えられている理由も知らない。自分のカネで買ったものでないことだけは確かだが。爆弾テロ以来、ライードの顔がいたるところで見られるようになったが、果たしてこのテロ事件に関与しているのかどうか誰にもわからないようだ。

ダニーはテレビに歩み寄るとスイッチを切った。ふいに音声が途絶えたのでクララが目覚めた。すかさず上体を起こしたクララは、ブロンドの髪をくしゃくしゃにしたまま、疲れた顔に戸惑いの表情を浮かべた。自分がどこにいるのかわからないようだ。しかしダニーに気づくと表情をやわらげた。

「お帰りなさい」クララは言った。

「起きて待つ必要はないと言ったろ」

クララは愛嬌《あいきょう》たっぷりに肩をすくめた。「だって一人だとベッドが大きすぎるんだもの」

ダニーはその横に腰掛けた。どっと疲れが出た。

「大変な一日だったの？」

「いつもと同じさ」ダニーははぐらかすように言った。

「もっとちゃんと教えてよ」

これはクララの口癖である。ダニーがどんな任務に就いているか、その詳細が知りたくて仕方ないのだ。ダニーにもそんなクララの気持ちは理解できる。クララ自身、シリアで大変な目に遭っているからだ。あの騒乱の地で孤立無援におちいっていたクララを救ったのはダニーである。たいていのカップルは地元のパブなんかで飲食を重ねるうちに仲良くなる。ところがダニーとクララの関係は銃弾の飛び交う内乱の地で始まった。クララは任務遂行中のダニーを目の当たりにしただけでなく、自分自身もシリア人によって筆舌に尽くしがたい思いをさせられた。その経験がクララを根底から変えてしまったのだ。たしかにダニーがいなければベッドは広すぎるかもしれないが、たとえ二人そろったとしてもさほど変わりはない。その理由もダニーは知っている。クララはシリアの秘密警察《ムカバラト》で性的に虐待されたため恋人らしい性愛も忌避するようになってしまったのだ。

しかしシリアで変わってしまったのはクララだけではない。ダニーもそうだ。文字どおり、人生そのものがでんぐり返るような激変に見舞われたのだ。シリアから帰ってきて以来、自分自身が、まるで赤の他人のように感じられるときがあった。あの麻薬密売人の口に九ミリ弾を三発もぶち込んだときもそうだ。クララにそんなダニーの変化が理解できるだろうか？　むろん無理に決まっている。当人にも理解できないのだから。

「いつもと同じだって」ダニーは同じ返事を繰り返した。その話題はこれでおしまいだというトーンを込めて。

しばらく会話が途絶えた。「何か食べる？」クララがようやく口を開いた。

「ロンドンに移動することになった」ダニーは言った。「明日からね。いつまでいるかわからない。長引くかもしれないし」

「でも……それってすごいことじゃない！」すこし間があった。「でしょ？」

ダニーは肩をすくめた。「任務だからね」バッキンガムの名は口にしないことに決めていた。どちらかと言うと、ダニーよりクララの方があの男のことを嫌っていた。それに今回の任務の内容を示唆するようなことは一言だって口にするつもりはない。クララは心優しい娘だ。ダニーがこれからやろうとしていることはとうてい理解できないだろうし、むろん受け入れることもできないだろう。

「うちに泊まるでしょ？」

「それはできない、クララ」ダニーは答えたが、思わずぶっきらぼうな口調になってしまった。「そういうわけにはいかないんだ」

クララは目を丸くした。ダニーは自分の舌足らずの応対を悔いた。「ただ、会うことはできると思う」そう付け加えた。

クララはホッとした様子で笑みを浮かべた。「何をするの？」クララは尋ねた。「もちろんロンドンでの話だけど」

「警備強化の一環だよ……」ダニーは答えた。「あの爆弾テロの影響でね。みんな駆り出されているんだ」クララに納得してもらえる説明はこれしかない。聖マリア病院の医師としてクララは同僚とともにテロ負傷者の応急手当に奔走《ほんそう》した。爆弾テロが起きたときちょうど当直だったクララは、次々に運び込まれる負傷者に動じることなく冷静に対応できた数少ない医師の一人だと誰もが言っている。考えてみれば戦場の修《しゅ》羅《ら》場《ば》をくぐりぬけてきたのだ、爆弾テロぐらいではビクともしないだろう。それでもダニーは暴力的な結果が想定される任務について言及したくなかった。

クララが身を寄せてきた。「全身がこわばっているわね」

「長い一日だったからな」ダニーは答えた。口の中に銃弾を撃ち込んだ麻薬密売人の姿が眼前によみがえった。その頭が石畳にぶつかる鈍い音。雨水にまじって死体の周囲にひろがった血。

ふいにドアを強くノックする音が聞こえた。

「いったいなんだ……」ダニーはつぶやいた。

「午前四時なのに」

ノックは続き、その音はさらに大きくなった。拳を扉に叩きつけるような音である。ダニーは立ち上がった。「そこを動くな」クララにそう命じると、胸のうちでつぶやいた。こんな時間にやって来るとしたら、ロクな用事じゃない。ふと車椅子暮らしの父親のことが頭に浮かんだ。この近所に住んでいるのだ。それとも、さっき基地で命じられたばかりの任務にかかわることか。必要とあらば真夜中でも平気で人を叩き起こす５《ファイブ》か、バッキンガムの使いかもしれない。ダニーは足音を立てないよう廊下を進み、木製のどっしりした扉に歩み寄った。そして扉の覗き穴に目を当てた。

「この馬鹿」戸口に立つ人物を目にしたとたんダニーはつぶやいた。

ダニーの兄のカイルは会うたびに状態がひどくなる。もっとも、そうひんぱんに会うわけではないが。カイルはろくでなしだ――ブタ箱の常連でアル中である。ダニーは人生の半分をこの兄の尻ぬぐいに費やしてきたような気がした。覗き穴ごしに見ても、かなりひどい状態であることがわかる。髪はボザボサで、無精ひげはのび放題、目には黒い隈。頬はこけているが、左側だけ赤紫に変色してひどく腫《は》れあがっている。

その腫れを二分するように創傷閉鎖用テープ《ステリストリップ》がていねいに貼りつけてあった。プロの仕事だ。おそらく病院の救急外来《A&E》で診てもらったのだろう。ダニーは玄関扉を開けた。

「何の用だ？」

「よう！」カイルは作り笑いを浮かべた。酒臭い息がダニーの鼻を突いた。カイルはジーンズにTシャツという格好だった。そのTシャツはずぶ濡れになり、やせ細った貧弱な身体に張り付いている。

「夜中だぞ、カイル。もう寝るところだ」

カイルの笑みが消えた。「おい、助けてくれ」小声でそう言うと、肩越しに後ろを振り返った——わざとらしい仕草だが、目に浮かぶ恐怖の色に嘘《うそ》はなかった。本当におびえているのだ。「入っていいか？」

ダニーはしばらく動かなかった。しかし数秒後にはしぶしぶ脇へどいた。「仕方ない」

カイルは玄関に足を踏み入れると廊下をよろよろと歩き、手前の部屋へ向かった。その戸口で立ち止まったカイルはダニーを振り返った。「一発やるネエちゃん《ファック・バディ》を連れ込んでいるとは思わなかったぜ」

「もう一度、彼女をそう呼んだら、カイル、反対側の頬っぺたも治療が必要になるぞ」ダニーはカイルのかたわらをすり抜けると、不審げな表情を浮かべるクララに一語で答えた。「兄貴」カイルについては以前から要注意人物だと言ってある。

「はじめまして」クララはソファに腰掛けたまま、小声であいさつした。カイルは答えなかった。ダニーとカイルは数メートル間隔を置いて向き合った。

「何度も電話したんだぞ」カイルは言った。「だが、おめえは出ねえ。いつものことだがな」

ダニーの私用の携帯電話は電源を切った状態でソファの側に転がっていた。

「仕事で忙しかったんだ」ダニーは答えた。

「今日はなんだ。石を背負って山登りか？　それともアホのお友達とレーザークエストで鬼ごっこか？」

「まあ、そんなところだ。おまえこそスコッチでも抱えて家にいたらどうなんだ。酔っ払いのくせに。いったい何の用だ？」

「ちょいと、も……も……問題が起きた」カイルはさりげなく切り出そうとしたが、〝問題〟という単語をうまく言えなくて二度もどもった。「ビジネスのことで」

ダニーは吹き出しそうになった。カイルのビジネスといえば、安売り酒販店の店員と値引き交渉をすることぐらいだ。

「供給面ですこし問題が起きてよ」カイルは説明を続けた。「なに、たいしたことじゃねえんだ。ちょいと一押しすりゃケリがつく。モノがモノだから、おめえに頼むのは気が引けるんだが……」

「おい、カイル、いったい何の話だ？　誰ともめてるんだ？」

「よう、やっと話を聞く気になったか？」カイルは急に勢いづいたが、その声には不安げな響きがあった。ダニーはあらためて兄の目を覗き込み、ようやく問題に気づいた。室内は明るいのに瞳孔が開いている。瞳孔拡張。これで兄への侮蔑の念が倍加した。酔っ払っているだけでなく、ラリっているのだ。

「何をやってる？」ダニーは穏やかに尋ねた。「ケタミン？　ＭＤＭＡ？　そのカクテルか？　ヤクとは手を切ったはずだろ」

カイルは、戸口から斜め方向に位置する部屋の片隅にいた。追いつめられた獣《けもの》のように、瞳孔の開いた目をキョロキョロさせた。たちまち物腰が急変して、身構えた。

「説教ならごめんだ」押し殺した声で言いつのる。「とくにおめえの説教はな」

「なら、何しに来た？」ダニーは問いだした。「カネか？」

〝カネ〟という言葉がカイルの注意を引いたが、ほんの一瞬のことだった。カイルは激情を抑えるかのように顔をしかめた。「わかるだろ、おれのせいじゃねえ」まるで独り言のようにつぶやく。「おれのせいじゃねえんだ」

「ダニー」クララが小声で言った。「お兄さんには助けが必要よ。クスリをやっているわ」

「もちろんクスリをやってるさ」ダニーは兄の正面に回り込んだ。「あらいざらいぶちまけちまえよ」ささやくような声でうながす。

カイルは内心の葛藤をそのまま顔に出した。「よくあることなんだから、いちいち目くじら立てることはないんだ、あいつらも」

「あいつらって？」

「ポーランド野郎《ポールズ》だ」

「どこのポールズだ、カイル？」

「どこのポールズかだと？　ヘリフォードを仕切ってる連中に決まってるだろ」

ダニーはうなずいた。カイルの言う意味がよくわかった。どの街も麻薬問題を抱えているが、ヘリフォードはとくにひどかった。ポーランド人の密売人が大麻からヘロインまでありとあらゆる麻薬を街中にどっさり流しているという噂《うわさ》だ。いままで麻薬撲滅作戦が功を奏したことはなく、カイルが麻薬がらみのトラブルに巻き込まれても不思議はなかった。

「で、何がどうなったんだ？」

「連中がブツをなくしちまったんだ」

「連中がブツをなくしたんじゃなくて、連中のブツをおまえがなくしたんだろ？」

カイルの顔が再びゆがんだ。「どこかのヤク中が盗みやがったんだ！」色をなしてわめきたてる。「おれはポールズに言ったんだ。おれのせいじゃないって。なのにしつこく代金をせびりやがる。そんなカネあるかよ。だから、おまえが話をつけてくれ。力ずくでカタをつけるのは得意だろ、な？」

室内が静まり返った。ダニーは兄を睨みつけた。こいつは確かに家族だが、軽蔑以外に何も感じなかった。にっちもさっちもいかないとすれば、それは自業自得というものだ。カイルの尻ぬぐいをするのは、もうずっと前にやめていた。

「出ていけ」ダニーは言った。

しばらく間があった。

「いやだ、どこにも行かねえ」カイルは押し殺した声で答えた。両手が震えて、見るからに惨《みじ》めだった。

「出ていけ、と言ってるんだ」

「出ていかなきゃどうする、弟よ？」カイルの声が上ずった。「マッチョぶりを発揮して、てめえの兄貴をぶちのめすか？　それともデカい銃で撃ち殺すか？　親父《おやじ》が何て言うかな？　タフ叔父《おじ》は？　そう言えば叔父貴の姿をしばらく見ねえな。おめえ、嫌われたんじゃねえのか？」カイルは自分の冗談に笑い出したが、すぐに咳《せ》き込みはじめた。

ダニーはクララを振り返った。「手癖が悪いから見張っていてくれ」

「警察を呼べば？」クララはささやくような声で答えた。

しかし通報すれば、あれこれ聞かれることになる。父親を巻き込むことになるかもしれない。それだけは避けたかった。

「いいから見張っていてくれ」ダニーは命じた。

そして廊下に出ると奥の寝室に向かった。寝室といってもダブルベッドが置いてあるだけの簡素な部屋だ。白い壁に囲まれ、その壁の一方に作りつけの戸棚がはめ込まれていた。「まるで精神科病棟の一室みたい」初めてこの寝室を見たときクララはそんな冗談を口にした。ダニーは戸棚を開けて最下段の靴箱をどけると、長方形の古カーペットを引っぺがしてから、床板をずらした。

床下から湿っぽい臭いの冷たい隙間風が吹き上がってきた。ダニーは床板の隙間に手を突っ込んで指を伸ばした。ほこりだらけの古びた靴箱に手が届くと、床板の上に持ち上げた。ほこりだらけの手で箱のふたを開けた。

靴箱の中には紙幣が入っていた。英ポンド札と米ドル札が入り交じっている。いずれもアフガニスタンで入手したものだ。現地で任務に出るとき活動費として現金を手渡されるのだが、その残りが一部。大半は現地の民兵から押収したものだ。その一部は上官《ルーパート》に差し出すが、大半は英国へこっそり持ち帰り、中隊の仲間と山分けにする。このささやかな小遣いのことはクリデンヒルの誰もが知っているが、その存在を認める者は一人もいない。レジメントの兵士たちは安月給で命を張っている。少しばかり副収入を手にしたからといって、とやかく言う者はいない。

現在、二五〇〇ポンドある。クララと一緒に暮らすようになったら使おうと思い、取っておいたのだ。この現金のことはまだ打ち明けていない。そのときまで手をつけるつもりはなかったが、今回は致し方ない。ダニーはくしゃくしゃの五〇ポンド札を引き抜くと、靴箱を隠し場所に戻してから、表の部屋へ引き返した。カイルは部屋の奥にいた。顔はいちだんと青ざめ、ひたいに汗が噴き出している。ダニーは、バーのホステスの気を引こうとする男のように五〇ポンド札を掲げた。カイルは反射的に進み出た。腫れ上がった顔を引きつらせながら。

「ダニー」クララが小声で言った。「お兄さんには助けが必要なのよ」

「とにかく、ここから追い出さないと」ダニーはそう答えると、背を向けて玄関に向かい、扉を開けた。数秒遅れてカイルが続いた。カイルは戸口をまたぎながら鼻の下に突きつけられた紙幣をもぎ取った。

「親父から力ずくでカネをゆすり取ったりしたら」ダニーは押し殺した声で言った。「警察に通報する。警察の用が終わったら、今度はおれが思い知らせてやる。わかったか？」

カイルは現金をポケットにしまうと、手の甲で鼻汁をぬぐった。「馬鹿野郎」罵声《ばせい》を浴びせてくる。

ダニーは受け流した。そしてカイルが雨の中に消えるのを待って、玄関扉をバタンと閉めた。ダニーはクララのいる部屋へ引き返した。「何も言うな」ダニーは恋人を睨みつけた。

気まずい沈黙が続く中、ダニーはカーテンの隙間から外を覗いた。カイルがまだ近所をうろついているかもしれない。

「お兄さんは本当に痛めつけられたの？」クララは小声で尋ねた。「そのポーランド人たちに」

ダニーはカーテンをきちんと閉めると、つぶやくように言った。「たぶん」

「あなたはそれで平気なの？」クララは問いかけた。「なんだかんだ言っても、実の兄弟でしょ」

「ああ」ダニーは答えた。「平気だよ」

それでカイルの話は終わりにするつもりだったが、あなたって血も涙もない人なのね、と言わんばかりの目で見られたので、釈明を続けた。「いままでできるかぎりのことはしたんだよ、クララ。何度もトラブルから救い出してやった。更生は無理としても、痛い目に遭わされたら、すこしはマシになるかもしれない」

これで話は終わりだった。「もう寝るよ」ダニーは言った。「朝早いし、やることが山ほどある」

ダニーはクララに背を向けると、大股に寝室へ向かった。衣服を脱ぎ捨てているとき、左手首の上に血の染みが残っていることに気づいた。射殺した麻薬密売人の血だ。しかしふき取る手間を惜しんでベッドに飛び込んだ。目をつむると、クララが寝室に入ってくる足音が聞こえた。

「ロンドンへ行く本当の理由は何なの？」クララは小声で尋ねた。

「さっき言ったろ」ダニーは答えた。「警備強化のため」

「その〝警備強化〟任務は危険なの？」

ダニーはため息をついた。「過激派は楽しんでいやがるんだ、クララ。これからも同じようなテロが続くだろう。九・一一と七・七のときを思い出してみろよ。一撃食らわしたんで、いまは鳴りを潜めているけどね。おれの見立てに間違いない」

ダニーは寝返りを打つと再び目をつむった。その数秒後には眠り込んでいた。

第4章　殉教者《じゅんきょうしゃ》

火曜日　〇六〇〇時

これほど神経質になるのはサリムにとって初めての経験だった。ジャマルとパディントン駅で爆弾を起爆させたときでさえ、こんなに動悸《どうき》はしなかった。冷たい恐怖が胸の奥底にまで染みわたったような気がした。アブ・ライードは人をそんな気持ちにさせる力を持っていた。

サリムは声を押し殺すようにして咳払いをすると、おそるおそる声をかけた。「あ……あの、導師《ウスタ》。支度が整いました」

アブ・ライードが向き直った。これほど肩幅の広い巨漢がいると、広々とした部屋でさえひどく狭い場所に見えてしまう。調度は洒落た高級品ばかり――白く輝くソファ、奥の壁に据付けられた巨大なプラズマテレビ、壁を彩るカラフルな抽象画。室内の一角がバーカウンターになっており、ガラス板の棚にスピリット類がずらりと並ぶ。もちろん、この豪勢なペントハウスの現在の居住者がそうしたアルコール飲料を口にすることはない。ガラステーブルには額入りの写真がいくつも並んでいた。いずれも伝統的な衣服を身につけた中東人の一家が写っている。鉤鼻《かぎばな》の父親と母親と三人の子どもたち。この連中は何者だろう。サリムはふと思った。おそらくこの豪邸の持ち主だろう。しかしそれを確かめる度胸はサリムにはなかった。

壁のうち二面は総ガラス張りになっているが、現在は電動式ブラインドですっぽり覆われている。その理由はサリムにもわかる。ドックランズの中心部にそびえる高さ二〇〇メートル余のこのペントハウスからだと、ロンドン市街をはるか彼方《かなた》まで見渡すことができる。しかし、このようなガラス張りの高層タワーは絶えず磨く必要があり、ゴンドラに乗ってガラス窓の外を上下する清掃業者がいつなんどき中を覗き込むとも知れない。ここ数日、新聞各紙にデカデカと顔写真が掲載されているアブ・ライードの存在に気づく者がいないともかぎらないのだ。

アブ・ライードは部屋のあちこちに置かれた高価なランプ類をいっさい使わなかった。明け方の薄闇を照らすのは、背の低いキャビネットの上で炎がゆらめく一本の蠟《ろう》燭《そく》だけだ。アブ・ライードがバーカウンターの奥にある小さな流しに歩み寄ると、壁に映し出されたその影もゆれ動いた。巨漢の聖職者は入念に手を洗うと、左側のクロムバーに掛かっている白いタオルで濡れた手をぬぐってから、振り返った。

サリムはいつも思うのだが、アブ・ライードはハンサムである。ただ、写真映りはよくない。たえずしかめ面なのは間違いないが、生身の本人はテレビや新聞の写真なんかよりずっと魅力的だ。新聞の写真は意図的に狂気じみた人物に見せかけようとしているが、本人はその正反対と言っていい。物静かで落ち着き払っている。胸元までのばした黒い顎ひげ、高く張り出した頬骨、均整のとれた鼻筋。にっこり微笑《ほほえ》みかけられるとたちまち魅了され、ほかの連中が取るに足らない存在に思えてしまう。

　そのアブ・ライードが笑みを浮かべた。「おまえがおらんと、わたしは何もわからんよ、サリム。おまえはわたしにとって息子のようなものだ」

「何もかもあなたのお陰です、ウスタ」

　アブ・ライードは、礼拝用マットを広げた部屋の中央へ歩み寄った。ちょうど朝の祈りを終えて手を洗っていたところなのだ。水で清めていない手で礼拝用マットに触れることは罪とされる。アブ・ライードは礼拝用マットをていねいに丸めると、蠟燭のすぐ脇に置いた。

　このペントハウスの家賃を誰が払っているのかサリムは知らない。ただ、ロンドン市内でもとび抜けて値の張る地域だということは間違いなく、サリム自身が暮らすハマースミスの安アパートの一階とは比べ物にならないし、アブ・ライードがパディントン爆弾テロの前日まで暮らしていたノース・イーリングの大きな家ですら遠くおよばない。その家にはアブ・ライードの妻がいまも暮らしている。しかも、このドッグランズのペントハウスは絶対安全であるという確信があるらしいのだが、その理由がわからない。コンシェルジュが中東系の人間で、どうやら仲間の一人であることだけはわかったが。しかしサリムはアブ・ライードを全面的に信頼していた。彼にとっては、単なる礼拝指導者《イマーム》以上の存在であり、呼びかけに使う導師《ウスタ》そのものであった。だから言われたことは何でも受け入れた。同じロンドンでも貧乏暮らしの自分と違って、こんな豪奢《ごうしゃ》なところに暮らしているという事実も受け入れた。ここにいれば誰にも見つからないと導師が思っているのなら、間違いなく絶対に安全なのだ。

巨漢の聖職者は再びサリムに向き直った。純白のディシュダーシュ（アラブの民族衣装）には染み一つない。「あの子は祈りを終えたのか？」アブ・ライードは尋ねた。顔立ちは中東人だが、口にする英語には英国アクセントがあった。

「はい、アブ・ライードさま」

「手と足を清めたか？」

サリムはうなずいた。

「どんな様子だ？　ふだんと変わりないか？」

「正直に申し上げますと、おびえております」

「そうか」聖職者は悲しげに言った。「予想されたことではあるな。しかし、サリムよ、異教徒の地に暮らしながらその異教徒に戦いを挑んでいるわれらが恐怖を抱くのは当然なのだ。では始めようか？」

サリムはうなずいた。そしてドアを開けると、導師の目が廊下の明るさに慣れるまで待った。アブ・ライードはサリムのかたわらを通り過ぎるとき、いったん立ち止まってそのうなじに手を置き、髪をやさしくなでた。サリムは導師に続いて廊下を進み、ダイニングルームへ入った。

この部屋を選んだのは、いちばん大きくて、床がタイル張りになっているからだ。ダイニングルームの壁で総ガラス張りになっているのは一面だけだ。そこもブラインドが下ろされていたが、さらに黒い布が壁一面を覆っていた。その上に五メートル四方の白い布を掛けたのはサリムの発案で、その中央には黒字で神を象徴するアラビア文字が記してあった。黒布の前には二つ折りにしたビニールシートが敷き詰めてあった。横は部屋の幅いっぱい、縦幅は三メートルほどだ。そのシートの上にストゥールが据えてある。このささやかな舞台に面して六メートル離れたところ、ダイニングテーブルのすぐ横に三脚付きのビデオカメラが置いてあった。このダイニングテーブルは部屋の中央に据えてあったものを移動させたのだ。シンボル入りの白布とストゥールがワンフレームに収まるようビデオカメラはやや上方に向けられている。その背後には被写体をくまなく照らしだすために、強力なスポットライトが置いてあった。ビデオカメラの後ろに立っているのはジャマルで、録画機能に異常がないか念入りに点検しているところだ。ジャマルもサリムと同じ不安を抱えており、部屋に入ってきたアブ・ライードから目を離すことができなくなった。

「あの子を連れて来い」アブ・ライードはジャマルに命じた。

ジャマルはうなずくと部屋を後にした。サリムはストゥールのそばにぎこちなく立っていた。アブ・ライードに声をかけたかったが、何をどう言えばいいかわからない。先に沈黙を破ったのは聖職者の方だった。「おまえはよくやったよ、サリム」

サリムは身震いするほど誇らしい気持ちになった。これがアブ・ライードの魅力である。たとえそばにいなくても畏怖《いふ》を覚える存在だけに、一言褒《ほ》めてもらえるだけで跳び上がるほど嬉《うれ》しくなるのだ。

「ジャマルは神経質になっておる」アブ・ライードは話を続けた。「おまえ以上にな。わたしにはよくわかる」

「あの爆破のせいです、ウスタ」サリムは釈明した。「捕まって、イギリスの監獄に放り込まれることを恐れているのです」

「わたしが安全を保証しておるのに信じておらんのか？」

「もちろん信じていると思いますが、ただ……」

「信仰はときに困難を伴う」アブ・ライードは言った。「しかし信仰がなければ存在価値はない。おまえもジャマルもしかと肝に銘じておけ。わたしに二言はない」

ドアが開き、ジャマルが引き返してきた。その後ろにいるのは、わずか一六歳の少年カリムである。ひょろりと背は高いが、腕は細く、鉤鼻で喉仏が突き出ている。一度も剃ったことがないらしく両頬がうぶ毛で覆われていた。黒のディシュダーシュを着込み、顔は恐怖で引きつっている。泣いたのか睡眠不足なのか目元が腫れぼったい。

「カリム」アブ・ライードは穏やかに声をかけた。「用意はいいか?」

カリムは返事をせず、室内をキョロキョロと見回した。ジャマルはその背後に回ると、ドアを閉めてロックした。鍵はポケットにしまった。

「用意はいいか?」アブ・ライードは繰り返し尋ねた。

「あ……あの、質問があります」カリムが口を開いた。声が震えている。

「何だ、申してみよ」アブ・ライードの声には不穏な響きがあった。

サリムはふと思った。こいつも気づいただろうか。

カリムはかさかさの唇をなめた。「た……たしか、こうおっしゃいましたよね、何よりも名誉ある行いである、と」

「おお、そうだとも」アブ・ライードはうなずいた。

「それならどうして……」

少年は言葉に詰まった。しゃべりたいのに舌がうまく回らない、そんな感じに見えた。

アブ・ライードは少年をひたと見据えた。その目の色がふいに冷たく非情なものに変わった。

「どうした？」落ち着き払った声。

カリムはぶるぶる震えだした。質問したいのだが、アブ・ライードへの恐怖から言い出せないでいるのだ。

「どうして……」

少年は目をつむってうつむくと、大きく息を吸った。

「お許しください、アブ・ライードさま。でも、どうしてご自身で実行されないのですか？」

室内がふいに静まり返った。なんて質問をするんだとサリムは仰天したが、アブ・ライードは表情をまったく変えなかった。身動きすらしなかった。しかし、しばらくすると十代の少年のところに歩み寄った。そして両腕を伸ばすと、両手を少年の肩に置いた。指先でカリムの肩の筋肉を揉《も》みほぐしているのがサリムのところから見えた。

「若き友よ、わたしの言葉を信じておくれ」アブ・ライードはほとんど聞き取れない声で言った。「わたしにもその意思はある。しかし神がまだお許しにならないのだ」

アブ・ライードは腕を垂らすと、サリムにうなずいた。サリムは少年に近づきその腕を取った。「さあここに座れよ」

少年はぶるぶる震えるばかりだ。あえぎながら申し立てる。「ぼ……ぼくもお許しにならないのでは」声が乱れた。「気が変わりました……やりたくありません……」

「カリム！」アブ・ライードが叱咤《しった》した。「よもや忘れたわけではあるまい。わたしのところへ来たとき、おまえは何も持っていなかった。家族とも神とも無縁だった。そんなおまえに、わたしは父のように接した。サリムとジャマルは兄弟のように接してくれたのだぞ。そしてともに力を合わせて、おまえに進むべき道を教えた。それをすべて投げ捨てるというのか？」

少年は言葉を失った。ジャマルが少年をビニールシートの方へ押しやった。その目がストゥールの背後のアラビア語のシンボルに向けられた。

「そこに座れ」サリムが語気を強めて繰り返した。

少年は膝をがくがくさせながらストゥールのところまで歩くと座り込んだ。目をつむり、独り言をつぶやいている。頬を伝って涙が流れ落ちた。ひどく緊張しているのがサリムにもわかった。恐怖にすくみ上がっていなければ脱兎《だっと》のごとく逃げ出すにちがいない。

「では始めようか」アブ・ライードは言った。そしてテーブルからポリ袋と縦長の木箱を持ち上げた。ポリ袋はサリムに手渡す。そのポリ袋には黒い目出し帽《バラクラヴァ》が二個入っていた。サリムは一つを自分が取り、もう一つをジャマルにし、二人ともバラクラヴァを装着した。ウールの生地がチクチクして不快だった。サリムは自分があらためて乾燥肌であることを思い知らされた。手のひらで顔面をごしごしこすってから、カリムの右側に立った。ジャマルは左側である。

アブ・ライードは木箱を手にしたままビデオカメラの後ろに立っていた。うやうやしくその木箱を開けると、象牙の柄のついた短剣が現れた。刃は一八センチほどの長さがあり、おそろしく鋭利であることをサリムは知っている。アブ・ライードはカリムに歩み寄り、その木箱を差し出した。カリムは震える手を伸ばして象牙の柄を軽くつかむと、そのまま持ち上げた。カリムが刃を見つめているあいだに、アブ・ライードはビデオカメラの後ろに引き返した。

「言うべきことはわかっているな？」アブ・ライードは尋ねた。その口ぶりは穏やかで親しみがこもっていた。

カリムはうなずいた。刃を見つめたままだ。アブ・ライードはサリムの方へ意味ありげに視線を向けた。気を抜くなよ、とその表情が物語っている。

「いまから録画を始める」アブ・ライードは言った。「しゃべるのはおまえだけだぞ、カリム。わかっているな？」前かがみになってボタンを押すと、うなずく。

カリムはまた唇をなめた。しゃべりだすと声がかすれていたが、録画はすでに始まっていた。カリムは臆病者に見えないよう虚勢を張っている。しかし、その口ぶりは単調で、本人のものとは思えない。子どもが丸暗記した文章を暗唱しているような感じだ。

「わたしの名はカリム・ダフラマル。ハットフィールドに生まれた。両親はラニヤ・ダフラマルとユスフ・ダフラマルだ。二人とも、わたしがこれからやろうとしていることを理解できないだろう。二人とも世界を知らないからだ」

カリムは上体を揺らした。一瞬、ストゥールからずり落ちるのではないかと思われたが、何とかバランスを取り戻すと、再び顔を上げて話を続けた。

「四日前、わが戦友たちが聖戦《ジハード》の輝かしき先陣を切った」カリムはバラクラヴァで顔を隠したサリムとジャマルに目をやった。「これは始まりにすぎない。異教徒どもの罪がその血で清められるまで、われわれは戦いをやめるつもりはない」

カリムは間を置くと大きく息を吸った。

「おまえたちの息子や娘たちが死に絶えるまで爆弾攻撃は続く。われわれを止められると思ったら大間違いだぞ。なぜなら、おまえたちと異なり、われわれは死を恐れないからだ。いつでも死ぬ覚悟ができている。死はわが友なのだ」

ふたたび一息入れると、ささやくような声で繰り返した。「死はわが友なのだ」

カリムは目を大きく見開いた。その目つきはいささか狂気じみていた。カリムは短剣を喉元に突きつけた。手が震えて切っ先が左右に揺れた。アブ・ライードは無言のまま、そんな少年を力づけるかのようにゆっくりうなずいた。

　刃先が喉仏に触れたとたん、血がしたたり落ちてディシュダーシュの裾に降りかかった。しかしカリムはすぐに切っ先をそらした。刃には少量の血が付着しているだけだ。サリムはアブ・ライードの方を見やった。導師は無表情だったが、すぐに目を細めた。そしてサリムの顔を見据えると、はっきりとわかるようにうなずいてみせた。

　その意味は明瞭だった。

　独力では無理だから、介添えをしてやれという指示である。

　サリムは短剣を握っている方の手をつかんだ。カリムはパニックを来たし、ストゥールからあわてて立ち上がろうとしたが、ジャマルにすかさず左腕をつかまれて押さえ込まれた。サリムは刃を少年の喉に向けた。カリムはのけぞるようにしてサリムの腕を押し返そうとした。しかし腕力はサリムの方が上回った。刃は容赦なく血まみれの喉に近づいてゆく。

　とうとう耳をつんざくような悲鳴が室内に響きわたった。カリムは大声で母親に呼びかけた。「ママ！　ママ！　助けて！　さっきのは嘘！　こんなことやりたくない！　やりたくないよ！」同時に悪臭《あくしゅう》がサリムの鼻を突いた。ビニールシートに放尿する音が聞こえた。サリムは自分が冷笑を浮かべていることに気づいた。さきほどまでの不安が怒りに変わった。小便を引っかけられそうになって殺意がむらむらとこみ上げてきたのだ——この自称聖戦士の臆病者をぶち殺してやる。サリムは力任せに刃を押し付けようとした。そのとたん、少年がストゥールからずり落ちて、あお向けに倒れ込んだ。

サリムも同時に倒れた。ジャマルも引きずられるように倒れ込み、ストゥールがひっくり返った。ビニールシート上に溜まった小便に片脚を漬ける格好になったサリムは、ズボンの布地にその尿が染みてくるのを感じた。録画は続いていたが、こうなったらやむを得なかった。サリムは空いている手で少年の髪をつかんでのけぞらせた。もう一方の手は、短剣を持つカリムの手をつかんだままだ。その刃を少年の喉元へじりじりと近づけてゆく。

刃はきわめて鋭利なので、ことさら力を込める必要はなかった。皮膚に食い込んだ刃はたちまち三センチ近い深さに達した。そのショックで目を剝《む》いたカリムは口を開けた。しかし声は出なかった。

出てきたのは血液だけだ。

どうやら動脈を切断したらしい。単なる出血ではすまなかった。心拍に合わせて血が噴出した。おびただしい量である。こんなに血を流すとは夢にも思わなかった。サリムの手はたちまち血まみれになり、ビニールシート上にあふれた血は尿と混ざり合った。カリムは身をよじりながら手足をバタつかせた。サリムは短剣をつかむ力をゆるめず、刃をさらに深く押し込んだ。カリムがぐったりして、その手が血溜まりにボチャンと落ちた。そのとたん血のしぶきが飛んでバラクラヴァをかぶったサリムの顔に降りかかった。河岸に釣り上げた魚が跳ねたときみたいだな、とサリムは思った。

カリムが息絶えるまでかなりの時間を要したように思えたが、実際には一分とかからなかった。グラスの底に残ったジュースをストローで吸い上げるときのような耳障りな音が喉の奥から聞こえたのが最期だった。それっきり静かになり、ピクリともしなくなった。サリムは自分が息を弾ませていることに気づいた。短剣を少年の喉に突き刺したまま立ち上がった。

ジャマルはビニールシートの端に立ってサリムを見つめていた。バラクラヴァから覗くその目は恐怖に満ちている。アブ・ライードはビデオカメラの後ろに立ったまま腕を組んだ。つまらないテレビ番組を見せられたかのように退屈そうな表情だった。

「おい、そいつをストゥールの前まで移動させてくれ」

サリムが合図すると、ジャマルが歩み寄ってきた。二人は無言のまま前かがみになり、死体の脚を一本ずつつかんだ。そして血の跡を残しながらビニールシートの上を引きずり中央へ戻した。ひっくり返っていたストゥールを起こしたのはジャマルだ。二人は指示されるまでもなく死体の両脇に立つと、アブ・ライードのように腕を組んだ。

そのまま三〇秒ほどポーズを取った。ファインダーを覗き込んでいた聖職者がビデオカメラのスイッチを切った。

「神は偉大なり《アラー・アクバル》」アブ・ライードが告げた。

「アラー・アクバル」サリムとジャマルはすかさず唱和した。

「こんなに未練がましい弱虫だとは思わなかったな」アブ・ライードはつぶやいた。

サリムはごくりと唾《つば》を飲み込んだ。何もかも終わったいま、自分が震えていることに気づいた。死体からは依然血が流れ出ていたが、もはや正視する度胸はなかった。吐き気を覚えた――もっともジャマルにも導師にもその事実を打ち明けるつもりはない。カリムの小便の臭いにムカついているだけだと自分に言い聞かせたが、心の奥底ではそれが真実ではないことに気づいていた。爆弾で他人を片付けるのは気楽だ。その場にいなくていいのだから。したがって自分が引き起こした惨状を目の当たりにすることもない。刃物で人を殺すのは別物だ。

それでもアブ・ライードの穏やかな表情を見ていると気持ちが落ち着いた。サリムをこの道に導いてくれたのはアブ・ライードである。アル・シャバーブやアル・カーイダの連中が夢見る栄光を約束してくれたのだ。モスクで夕方の礼拝を終えたあと、二人きりで話し合ったときにこう説明してくれた。この世で聖戦《ジハード》に身を投じれば、天上の楽園での暮らしが待っている、と。

この言葉にどれだけ慰められたことか。人生の支えであった。

「ジャマル」アブ・ライードは言った。「録画した映像を編集してくれないか？」

ジャマルはうなずいた。そしてビデオカメラに歩み寄ると三脚からはずした。ジャマルはコンピューターを使った編集がうまかった。たちまち仕上げてしまうだろう。

アブ・ライードはこの日のうちに動画を送りつけるつもりだった。

「それからサリム、死体の後始末を頼む。いまごろはその子も聖なる殉教者となって、天上からわれらに感謝の眼差しを向けておるだろう。浴室に硫酸がある。ぬかりなく始末するんだぞ」

「承知しました」

ジャマルと導師が出てゆくと、サリムは自分の仕事に取り掛かった。驚くほど重たいカリムの死体をビニールシートでぐるぐる巻きにする。最後にその両端を贈答品みたいにていねいに折り込むと第一段階終了である。サリムは息を切らしながら立ち上がった。

まだバラクラヴァをかぶったままだった。顔が汗ばみチクチクした。サリムは、アブ・ライードが短剣を取り出したキャビネットに歩み寄った。その上に年代物の鏡が載っていた。サリムは鏡の前に立つと、バラクラヴァを顔からゆっくり引き剝がした。そして、おのれの顔を凝視した。おれは変わった。サリムは胸のうちでつぶやいた。

この一〇分ほどのあいだに成長した。神にぐっと近づいたのだ。

神。

サリムは部屋の奥にぶら下がっている白布に目を向けた。アラビア語のシンボルが記された布である。そして右手に目をやった。カリムの血が指先に残っていた。サリムは右の人差し指をひたいに押し当てると、同じシンボルを肌に描いた。

サリムは鏡の中の顔を見つめた。血で塗られたシンボル。ふと夢想にひたった。この顔が世界中の新聞やテレビ画面を飾る日が来るかもしれない。テロの首謀者。そう呼ばれて、西欧世界の兵士どもが追いかけてくるだろう。しかし異教徒の地を離れたら、おれは英雄だ。誰からも愛され賞賛されるだろう。

しかしどんな英雄にも駆け出しの時代がある。サリムは鏡から目を離すと、ぐるぐる巻きのビニールシートのところに引き返して、殺人の後始末を続行した。アブ・ライードは本当に頭がいい。ビニールシートを使ったのは正解だ。お陰で後片付けがぐんと楽になった。

第5章　密殺指令

火曜日　〇八〇〇時

レジメント専用のアグスタ・ウエストランド（英伊のメーカーが共同開発した軍用ヘリコプター）がすでにヘリパッドでローター・ブレードを回転させていた。私服姿のダニーとスパッドは早朝から降りつづく霧雨の中、重たいベルゲン（金属フレーム付大型背嚢）を肩に引っかけてヘリコプターへ駆け寄った。二人が乗り込むと、ヘッドセットを装着した操縦士が親指を立てた。数秒後、ヘリコプターは離陸した。目的地までの所用時間は四五分余。

ほんの数時間前に後にしたばかりのロンドンへまた引き返すのだ。目が回るようなあわただしさだった。ダニーは緑色の草地を見下ろした。通常任務ならたいてい砂漠の赤茶けた大地が眼下に広がっている。戦いに向かう兵士にはその方がふさわしいように思えた。ダニーもスパッドも無言だった。昨夜の出来事がいまも心に引っ掛かっていたが、気がかりなのはそれだけではなかった。問題はヒューゴー・バッキンガムとの再会である。ダニーはあの卑怯者が大嫌いだった。本人が卑劣きわまりないせいもあるが、シリアでの凄惨《せいさん》な日々を思い起こさせる存在でもあったからだ。いまでも当時の情景が脳裏によみがえる。炎に包まれた建物。死人のような目をした傭兵《ようへい》たち。血を流しながら死んでいった旧友……。

クララは何て言ってたっけ？　ダニー、忘れたいと思っていることをいつまでも覚えていてはダメよ。

ダニーとスパッドがシリアでの任務について話したことは一度もない。シリア任務はスパッドにとっても惨憺《さんたん》たるものだった。いま、その日々を思い起こしているのかもしれない。あるいは疲労のために軽口をたたく元気もないのか。とにかく時間は無言のうちに過ぎていった。

四〇分もするとロンドン郊外に達した。ヘリコプターは蛇行するテムズ川の流れに沿って飛んだ。お馴染《なじ》みの風景が視界に入ってきた。バタシー旧発電所、パーラメント・スクエア、ＭＩ６本部ビル。歩行者専用のミレニアム橋とサザーク橋のあいだで左に針路を取ったヘリコプターは、セント・ポール大聖堂とバービカン・センターの上空を越えて、北東部へ向かった。すぐにアーティラリー・ガーデンの広大な緑地が見えてきた。その北端には名誉砲兵中隊《アナラブル・アーティラリー・カンパニー》（英国最古の陸軍部隊だが、現在はスポーツイベントなどチャリティ活動に専念）の由緒ある建物が立っている。上空からでもクリケット・ピッチの芝生が入念に手入れされていることが見て取れた。秋の長雨が続くこの時期にゲームが行われることはまずないだろうに。シティのビルに囲まれたこの緑のピッチが臨時のヘリポートに転用されていた。あきらかに治安機関の要請によるものだ。ダニーの目はすでに五台のパトカーを捉えていた。ほかにも、これといった表示のない車両が数台。警察官だけでなく野戦服姿の兵士たちの姿もあった。ロンドンの心臓部に設けられたささやかな前線基地といったところか。

ヘリコプターが着陸するとすぐさま、ダニーとスパッドは回転翼の下降気流をかいくぐり、黒のランドローバー・ディスカバリーに駆け寄った。そのすぐそばに赤いベレー帽をかぶった兵士が一人立っていた。

「ヘリフォードから？」兵士は近づいてくる二人に尋ねた。

ダニーとスパッドはうなずいた。

「顔を伏せてください」兵士は注意した。「新聞記者が嗅《か》ぎまわっているもので。国防省《MOD》はなんであんな野郎に許可を出したのかな……」

ダニーとスパッドはすぐに背を向けて、ヘリポート周辺にいる誰からも顔が見えないようにした。兵士から車のキーを手渡された二人はディスカバリーに乗り込んだ。ウインドーにはすべてスモークがかけてあるので外から顔を見られる恐れはない。スパッドがハンドルを握ると、兵士が臨時ヘリポートの出口ゲートを指差して教えてくれた。二人の歩哨《ほしょう》が立つゲートを抜けて数秒後には、シティ・ロードをテムズ川に向かって走っていた。

　ダニーは隠れ家《セイフハウス》の郵便番号をカーナビに打ち込んだ。こうすればあとはカーナビが道案内をしてくれる。そしてダッシュボードの小物入れの中身をあらためた。このディスカバリーには無線機が組み込まれており、マグネット着脱式サイレンも装備されていた。いざというときには、このサイレンをルーフに張り付ければ緊急車両として優先走行が可能になる。改造は最小限に留められているのでほかのランドローバーとほとんど区別がつかず、ふつうに走っているかぎり一般車両にしか見えない。

　〇九五五時、いつ終わるかわからぬ今回の任務のあいだ寝泊りする仮の宿舎に到着。その家屋はバタシー・パークの南側に立つ、ヴィクトリア朝の赤レンガ造りの二階建てテラスハウスの一角で、そのいちばん端にあたる。素人目には棟つづきの家屋となんら変わりなく見えるだろう。しかし、黒のリュックサックを肩にかけて車から降り立ったダニーはたちまち、玄関扉に向けられた監視カメラに気づいた。見張っているのは誰だろう？　5《ファイブ》（MI5）？　ザ・ファーム（MI6）？　GCHQ（政府通信本部）？　それともヘリフォード（SAS本部）？　そのいずれかだろう。あるいは、そのすべてかもしれない。ダニーはわざとらしく監視カメラを見上げるとウインクしてみせた。

　昨夜カートライト連隊長から手渡された封筒を開ける。家の鍵が二つ出てきた——各人に一個というわけだ——それと六桁の警報解除コード。ダニーはスパッドに鍵を一つ渡すと玄関扉を開錠した。玄関ホールに取り付けられた警報がけたたましく鳴り出した。ダニーはすぐさま解除コードを入力して警報音を止めた。そして玄関扉をそっと閉めた。

ダニーとスパッドは無言のまま室内をチェックした。スパッドが一階の窓を調べているあいだ――窓は残らず施錠されていた――ダニーはキッチンまで行き、裏口を調べた。裏口は縦六メートル横五メートルのデッキに通じており、そのいちばん奥に施錠された裏門があった。キッチンは、白い収納棚と古びたガスオーブンがあるだけの簡素なもので、自家製ビール製造機《ブリュー・キット》はあるもののミルクはなく、冷蔵庫は電源すら入っていない。背の高い掃除用具入れを開けると、床にボルトで固定されたスチール製の金庫があった。封筒を探ると三つ目の鍵が出てきた。それで金庫を開ける。中には九ミリ口径のグロックが二丁――秘密情報部の標準装備だが、国防省は近年レジメント好みのシグＰ２６６購入に大枚を費やしている。しかしポリマー製で撃鉄のないグロックは軽くて扱いやすいし、性能にも遜色《そんしょく》はない。そのグロックに装着するサプレッサー、上着の内側に隠せるホルスターがそれぞれ一個、そして銃弾が数箱。ダニーは銃弾の箱をそのままキッチンテーブルに出しておいた。そのほかに、携帯電話を小太りにしたような無線機が二台、予備電源が数個、手あかのついたルーズリーフ式ノートが一冊。その中にはコールサインや周波数、暗号コードなどが記されていた。

金庫のいちばん奥にスナップガンがしまってあった。昨夜スパッドが使ったのとまったく同じもので、取り替え用のビット各種と錠前の構造を解説した簡易ハンドブックもあった。さらに侵入用小型キット。これは小片状の軍用爆薬二オンス――ちょうどチューインガム一個くらいの大きさ――長さ五センチで鉛筆くらいの太さの起爆装置、バッテリーパック一個、被覆電線一巻きがワンセットになっている。それに真空パックされた簡易防護服《SOCO》キット（フード付きカバーオール、ゴーグル、防塵マスク、使い捨て手袋がワンセットになったもので、犯罪現場の実況見分などで使用）が数個。これはペーパーバックの本よりやや大きめのサイズ。そして不思議なことに、アルミホイル詰めの携帯糧食まで用意されていた。ロンドンのど真ん中でも必要になるぞとばかりに。

ダニーは銃弾の箱以外のものをすべて金庫に戻して施錠した。そしてキッチンテーブルで各自の銃に装弾すると廊下に出た。スパッドは階段の下にいた。そのスパッドに銃を手渡す。二人はそろって二階へ上がった。

二階には寝室が三つあった。うち二つのベッドと家具にはほこりよけのカバーが掛けられていた。残る寝室にはシングルベッドが二台。「いびきをかくなよ」スパッドはつぶやくように言った。そしてベッドの一つにドスンと腰掛けた。スプリングがギシギシと音を立てた。「おれがマスかくときにゃ」スパッドはだしぬけに言った。「おまえは下のカウチを使え」しかし二人ともそんな時間はないことをわきまえていた。

ダニーは時刻をチェックした。一一〇三時。正午にパディントン・グリーン警察署で打ち合わせがあった。ダニーはグロックを上着の内側にしまうと部屋を出た。「さあ行くぞ」肩越しに相棒に声をかけた。

パディントン周辺は大渋滞だった。道路の半数が通行禁止になり、そこらじゅうに警官の姿があった。こんなに数多くの警察官を見るのはダニーにとっても初めてのことだ。爆弾テロから四日経《た》ったいまも焼けこげた臭いがあたりに漂っている。当然のことながら駅舎は閉鎖されていた――おそらくこれから数か月にわたってこの状態が続くだろう。車を置いた二人は警察署に向かって歩き出した。駅から二〇〇メートル離れた商店までガラスの吹き飛んだ窓に板囲いをしており、いまさらながら爆発の凄まじさを物語っていた。

「戦地で見かけた肉屋みてえだな」スパッドはつぶやいた。そこは駅から南へ一〇〇メートルほど離れた脇道で、ちょうど駅舎を一瞥《いちべつ》できた。スパッドの陰鬱《いんうつ》な口ぶりはダニーの気分を代弁するものだった。こうした破壊の爪あとは世界各地で嫌というほど目にしてきたが、さすがに母国となるとショックは大きかった。

交差点を渡るとき、信号待ちをしているBMW X5が目にとまった。見かけがどこか違っている。ダニーはたちまちその理由に気づいた。ウインドーにうっすらと色がついているように見えるせいだ。あれは防弾ガラスだ。思わず乗っている連中をチェックした。全部で四名。いずれも二十代か三十代。うち二人は黒のTシャツ、一人がレザージャケット、もう一人が暗色のゴアテックス。武装警察官の隠密監視チームだ。まず間違いない。その確信を裏付けるべくフロントグリルを凝視した。すぐに警告灯が隠されていることに気づいた。

スパッドがダニーに目配せした。相棒も警察の監視チームに気づいたらしい。ところが大半の通行人はX５には目もくれず足早に通り過ぎていった。驚くべきことに、人は見ているようで何も見ていないものなのだ。

パディントン・グリーン警察署ほど醜悪な建物はロンドンでもめずらしい。ウエストウェイ立体交差点の北側に面して立つコンクリートブロック造りの味気ない建物で、防犯用の鉄格子に囲まれた上階を見ていると、近代的な警察署というより第二次大戦中の監視塔を思わせる。ダニーは一度この警察署に来たことがあった。ここはロンドン北西部を管轄するごくふつうの警察署なのだが、地下に警備が厳重な一六の独房を備えており、世間の注目を浴びた指名手配犯やテロ容疑者が最初に留置される場所だった。ほんの数週間前、ダニーはここから中央刑事裁判所《オールド・ベイリー》にチェチェン人爆弾犯を護送する警察チームの護衛にあたった。

すぐには警察署には入らなかった。その前にやることがある。道路の反対側の郵便ポストのそばまでぶらぶら歩くと、ダニーは暗号化された携帯電話を取り出し、あらかじめ入力された番号にダイヤルした。即座に応答する声が聞こえた。「パディントン警察署」

「ちょいと頼みがある」ダニーは切り出した。「特別配達便を回収するようフレッチャー警部補に伝えてくれ」それだけ言うとすぐに電話を切った。

二分と待たなかった。学校を出たばかりなのか、初々しい顔つきの当直巡査が警察署の正面エントランスに現れた。その警官はしばらくあたりを見回したすえ、ようやく二人の姿に気づいた。巡査がうなずくと、ダニーとスパッドは道路を横断して、その巡査の後から警察署に入った。二人は地下へ案内された。そして施錠されたドアを二つくぐり抜け、消毒された廊下のいちばん奥にある小さなオフィスに通された。白髪まじりの口ひげを生やした中年男がデスクを前にして座っていた。いかにも人懐っこい顔つきだが、疲れの色が濃かった。ダニーはふと思った。いまのロンドンでおまわり《コッパー》ほど割に合わない仕事はないだろう。中年警察官は私服姿で——しわの寄ったスーツにネクタイ、ワイシャツの第一ボタンをはずしていた——三〇センチ近く積み上げられた書類の山を前にボールペンでサインをしているところだった。横の壁には一六のモニターが並び、独房の内部を映し出している。空き室なのは二つだけ。収監者は例外なくベッドに寝転がり監視カメラを睨みつけていた。

「あの独房よりひでえホリデイ・インに泊まったことがあるぜ」巡査がドアを閉めて

出てゆくと、スパッドは言った。

中年警察官はようやく来客に気づいたらしく顔を上げた。そして立ち上がって歩み寄ってくると、モニターの一つをポンと叩いた。「こいつを知ってるかい？」中年警察官には西部地方のなまりがあった。「フランスへ渡ろうとしたところをドーヴァー港でひっ捕まえた。いまフェイスブックで話題になっているあの斬首ビデオの関係者らしい」

「こいつらの問題点は」スパッドがすかさず応じた。「四六時中、斧《おの》を研いでいることだな」

「あいつは今週末、本国へ送還されるんだが」中年警察官は話を続けた。「アメリカの監獄がここほど快適じゃないってことにすぐ気づくだろう。だからといって別に驚くようなことでもないがね。あえて言わせてもらうと、われわれの対応はとことん間違っている。一杯やって殴りあいのケンカになったらたちまちブタ箱に放り込まれるのに、旅客機爆破未遂だと拘留中の容疑者の顔をテレビに出しただけで人権蹂躙《じゅうりん》だと弁護士にねじこまれる。実際に暴力沙汰を起こしていないのだから、人権侵害だとさ。すくなくとも弁護士どもの言い分はそうだ」

「おれを指名してくれたら」ダニーは目をきらめかせながら言った。「喜んであの野郎のお供をさせてもらいますよ」

「それはぜひともお願いしたいもんだな」中年警察官はクスッと笑うと手を差し出した。「フランク・フレッチャーだ。きみたちと警察のつなぎを担当する。何でもご要望に応じるよ——SAS《レジメント》の面々と仕事ができるのは光栄だからね」

二人と握手を済ませるとフレッチャーはデスクに引き返した。そして探し物でもあるのか書類を何枚もめくりながら顔をしかめた。「書類仕事は」フレッチャーはぼやいた。「頭痛のタネだ。とりわけいまは。銀行屋どもにさんざん食い物にされたあげく人員削減に追い込まれたのに、いまごろになって街をパトロールする警官の数をもっと増やせとさ。みんな休日返上で男女の区別なく街中を巡回してるんだぞ。もちろんロンドン警視庁《メット》だけじゃない。主要都市はどこも厳戒態勢だ——バーミンガム、ブリストル、カーディフ、マンチェスター、グラスゴー……。警官にとっちゃ最悪の一週間だった。これだけ出ずっぱりで働いても、これっぽっちも抑止力にはならんのだからな。だって、鉄道の駅を本気で爆破するつもりなら、何としても実行するだろう。違うか？」

「そのとおり」ダニーとスパッドは異口同音に答えた。二人とも職務に不満を抱く警察官には慣れっこだった。胸のつかえが取れるように応対するのがベストで、さもないと終日愚痴を聞かされることになる。

「その一方」フレッチャーは未決書類入れの中をかき回し続けた。「通常の事件の方は手付かずの状態でね。土曜日の夜、プレード通りに暮らす若い女性宅に不法侵入したやつがいるんだが、いまだに指紋採取チームすら派遣できないありさまだ」そしてダニーとスパッドが入ってきたときに署名していた調書を取り上げた。「こいつがまた不運な男でね。ゲンジロフ教授といって、ブルームズベリーのどこかの大学で教えている人物なんだが、この前の金曜日に自転車で職場へ向かう途中、どこかの馬鹿にひき逃げされて一巻の終わり。この二〇年間毎日通っていた道でね。この事件も目撃者の供述すら取れていない」

　ダニーが腕時計に目をやると、フレッチャーはその意味をすぐに悟った。「すまんなあ、見苦しいところをお目に掛けて。なにせこのありさまだからね」さらに書類をかき回した。「お、あった！」

　フレッチャーはラミネート加工された、クレジットカード大の身分証明書を差し出した。ダニーとスパッドは進み出て受け取った。ダニーの身分証には、一年前に撮ったパスポート用の私服姿の写真が貼付してあり、九桁の番号とバーコードが記されていた。マイク・バンフィールドというのがダニーにあたえられた偽名である。「ＳＩＳ（ＭＩ６の別称）のＩＤカードだよ」フレッチャーは説明した。「警官に身分を明らかにするよう言われたら、そのカードを提示すればいい」そしてＡ４サイズの茶色の封筒を二人に手渡した。ダニーは中を覗いた。二〇ポンド札の束が入っている。「各自に一〇〇〇ポンド」フレッチャーは説明を続けた。「活動資金《フロート》だ。法人名義のクレジットカードを使う手もあるが、決済に数日を要するし」フレッチャーはちょっぴりバツが悪そうな表情を浮かべた。「領収書が必要になるからね。そんなものを用意できるわけがない。それにきみたちだって、こういうカネの扱いは心得ているだろう」フレッチャーはデスクから鍵束をつかみあげた。「ではドライブに出かけようか？　このエリアから抜け出すには警察車両を使うのがベストだからな」

ダニーとスパッドは現金の入った封筒を懐にしまいながら顔を見合わせた。「ドライブってどこへ？」ダニーは尋ねた。「ここでＲＶ（合流）するものと思っていたのに」

フレッチャーは驚きの色を浮かべた。「とんでもない。こんなチンケな警察署にお偉いさんを呼ぶわけにはいかんだろ、とりわけこんなヤバい時期に。街の外まで連れて来いというのが、わたしにあたえられた指令だ」

「行き先は？」スパッドが尋ねた。

フレッチャーはなぜか視線をそらすかのようにデスクから立ち上がった。

「ハマーストーン」フレッチャーは答えた。「さあ行こうか？」

フレッチャーが運転する警察車両は、本人が言っていたように、パディントン周辺の大渋滞をたくみにくぐり抜けたが、降りしきる雨の中、フロントガラスのワイパーは大忙しだった。数分もしないうちにウエストウェイを走っていた。

「ハマーストーンに行ったことは？」フレッチャーは高速二五号線へ向かいながら尋ねた。

「聞いたことねえなあ」助手席のスパッドが答えた。

「ジョージ朝の豪勢な屋敷だよ。当時は王様とその妃《きさき》が住んでたんだろうな。政府の役人が好むのはそのせいだろう。大物になった気分を味わえるからね」フレッチャーは自分の冗談に笑いながら口ひげをぴくぴくさせると、バックミラーを覗いてダニーの反応をうかがった。ダニーはかすかに笑みを浮かべたものの、すぐまた指の爪に視線を戻した。けさヘリフォードでシャワーを浴びたのに、左の親指の爪のあいだにまだ血の残滓《ざんし》がしつこくへばりついていた。その残りかすをこそぎ落とすと、ウインドーの外に目を向けた。一〇分のあいだに軍用車両を三台見かけた。第一一ジャンクションの手前まで来ると交通機動隊の車両が二台待機していた。スピードガンで速度違反車両の摘発をしているように見えるが、じつは不審車両の確保が真の目的ではないかとダニーには思えた。フレッチャーは何も言わなかった。

一三三〇時、高速二五号線を後にした。その一五分後には、ケント州中部の田舎道を走っていた。こんもりした生垣に縁取られた道がうねうねと続く。車は減速し、フレッチャーは右のウィンカーを点滅させた。公道を離れた車は気づくと鉄製の大きな門の前に来ていた。〈ハマーストーン〉と記された真鍮製《しんちゅうせい》プレートの反対側に、野戦服姿の武装兵士が一人立っている。ダニーがじっと見守っていると、その兵士は手帳サイズのノートに目をやり車のナンバーをチェックした。そして満足そうにうなずくと、鉄の門を開けて車を通した。それから樹木の立ち並ぶ曲がりくねった私道を延々と走った。やがて前方に建物が見えてきた。

それは陰鬱な大邸宅だった。三階建ての母屋の両側にやや小ぶりな家屋を翼《ウイング》として配した造りで、三棟とも屋根に装飾を施した煙突陶冠《チムニーポット》が並び、かなり手入れが必要な広大な庭園に取り囲まれていた。雨が降り続いているせいか建物周辺にうっすらと靄《もや》がかかっているので、セピア色の記念写真でも見ているような気がした。ただ、離れていても、荒廃ぶりが見て取れた。屋根の一部に足場が組まれて、最上階の窓のうち三つは板で囲われている。かつては偉容を誇ったのだろうが、いまや老残の姿をさらしているだけだった。

フレッチャーは正面玄関のすぐ外の雑草の生い茂った砂利道に車を停めた。すでに四台の車が先着していた。うち二台は黒のベンツで、その一方は外交官ナンバーを付けており、両方とも運転手が待機している。残りはグレイのアウディTTとBMW5シリーズである。警察車両から降り立つと、スパッドは先着車両の品定めを始めた。

ヘリフォードのパブで若い娘の品定めをしているときと同じ目つきだ。「この外車がいただけたら」スパッドは言った。「売っぱらって引退するぜ」

同感だとばかりにうなり声を漏らしたダニーは、一階の窓のカーテンに注意を奪われた。レースのカーテンがかすかに動いたのだ。

「こっちだ」フレッチャーが言った。二人はその後について玄関扉に通じる石造りの階段を上がり中へ入った。広いエントランスホールは寒々としており、三人の足音が邸内にこだました。両側の壁はオークの板張りで絵画が掛けてあったがいずれも傾いており、傷だらけの床板を覆う敷物は色あせて擦《す》り切れ、いたるところに虫食いの跡があった。とても管理が行き届いているとは言いがたい。ダニーは居心地が悪かった。味も素っ気もない陸軍基地の兵舎は慣れっこだが、こんな風に廃《すた》れゆく豪邸は、余人はともかく、ダニーの趣味には合わない。

右側の扉が蝶番をきしませながら開いた。戸口に人影が現れた。びっくりするほどハンサムな顔に気取った笑みを浮かべたお馴染みの男である。

ヒューゴー・バッキンガムは両手を広げながら歩み寄ってきた。その視線はもっぱらダニーに向けられており、スパッドやフレッチャーには目もくれなかった。満面に笑みを浮かべ白い歯がこぼれた。バッキンガムは手を差し出した。「ダニー、会えてうれしいよ。ひさしぶりだなあ」

ダニーは顔からいっさいの表情を消した。そして差し出された手を見つめた。MI6の情報部員は動じるそぶりも見せず、差し出した手を下ろした。「元気そうで何よりだ」そしてダニーの相棒を振り返った。「スパッド！」飲み友達でも出迎えるような口ぶりだ。「懐かしの秘密警察《ムカバラト》で負わされた古傷《セジュール》の具合はどうかね？」

スパッドはポーカーフェイスのまま袖をまくり上げた。肘から手首にかけて赤く生々しい傷跡がギザギザに走っていた。「雨の日はいまも痛むんだぜ」スパッドは吐き捨てるように言った。「戦争の古傷ってはそんなもんだ。知らねえのか？」

バッキンガムはそつなく笑みを浮かべた。「言われてみるとそうかもしれないね。まあとにかく、それなりに元気そうでよかった。こんなダウントン・アビー（同名の英国人気ドラマの舞台になった貴族の広大な屋敷のことで、アビーは邸宅という意味）みたいなところに呼び出したりして申し訳ない。この件は人目をはばかるものでね」いかにも専門家ぶったその口ぶりがダニーの神経に障った。

バッキンガムは連絡担当の警察官を振り返った。「ご苦労、フレッチャー」まるで執事にでも話しかけるような物腰である。「車で待っていてくれないか」

フレッチャーは苛立たしげに口ひげをぴくつかせたが、おとなしくうなずくと玄関の方へ引き返していった。

「これからみんなに引き合わせるよ」バッキンガムは言った。「みんなきみたちに会いたがっている。二分ばかり時間をくれないか？」

　ダニーは肩をすくめたが、バッキンガムはすでに背を向け、そのまま部屋に入ってドアを閉めた。ダニーはすぐさまドアに近づくと耳を押し当てた。複数の声が聞こえた。くぐもってはいるが、内容はちゃんと聞き取れる。

　アメリカ人らしい男がしゃべっていた。「合衆国の情報機関が全面的にバックアップすることを考えたら、わたしがこの場にいても何ら問題ないと思うがね」

「問題なんかあるもんですか、ハリソン」北部なまりのある女の声。とりすました口ぶりだ。何かに腹を立てているのに、怒っていないふりをしている。「誤解しないでね。あなたを歓迎しないと言っているわけじゃないの。どうせＮＳＡ（全世界の通信を傍受しているといわれる米国の国家安全保障局）がここでのやり取りを残らず報告書にまとめて、あなたの元へ送り届けるでしょうしね」

「実のところ、そのＮＳＡもハマーストーンのことは知らなかったよ。こうしてわたしが招かれるまではね。みなさんだってアングリーバード（卵を盗まれて怒った鳥が卵泥棒の豚を攻撃するモバイルゲーム）のことはご存知ないようだし」

　このピントはずれのジョークには誰も笑わなかった。「とにかく、機密保持に関して共通認識を持てたのは結構なことだわ。で、ヒューゴー、来たの？」

「外に待たせています」バッキンガムは答えた。

「それなら、さっさと通したらどうなの？　みんな忙しいんですからね、悠長にかまえている暇はないのよ」

ダニーがドアから離れたとたん、バッキンガムが姿を現した。「こちらへ」情報部員は二人に微笑みかけた。ダニーとスパッドはその後から部屋に入った。

そこは大きな部屋だった。壁は廊下と同じようにオークの板張りで、同じように陰鬱な感じがした。片隅に古ぼけたグランドピアノが据えてあり、ソファや寝椅子が部屋のあちこちに置いてあった。昔風の大きな暖炉もあったが、火は入っていない。その左側に食卓用の椅子が六脚、円形に並べられていた。天上からシャンデリアが二つぶら下がっていたが、その弱々しい明かりでは部屋全体を覆う暗い影を追い払うことはできなかった。

「ダニー・ブラック、スパッド・グローヴァー。今回の任務にふさわしい有能な兵士たちです」バッキンガムは部屋の中へ進みながら告げた。暖炉の近くに三人の人物が立っていた。バッキンガムが紹介しているあいだに、ダニーの熟練した目はたちまちその特徴を捉え、記憶に刻み込んだ。

女一人、男二人のミスマッチな三人組である。女は小柄で――身長一六五センチ足らず――四十代。疲れた顔に美しかった時代の面影を宿しているが、それはずいぶん昔のことだ。「ヴィクトリア・アトキンソン」バッキンガムが告げた。「MI5所属。われわれは全員――」自分もふくめて残りの男二人を指し示すと、ダニーとスパッドも指差した。「――ヴィクトリアの指揮下で動くことになる」

「よく来てくれたわね、ありがとう」ヴィクトリアは変に鼻にかかった北部アクセントで言った。そして袖口からティッシュを引っ張り出すと鼻をかんだ。スパッドが辛らつなコメントを我慢しているのが気配でわかった。彼女は間違ってもステラ・リミントン（MI5初の女性長官で、007シリーズの女性Mのモデルとなった）ではない。やや小太りだし、およそ見栄《みば》えのしない花柄のブラウスを身に着けていた。髪は黒く染めているが、根元は白かった。笑みを浮かべているものの、ひたいのしわが内心の不機嫌さを物語っていた。

その隣に立つスーツ姿の男は角張ったいかつい顔の持ち主で、鼻の形から判断すると何度も鼻の骨を折ったことがあるようだ。右目がやや斜視だ。隣の女より少し年かさで、早くも禿《は》げかけていたが、残った頭髪をなでつけて禿げに見えないよう偽装していた。雰囲気からあきらかに軍人だとわかる。見た覚えがあるような気がした。新聞で見たのだろうか？　あるいはヘリフォードで見かけたのかもしれない。

「ピアーズ・チェンバレン」バッキンガムが名を告げた。それでピンと来た。もちろんその名ならよく知っている。チェンバレンはＳＡＳの元将校だ。ヘリフォードでは北アイルランドでの働きぶりで知られていた。現在、５《ファイブ》と密接な関係にある。王室とも親しい間柄で、王室の記念写真にもよく写っていた。大物ぶりを示すために署名のさいに数文字書き足すことを忘れないタイプである。チェンバレンはダニーたちにウインクしてみせた。SASの士官が兵卒に見せるような仕草ではない。階級の垣根を越えて仲良くやろうじゃないかというサインのつもりなら、見当違いもいいところだ。

「やれやれ」スパッドがつぶやくように言った。それをきっかけに、チェンバレンのやぶ睨みはさらにひどくなり、気まずい沈黙が垂れ込めた。

もう一人の男は若かった。三十代後半だろう。ふさふさしたブロンドの髪、襟元の開いたシャツ、洒落《しやれ》た茶色のブレザー。クララなら「プレッピー」だと言うだろう。賭けてもいいがヤンク（米国北部人）に違いない。「ハリソン・マドックス」バッキンガムが言った。「CIAの連絡担当だ。先週の金曜日にはアメリカ人の犠牲者も出たからね。つなぎ役としてラングレー（CIA本部の所在地）が収集した情報をわれわれに伝達してくれる」

「諸君、よろしく」マドックスは上品なアメリカ英語で言った。「デルタフォース（米陸軍テロ対策特殊部隊）の連中からきみたちの活躍ぶりはよく聞かされているよ。中東では、きみたちと組んでスペッナズ（ロシアの特殊部隊）に一泡吹かせてやったとか」

ダニーとスパッドはあいさつ代わりに軽くうなずいただけで、何も言わなかった。

「それじゃ」ヴィクトリアはきびきびした口ぶりで切り出した。「あいさつもすんだことだし、みんな忙しいんだから、さっそく本題に入りましょうか。みんな、座ってちょうだい。ヒューゴー、これで全員そろったわけだから、あのフィルムをお見せして」

バッキンガムはうなずいた。暖炉の左側に置かれた食卓用の椅子に全員が着席すると、バッキンガムは革ケースからノートパソコンを取り出して、補助テーブルの上に載せた。すぐにパソコンを起動させて画面のアイコンをダブルクリックする。クイックタイムが立ち上がったが、映像が出るまで若干時間を要した。

「気の弱い方にはお勧めできませんが」バッキンガムは顔をしかめながら言った。画面に三人の人物が映し出された。そのうちの一人はストゥールに腰掛けている。中東系の顔つきをした若者だ。刃の鋭い短剣を手にしていた。若者の両側に立つ人物は黒の目出し帽《バラクラヴァ》をかぶっている。その背後に黒色のアラビア文字をあしらった白布がぶら下げてあった。

「結末がみえみえの映画を見せられるような気分なんだが、どうしてかな？」スパッドは誰となく尋ねると、さらに質問を続けた。「あの文字はどういう意味なんだい？Wに数字の1をくっつけて、頭にクネクネした曲線をかぶせたように見えるけど」

「あれは神《アラー》を意味するアラビア文字で」バッキンガムは答えた。「イスラム世界ではきわめて神聖なシンボルと見なされている」

「鳥の糞《ふん》みてえだな」スパッドはつぶやいた。

「イスラム世界には神を意味する言葉が九九もあるのよ」ヴィクトリアはスパッドの

あけすけのないコメントに対する当惑を押し隠すかのように言った。「アス・サラムは平和の使い、アル・ガファールは許しをあたえる者……」

「四人目は何者だ？」ダニーがいきなり口を挟んだ。

「あの部屋にいるのは三人だけだぞ」バッキンガムが答えた。恥をかかされたと思ったのか、その声にはトゲがあった。

ダニーは首を振った。「影を数えてみろよ」

ダニーの言うとおりだった。三人の影はくっきりと映し出されているが、それ以外に、ぼんやりとした大きな影がその三つの影に重なるように映っていた。ダニーは進み出ると人差し指でその輪郭をなぞった。

「そ、そうだな」バッキンガムは顔をすこし赤らめた。「おそらく動画を撮っているやつの影だろう」

「なんですって！」ヴィクトリアが声を荒げた。「どうしていままで気づかなかったのよ？」苛立ちを真っ向からぶつけられたバッキンガムは見るからに狼狽《ろうばい》した。

「あとでよく調べておきます」バッキンガムは画面を軽く叩いた。「よろしいでしょうか？」

「さっさと始めなさい」

バッキンガムは再生ボタンをクリックした。

画面中央の若者がしゃべりだした。

「わたしの名はカリム・ダフラマル。ハットフィールドに生まれた。両親はラニヤ・ダフラマルとユスフ・ダフラマルだ。二人とも、わたしがこれからやろうとしていることを理解できないだろう。二人とも世界を知らないからだ」若者は一息つくと、そわそわした様子で床を見つめた。「四日前、わが戦友たちが聖戦《ジハード》の輝かしき先陣を切った。これは始まりにすぎない。異教徒どもの罪がその血で清められるまで、われわれは戦いをやめるつもりはない。おまえたちの息子や娘たちが死に絶えるまで爆弾攻撃は続く。われわれを止められると思ったら大間違いだぞ。なぜなら、おまえたちと異なり、われわれは死を恐れないからだ。いつでも死ぬ覚悟ができている。死はわが友なのだ……死はわが友なのだ」

若者は震える手で短剣を持ち上げるとその刃を喉に押し当てた。喉仏のところから血がしたたり落ちた。

「まいったな」ダニーはつぶやいた。

しかしその直後、画像が乱れた。そして、床に横たわる若者の姿が唐突に映し出された。短剣の刃が食い込んだ喉の傷口から依然血が滲《にじ》み出ていたが、カリム・ダフラマルの血液の大半はすでに流れ出た後だった。床に敷かれたビニールシートは血だらけで、死体を引きずった跡がくっきりと残っている。バラクラヴァをかぶった二人の男が死体の両側に立っていた。その両手は血まみれだった。そしておそらく飛び散った血糊《ちのり》だろう、黒ずんだ染みが衣服のあちこちでテカテカと光っていた。

映像はそこで終わった。ダニーは室内を見回した。ヴィクトリアはハンカチを取り出して口元を押さえた。CIAのマドックスは死者を悼《いた》んで頭を垂れていた。チェンバレンは斜視を光らせながら画面を凝視し、唇をへの字に結んでいる。バッキンガムはパソコンにそばにじっと立っており、画面に目を向けようとしなかった。

「あの若造の自殺を手伝ったやつがいると見ているのはおれだけかい？」ダニーは問いかけた。

「うちのアナリストも同じように考えているわ」ヴィクトリアが答えた。「まだ精査したわけじゃないけどね。このビデオは三時間前にアルジャジーラに届いたものなの。いまのところ圧力をかけて放送を控えさせているけど、放送局には放送局の使命があるし、いつまでも抑え込めるわけじゃない」そう言うとバッキンガムに目配せした。

「わたしたちにはもう必要ないけど」

バッキンガムは指示どおりノートパソコンを閉じると腰を下ろした。

「あのバラクラヴァの二人はパディントン爆弾テロの実行犯と同一人物だという確証があるの。このビデオは同じような虐殺を計画しているという明確な意思表示と見なすべきね。ヒューゴー、写真をお願い」

バッキンガムは革ケースからＡ４サイズの白黒写真を数枚取り出すとそれをダニーに手渡した。いずれも監視カメラの画像を引き伸ばしたもので、最初の四枚にはコンコースを歩く三人組が写っていた。おそらくパディントン駅だろうとダニーは思った。そのうちの一人はアバクロンビー＆フィッチのフード付きジャケットを着ていた。もう一人はパリッとしたスーツ姿で前かがみになっている。三人目はずっと小柄で、顔がはっきり見えた。あきらかに健常者と異なっていた――ひどく寄り目なのだ――が、満面に笑みを浮かべている。

「この間抜けは？」スパッドが尋ねた。

「アルフィ・ソーンというダウン症の青年。知ってのとおり、ダウン症の子たちはすぐに相手を信用してしまう。われわれの仮説はこうよ。この二人の同伴者が時間をかけて彼を手なずけて旅行に引っ張り出す。三人ともスーツケースを携行しているでしょ」たしかに三人ともキャスター付きのスーツケースを引いていた。「残りの写真に、コンコースを引き返す二人の姿が写っているわ、しかも手ぶらでね。残念ながら犯人の狙いどおりになってしまった……」

「……不審を持たれないようにアルフィを荷物番に残しておくという手口のことだな」ダニーが補足した。「スーツケース三個に爆薬が詰まっていたわけか。種類はＣ４（軍用プラスチック爆薬）？」

　ヴィクトリアはうなずいた。

「で、こいつは？」スパッドが尋ねた。

「カケラも見つからなかったわ」ヴィクトリアはまたティッシュで鼻をかんだ。

　スパッドが不快感をあらわにした。もちろんアルフィ・ソーンも一〇〇人を超える犠牲者の一人なのだが、ダウン症の青年をこんな風に爆弾テロの道具に利用するのは卑劣きわまりない行為といえた。

「で」ダニーは単刀直入に尋ねた。「この実行犯二人を消せばいいのか？」誰もあからさまに口にはしないが、目的はそれしかない。でないとレジメントが呼ばれるわけがなかった。遠回しに美辞麗句をちりばめた長話を聞かされるのは真っ平ごめんだ。

「職務熱心だな！」チェンバレンはニカッと笑って言った。「日夜デスクに縛りつけられておる、われわれのような老いぼれとは違う。もっともこれくらいの厄介事ならいまでも処理できるとは思うがな。終日ペンを動かしているよりは、自分の手でやつらを始末したいところだ」

　チェンバレンにとりたてて好意は感じなかったが、共感できる部分もあった。事実、ときおり倫理的に問題のある任務を命じられることがあった。しかし今回のように大量虐殺犯を抹殺するのは、そうした任務と異なる。

「その二人についてわかっていることは？」ダニーは尋ねた。標的の身元を割り出すのは一仕事なのだ。その上で、潜伏中の標的を捜し出さなくてはならない。

「姓名も住所も判明しているわ」ヴィクトリアは即答した。「実際、めずらしいことなんだけど、あの二人についてはかなりの情報をつかんでいるの。だから対処するのにさほど時間を要しないはずよ。あなたたちのことはヒューゴーがとても高く評価しているもの」

バッキンガムがいかにも親しげに笑顔を向けてきたが、ダニーとスパッドはそろって無視した。

「第一のターゲットはサリム・ガライド。ソマリ移民の第二世代よ」ヴィクトリアが説明を始めると、バッキンガムが写真を取り出した。目が落ち窪《くぼ》み頬骨が張った痩身《そうしん》の黒人が写っている。「両親は温厚で敬虔《けいけん》なイスラム教徒」

「そんなものが存在すればの話だがな」チェンバレンが口を挟んだ。「だろ、諸君？」またしてもウインクしたが、ダニーとスパッドはヴィクトリアに注意を戻した。

「ピアーズ、いい加減にして」ヴィクトリアは押し殺した声で言った。「両親は数年前にこの息子を勘当したわ。過激な言動が目立つようになったから。イスラム教徒にとって親子の縁を切るというのは大変なことなのよ。二年ほど前からMI５が要注意人物としてリストアップしてたんだけど、数か月前に姿をくらましたわ。地味な存在だから甘く見てしまった。現在はハマースミスのアパートに住んでいる。警戒させるといけないから監視はつけていないけど、そのアパートから爆弾の材料が大量に見つかっても驚きはしないわ」

「顔を見るのが楽しみだな」スパッドがつぶやいた。

「第二のターゲットは」ヴィクトリアが説明を続けると、バッキンガムが別の写真を取り出した。頬がふっくらした、元気そうな若者が写っている。「ジャマル・ファルール。パキスタンのクエッタ生まれ。これまでマークされたことは一度もない。現住所はペリヴェイルの公営住宅。現在、二四時間体制でこの住宅を見張っているけど、影もかたちもなし」

「忙しいんだろう」ダニーは言った。

「まあ、そんなところね」

気まずい沈黙。ヴィクトリアとマドックスはぎこちなく視線を交わした。「さあ、ヴィクトリア」マドックスは穏やかに言った。やりたくないことをやらせるときの口ぶりだ。

「第三のターゲットは」ヴィクトリアは告げた。「お馴染みの人物よ」指を鳴らすと、バッキンガムが三枚目の写真を取り出した。ヴィクトリアは全員に見えるよう、その写真を掲げた。

スパッドが小さく口笛を吹いた。

「アマール・アル・ザイン」ヴィクトリアは言った。「別名アブ・ライード。おそらく彼についてはよくご存知でしょうけど、知られていない事実も結構あるのよ。英国に生まれ育ち、テムズ・ヴァレー大学に進学して政治学を専攻。二一歳までは享楽的《きょうらくてき》な暮らしをしていた。酒好きで、ルームメイトに大麻所持を通報されたこともある。講義にポルノ雑誌を持ち込んだため大学から譴責《けんせき》を受けているしね」

「やんちゃな聖職者かよ」

「若気の至りってとこね」ヴィクトリアはささいなことだという風に手を振った。

「これから聞かせてもらえるんだろ」ハリソン・マドックスが口を挟んだ。「オサマ・ビンラディンの後継者がいかにして誕生したかを」

「お察しのとおり」とヴィクトリア。「われわれの調査によれば、母校のテムズ・ヴァレー大学で教鞭《きょうべん》をとるうちに過激思想に染まり、しだいに指導者として頭角を現していったようね。彼の説教はきわめて説得力があり、大学にいるあいだイスラム教徒の若者を数多く引きつけた。もちろんその後も、ロンドン北西部のホーリー・シュライン・モスクを中心に活動を続けた。彼のシンパが民兵組織アル・シャバーブと密接な関係にあることはこれまでの情報から明らかになっている。知ってのとおり、アル・カーイダと連携している連中よ。ただ、彼自身がソマリアやイエメンの分派と強いつながりがあるかどうかは不明。確かなのはイスラム法《シャリア》の導入を提唱し、テロリズムの実践を公言していること。ここ数年にわたる一連の活動は、アル・シャバーブ内での地位向上を狙ったものだと思われるわ」

「出世のためってわけかい？」ダニーは信じられないという表情を浮かべた。

「そういう見方もあるってことよ。ただし、間違っても馬鹿じゃない。犯罪容疑で立件されたことは一度もないわ、すくなくともイギリス国内では。ヨルダンではテロ容疑で指名手配されているけれどね。イギリス政府は国外退去にすべく努力してきたけど、結局、司法の壁にはばまれた」ヴィクトリアはＣＩＡの連絡担当をチラッと見やった。「首相の落胆ぶりは見るに忍びないほどよ」

ハリソン・マドックスが暗い顔で鼻を鳴らした。「ほんとイギリス人には恐れ入るよ。腹を立ててるだけで、やり返さないんだものな」

ヴィクトリアは冷ややかな目でアメリカ人を見据えた。「あのねハリソン、個人的な意見を言わせてもらうと、法の支配が確立した国でわが子が成長できることを心から誇らしく思っているの、わたしは。この国の市民なら例外なく法の下で平等に扱われる、たとえ……」

「たとえ大量虐殺を計画していてもか、ヴィクトリア？　そんな愚にもつかない建前論はよしてくれ。アブ・ライードのことなら任せてくれとアメリカ政府は何年も前から申し入れてきたろ。あいつの言うことなら何でも聞く信者たちが数多くいることも把握している。なにも自分の手を汚す必要はないんだ。あいつのために一働きしたいと思っている若い信者がうじゃうじゃいるんだからな。たったいま見たとおり、命令すれば自殺だってさせられるんだぞ」

「そこがアラブ野郎《ラグヘッド》問題のキモだな」チェンバレンがいきなり口を挟んだ。「なにせ神のために命を捨てれば、天国で乙女がわんさか出迎えてくれると信じ込んでいる連中だからな」

マドックスとヴィクトリアは苛立ちもあらわにチェンバレンを睨みつけた。マドックスは大きく息を吸い込んだ。「こちらの提案を受け入れていれば」さっきより穏やかな口調でヴィクトリアに話しかける。「そもそもこんな事態にはならなかった」

「わたしたちは慣れていないのよ、ハリソン」ヴィクトリアはすかさず切り返した。「怪《あや》しいと睨んだだけで不審者をブラック・キャンプ（国内法の規制を受けない国外の尋問施設）に放り込むようなシステムに。わが国は何よりも法的手続きを重視しますからね」

「なるほど、法的手続きね」マドックスは軽い口調で答えると、ゆっくり腕を組んだ。「それなら何でこんなところに集まってゴチャゴチャ話し合っているんだ？　三名のテロ容疑者を手っ取り早く処刑するためじゃないのか？」

ふたたび会話が途切れた。ヴィクトリアの苛立ちは誰の目にも明らかだったが、どうにか気を静めると、何もなかったかのように話を続けた。

「サリム・ガライドとジャマル・ファルールは両名とも、アブ・ライードが主宰するホーリー・シュライン・モスク所属の神学生よ――そう呼ぶのが適切かどうかわからないけどね。アブ・ライードが今回のテロ事件の黒幕にほぼ間違いないとアナリストたちも分析しているわ。同じような事件を二度と起こさせないためにも断固たる処置を取れというのが、首相官邸《ナンバー・テン》からの指示。残念ながら所在不明だけど」

「カミさんに聞けばいいだろ？」スパッドが言った。「ほら、なんて呼ばれてたっけ？　白い魔女《ホワイト・ウイッチ》か？」

「もちろんそのつもりよ。彼女が二重三重に張りめぐらしている法的な防御壁を突破できたらただちに」マドックスは呆《あき》れたように目をくるりと回したが、ヴィクトリアは憤然たる表情で話を続けた。「でも、夫の所在を知っている可能性はかぎりなく低いわね。ずっと全力をあげて行方を捜しているけど、いまのところ本人が姿を見せるのを待つしかない。だからまず、手下の方から対処してちょうだい」そしてスパッドからダニーに視線を向けた。「この件に関して何か疑問は？」

ダニーは表情を変えることなく言った。「要するにテロリストを狩り出して殺せばいいんだろ」

少し間があった。ヴィクトリアはあいまいにうなずいた。「あなたたちが……」しばらく言いよどんでから続けた。「……倫理な問題に悩むことがないよう祈っているけど」

ダニーは思わず笑みを浮かべた。「おれに関するかぎり、そんなものはとっくの昔に忘れちまった」

誰も笑わなかった。ヴィクトリアはふと思い出したように言った。「最後に一つ大事なお願いがあるの……この……この……」またしても言いよどんだ。

「抹殺《ヒット》のことかい？」スパッドが助け舟を出した。

「すべて事故に見せかけてほしいの」ヴィクトリアは話を続けた。「争ったり、尋問したりした痕跡が間違っても残らないように」

「本気かい」ダニーは言った。「アブ・ライードの居所を知るには手下を締め上げるのがいちばんだろ」

「それはこちらで調べる」バッキンガムがぴしゃりと言った。「きみたちの役割は標的の抹殺だけだ。アブ・ライードの所在が判明したら、あらためて指示を出すからそのつもりで」

ダニーは肩をすくめた。

「こちらとしては陰謀説めいた噂をわざわざ否定するつもりはないわ」ヴィクトリアは話を続けた。「テロ関係者が疑心暗鬼におちいってくれたらかえって好都合だから。だけど情報機関の関与が疑われることがあってはならない、絶対にね、この……」

「抹殺《ヒット》」スパッドがまた補足した。

「そのとおり」ヴィクトリアは言った。「こうやって秘密裏に事を進めているのもそのためよ」腕を振って部屋全体を示した。「これから極秘連絡網《デッド・レター・ドロップ》経由で情報をやり取りします。ターゲットの詳細や今後の指示もそうやって伝達します。それから言うまでもないと思うけど、任務遂行中にあなたたちの存在が露見しても、当局はいっさい関知しませんからそのつもりで」

「どんな連絡網《ドロップ》を使うんだい？」ダニーが尋ねた。

「あとでヒューゴーが説明するわ。必要な物は何でも警察の連絡担当に頼んでちょうだい。ほかに質問がなければこれで終わります」

ヴィクトリアは慌《あわただ》しく立ち上がった。ほかの情報部員たちもそれにならった。みんな一刻も早く立ち去りたいようだ。

「じつは」ダニーが口を開いた。「質問がある」

情報部員たちは無言のまま腰を下ろした。

「聞かせてちょうだい」ヴィクトリアはしぶしぶ応じた。

「どうにも腑《ふ》に落ちないんだが？」ダニーは穏やかに言った。

全員の目が彼に向けられた。「どういう意味？」ヴィクトリアは問いかけた。

「爆弾テロがあったのは、ええと、四日前だろ？　その容疑者二名の名前も住所もすでに判明している。それなのに当人たちはまだ国内にいて、のうのうと暮らしている。どうやら、次の標的のことを考えながら街中をぶらついているらしい。もしおれが最重要指名手配犯なら、たちどころに姿をくらますけどな」

何の応答もなく、目を合わす者もいなかった。全員が黙り込んでいる。

「おれが確認したいのは」ダニーは補足した。「そいつらに間違いないのか、という点だ」

間があった。

「もちろん」ヴィクトリアは穏やかに答えた。「間違いないわ」

「それならいい」ダニーは言った。「見当違いの相手を殺すのはごめんだからな」

「いいか、若いの」チェンバレンが不意に口を挟んだ。「このテロリストどもは自分たちが考えているほど賢くないってことだ。イギリス人と同レベルだと思うな」

「たとえそうだとしても、おれは敵を見くびったりしない」

チェンバレンが苛立たしげに顔をしかめた。

「ピアーズが言いたいのは」バッキンガムがそつなくとりなした。「物事を大げさに考えるなということだよ。情報分析はわれわれに任せろ。きみたちはそれに基づいて行動してくれたらいいんだ」

言い換えれば、黙って命令に従え、ということだ。これで半日のあいだに、同じようなセリフを二度も聞かされたわけだ。相棒と同じくダニーも命令される側であり、いつだって作戦の全体像を知らされることはなかった。そうした立場に慣れているはずなのに、今回にかぎってひどく胸騒ぎがするのはどうしてだ？

情報部員たちが次々に部屋を出ていった。まず、野暮《やぼ》ったい服装でピリピリしているヴィクトリア。二番手が、軍人らしい歩調で足を運ぶやぶ睨みのチェンバレン。そして最後にマドックス。英国のカントリーハウスを見学するアメリカ人旅行者みたいにリラックスした軽やかな足取りだった。

一人残ったヒューゴー・バッキンガムは、暖炉のかたわらに立ってドアが閉まるのを待っていた。ハンサムな口元に満足げな笑みを浮かべながら。

第6章　魔の手

薄暗い部屋に残ったのはダニー、スパッド、バッキンガムの三人だけだった。バッキンガムは窓辺へ歩み寄ると、ほかの情報部員たちが運転手付きの車に乗り込んで次々と走り去ってゆくのを見送った。不意に雷鳴がとどろいた。数秒後には雨が降り出し、たちまち昨日のような土砂降りになった。バッキンガムは窓に背を向けるとダニーたちを見つめた。

「不明な点はあるかね？」

スパッドはダニーを振り返った。「いい大人はみんな帰っちまって、ガキの使いと一緒に取り残されたような気分だな？」

バッキンガムは不快そうに目を細めたが、すぐに自制心を取り戻した。「われわれはみんな使い走りだよ。もちろん男女の区別なく。近年の諜報活動とはそうしたものだ。デスクで席を温めている暇なんてない。ＭＩ６のわたしにしてもテムズ・ハウスのヴィクトリアにしてもね。チェンバレンはホワイトホールの国防省《MOD》ビルにオフィスを構えているし、マドックスはアメリカ大使館を拠点にしている。一日二〇時間、週七日、働きづめだ。このハマーストーンは人目につかないだけでなく、中立地帯でもあるんだ」

バッキンガムは上着の胸ポケットから紙切れを取り出すと、ダニーに歩み寄ってそれを手渡した。その紙切れにはGメールのアドレスと一五桁の数字が記されていた――パスワードだ。

「きみたちへの指示はそのアカウントに送られる。メッセージに目を通したら、ただちに削除すること。ファイルに残したり、プリントアウトしたり、転送してはならない。もちろん機密保持のためだが、さっきヴィクトリアも言ったように、情報機関との接点は少ないに越したことはない。わたしとあの三人だけがこのアカウントをモニターしている。通信の安全性については政府通信本部《GCHQ》が請合ってくれた」

つまり、現場の汚れ仕事から距離を置いているかぎり自分たちの尻に火がつく恐れはないということだ。ダニーは胸のうちでつぶやいた。匿名の電子メールなら足がつくこともないからな。

二人は何も言わず、相手の顔を見据えた。バッキンガムの目が冷たく光った。「きみたちはわたしを嫌っているだろう」バッキンガムはそっけない口調で言った。「それならそれで結構。好きになってもらう必要はない。ただ一つだけ教えておいてやろう」肩越しに、さっき仲間の車を見送った窓を振り返る。「わたしはきみたちの友人だよ、それを忘れないでくれ」そしてドアに歩み寄ると、ドアを開けたまま言った。

「スパッド、きみは警察の車でロンドンへ帰れ。ダニー、きみはわたしと一緒に来てくれ」

スパッドは口を開いてバッキンガムに行き先を問いただそうとしたが、ダニーがすかさずその腕を押さえた。「心配するな。ねぐらで会おう」スパッドにメールアドレスとパスワードが記された紙切れを手渡す。

スパッドは釈然としない表情のまま無言で紙切れを受け取ると、ポケットに突っ込んでから部屋を後にした。バッキンガムのかたわらを通り過ぎるとき、敵意のこもった目で睨みつけた。正面玄関の扉がバタンと閉まる音が聞こえると、バッキンガムはBMWのキーをかざして見せた。「運転はわたしが。いいだろ？」

二人が外へ出るとちょうどスパッドがフレッチャーの警察車両の後部座席に乗り込んだところだった。警察の車は砂利道を踏みつけながらたちまち走り去った。バッキンガムが傘を差しかけてきたが、ダニーはBMW《ビーマー》のところまでさっさと歩くと助手席のドアのところで土砂降りの雨に打たれながら待った。ようやく乗り込んだときには全身ずぶ濡れになっていた。

「役得というやつだ」バッキンガムはクルミ材のダッシュボードや革張りのシートを見せつけた。「これくらいの見返りがあって当然だろ？　おいおい、びしょ濡れじゃないか。さっそくヒーターをつけようか。シートヒーターを使いすぎると痔《じ》になるというが、それくらいのリスクは平気だろ」

バッキンガムの車はエアコンをフル稼働させながらハマーストーンを離れた。遠ざかってゆく建物がバックミラーに映っている。雨に煙るカントリーハウスはいちだんとうらぶれたたたずまいを見せていた。

「それにしても」バッキンガムが言った。「ずいぶんひさしぶりだな」

「だからどうした」

「まだつきあっているのか……ええと、なんて名だっけ……そうそう、あのクララと？」

「おまえには関係ないことだ」

「いい女だものな、彼女。飽きたら教えてくれ。一度口説いてみるからさ。この話、前にもしたっけ」

ダニーは深呼吸をして気を静めた。何も言わなかった。無言のまま数分が経過した。バッキンガムがダニーを連れ出したのには何か理由がある。いずれそれを口にするはずだ。

「あそこはちょっとした隠れ家だろ」バッキンガムはようやく口を開くと、わざとらしく笑い声をあげた。「組織をサルで一杯の木に喩《たと》えてみようか？　てっぺんにいるサルが根元を見ると、みんな笑顔だ。下にいるサルが上を見ると、馬鹿ばかり」

「おまえはどっちだ？」ダニーは尋ねた。「笑顔か馬鹿か？」

「きみにそっくり同じ質問を返すよ、ダニー・ブラック」バッキンガムは穏やかに答えた。

沈黙。

「こうは思わないか？」バッキンガムは話を続けた。「誰にもその両面があると」右のウインカーを点滅させて死角をチェックする。「ところで、ヴィクトリアをどう思う？」

「とくにこれといって印象はない」それは嘘だった。どう見ても母親タイプであり、とてもＭＩ５の幹部に向いているとは思えない。テロリストの密殺を命じるより歯医者の受付で働いている方がふさわしいだろう。

「今回の件では、彼女が直属の上司だ」バッキンガムは低い声で話を続けた。ダニーのコメントなど、はなから期待していないかのようだ。「あれでも若い頃は男出入りが激しかったらしい。とてもそんな風には見えないがね。だからわたしの代わりに上司の悪口を言ってくれないか？」

「断る」

「想像もつかないだろうが、とにかく、見かけとまったく異なるんだ。わたしの知るかぎり、きわめて有能な諜報部員だよ。混乱期のモスクワで五年、サウジにおよそ一〇年。リヤド（サウジアラビアの首都）に行ったことあるかい？　美しい街だが、あそこの支局を束ねるのは並たいていのことじゃない。わたしはそう聞かされた」バッキンガムは間を置いた。ダニーは視野の片隅に相手の視線を捉えた。こちらの反応をうかがっているようだ。「そこで現在の旦那と出会ったのさ。サウジ国籍の夫とね。テムズ・ハウスでどれだけ陰口を叩かれたことか。それはひどかったらしい。イスラム教徒の配偶者は当然マイナス評価の対象になるとまで言われた。もちろん旦那の身元は徹底的に調べられたが、怪しいところはなかった」

バッキンガムは一息ついた。

「そうした経歴がガラスの天井になっていると言えなくもないが、世の中はそんなものだろう」

また間を置いた。

「もちろんサウジ赴任時に半年間無断欠勤《AWOL》をやらかしたことも響いているだろう」

「どういう意味だ、AWOLって？」ダニーはにわかに興味をおぼえた。

「文字どおりさ。消息不明。本人は抑鬱状態だったと主張している。〝自分探し〟をしていたとね。そのあいだの居所は誰にもわからない。すべて彼女のファイルに記録されているよ」

「もちろん読んだんだろ」

「備えあれば憂いなし。用心に越したことはない。それからハリソン・マドックスの役割は、われわれの尻を叩くことだから安心していい。きみも含めてね。シリアで何があったかつかんでいるとは思えないし、そもそも誰にだって秘密はあるものだろ？」

ダニーはフロントガラスのワイパーの動きをじっと見つめていた。

「ただ」バッキンガムは話を続けた。「彼女がハマーストーンを仕切ることに関してはかなり疑念を抱いているようだ」

「おまえの方が適任だとでも？」ダニーは鼻で笑った。

「そんなつもりはない。ハリソン・マドックスは魅力的な人物だが、英国への侮蔑を隠そうともしないところが難点だな。米国の露骨な干渉主義的外交政策を一転して支持するようになったわが国の苦衷《くちゅう》にもう少し理解があるといいんだがね」

「戦場へ送ってやればいい」ダニーはつぶやくように言った。「現場を知れば物の見方も変わる」

「釈迦《しゃか》に説法とは恐れ入る」バッキンガムは大げさにため息をついたが、部分的であれ意見の一致をみたことに喜色を浮かべた。「これからもこの調子で行きたいものだな？　背広組は判断を下し、兵士は血を流す」バッキンガムの口から兵隊みたいなセリフを聞かされようとは夢にも思わなかったが、ダニーは気づかないふりをした。

「英国の問題に米国人《ヤンキー》があれこれ口を差し挟むこと自体、あまり気分のいいものじゃない。情報部《ファーム》でもいろいろな噂がささやかれているし。ＣＩＡは目的のためには手段を選ばない、テロリストとも平気で手を結ぶ、とかね。みんな戦々恐々としているところに、今回みたいな事件が起きると、テロとの戦いで頼りになるのは誰なのかあらためて思い知ることになるからな」

「パディントン事件はヤンキーの自作自演だというのか？」ダニーは鼻を鳴らした。

「もちろんそんなことはあり得ない。ただ彼にも気を許すなと言っているだけだ」

「おれは誰にも気を許しちゃいない」ダニーはぴしゃりと言った。

「それはいい心がけだよ」バッキンガムはわざとこちらの真意に気づかないふりをしたのか？　いまのところ判断がつきかねた。

それからまた沈黙が続いた。時間は刻々と過ぎていったが、バッキンガムがまだ腐していないハマーストーンの同僚が残っており、それをいつ口にしても不思議ではなかった。「ピアーズ・チェンバレンはきみたちの世界では伝説的な人物なんだろ？」バッキンガムはついに言及した。

「そんな風に思っているのか？」

「事実、身分の高いお歴々と付き合いがあるだろ。クラレンス・ハウス（ロイヤルファミリーが居住している邸宅）の常連客だと聞いているがね」

「王室の追っかけになることがSAS兵士の夢だとでも思ってるのか？」

打てば響くようなダニーの返答にバッキンガムは満足げな笑みを浮かべた。「王室との親密な関係にいささか違和感を覚えたものでね」そして話を続けた。「特殊な連中とも付き合いがあるし」

それが何を意味するのかダニーはあえて尋ねなかった。どうせ延々と説明を聞かされることになるからだ。

「みんながみんな右翼とは言わないが」バッキンガムは説明を始めた。「UKIP《ユーキップ》（EU脱退を党是とするイギリス独立党）のお友達は、昔よくいたゴリゴリの共産党員を彷彿《ほうふつ》とさせる連中だね。その大半は退役軍人。みんなチェンバレンを教祖《グル》みたいに崇《あが》めている。七〇年代の北アイルランドでIRA《ミック》の天敵として活躍した時代が脳裏に焼きついているんだろう。まさに狂信者、それも多数。もちろん監視対象にすべき連中だよ。チェンバレンの取り巻きは一種の秘密結社を作って、政府に働きかけているんだ。イスラム過激派が手に負えなくなったときには軍に権力を委譲すべし、とね。いまのところ世間から相手にされていないが、今回みたいなテロ事件が頻発《ひんぱつ》すれば、彼らの主張に耳を貸す者が増えるかもしれない」

「要点を言え、バッキンガム」

「そんなものはないよ。ただ世間話をしているだけだ。いずれにせよきみ次第だが、チェンバレンみたいな輩《やから》から指図されてもいいのかどうか、よく考えてみることだ」

「車を停めろ」ダニーは情報部員に命じた。

バッキンガムは目をぱちくりさせた。「こんなところで停車するのは——」

「いいから停めろ」

バッキンガムはダニーに顔を向けた——冷酷で計算高い地金がむき出しになっている。バッキンガムは路肩に車を寄せてエンジンを切った。ルーフを叩く雨音が車内に響く。ワイパーが止まったので、雨水がフロントガラスを滝のように流れ落ち、視界を奪った。

「なんでおれなんだ？」ダニーは問いただした。

「どういう意味かね」

「今回の仕事にふさわしい隊員ならSAS《レジメント》にごまんといる。なにもスパッドやおれを選ぶ必要はないし、もっと腕の立つやつだっているんだ。わざわざおれたちを引きずり込んだ理由はなんだ？」

ウインドーがすっかり曇ってしまったが、バッキンガムは前方を見据えたままだ。

「むしろチャンスを与えられたことを感謝すべきだろ、ブラック」バッキンガムは答えた。「今回の実行犯を排除すれば大手柄になるんだぞ。そのうえアブ・ライードまで……」

「たわごとをほざくな」ダニーはすかさず言い返した。「こいつらを片付けたところでヘリフォードに無事帰還できるくらいが関の山だ。それも次の呼び出しまでのあいだにすぎない。下手をすれば責任をすべて押し付けられて使い捨てにされる。北アイルランドでおまえたちに代わって手を汚した陸軍偵察隊みたいにな。手柄はおまえとハマーストーンのお仲間が独占するって寸法だろ。ところがおまえはその仲間の背中にさっきからナイフを突き立てている。まあ、驚くにはあたらない。いつものやり口だからな、おまえの」

バッキンガムは小鼻をふくらませた。そして振り返るとダニーを正面から見据えた。いかにも親しげに見せかけていた仮面はすでに脱ぎ捨てていた。「いいかブラック、わたしがきみなら」バッキンガムは押し殺した声で言った。「命じられたとおりに行動する。この作戦は、わたしが入念に練り上げたものなんだぞ、それを忘れるな」

「出世の階段は足を滑らせやすいからだろ、ヒューゴー・バッキンガム。それにおまえは手柄のチャンスを見逃さない。みんなが心を痛める悲惨な事件も、おまえにとっちゃ千載一遇のチャンスに過ぎないものな」

「このわたしによくもそんな口がきけるな」バッキンガムは声を荒げた。

「地獄へ堕《お》ちろ」

「きみはこの任務を遂行できるのか？　隠密かつすみやかに、しかも遺漏なく？」しかしダニーが即答しなかったので質問を繰り返した。「おい、できるのか?」

ダニーの動きは素早かった。懐に手を入れて銃を引き抜くと、あっという間に銃口をバッキンガムのこめかみに押しつけた。ウインドーは曇っているので通行人に見咎《みとが》められる恐れはなく、そのままの状態で三〇秒が過ぎた。バッキンガムの頸部《けいぶ》の静脈が脈打ち、息遣いが荒くなった。

「もちろんできるさ」ダニーはささやくような声で答えた。「人を殺すのはたやすい。生かしておく方がよっぽど難しい」

ダニーは銃口をさらに強く押しつけた。バッキンガムはビクッと身体を震わせて目をつむった。「その銃を下ろせ」小声で言う。「きみはわたしを射殺するような馬鹿ではあるまい」

「ところが、おれはおまえの命を何度も救った大馬鹿野郎さ」

ダニーは銃を下ろした。

バッキンガムは震えながら息を吸った。「さっきも言ったように、わたしはきみたちの友人なんだぞ、ブラック。しかし、このわたしに楯突《たてつ》くようなら、破滅させてやるから覚悟しておけ。そのネタは揃《そろ》っているんだからな。だから間違っても出すぎたまねをするんじゃないぞ。誰の命令に従うべきか、しっかり肝に銘じておけ」

「命令を下せるのは」ダニーは銃をしまいながらあざけるように言った。「銃を持ったやつだけさ。おれはハマーストーンの指示に従う。おまえじゃない」

バッキンガムは片手でハンドルを握り、もう一方の手でギアレバーを握っていた。その指関節のところが白くなっている。おびえているのだ。気分をよくしたダニーはドアを開けて外へ出た。交通量の多い通りだった。対向車線をロンドン名物の赤い路線バスが通り過ぎてゆく。大きな車輪が水たまりを踏みつけて、ほとんど人通りのない歩道に水しぶきを浴びせた。左手に〈ダマスカスの星〉という中東系の食料品店があった。雨に濡れた軒下に野菜類を入れた木箱が積み上げられていた。ショーウインドーにはアラビア文字が記され、その窓越しにうすピンク色のヒツジの肉塊が吊り下げてあるのが見えた。店舗の上階に窓があった。その窓に顔が見えた。それも一風変わった顔立ちである――かなり寄り目で丸顔なのだ。ダニーはヴィクトリアの説明を思い出した。爆弾テロの実行犯はダウン症の青年をカムフラージュに使ったと言っていた。ダニーは同情と同時に強い嫌悪を覚えた。このテロリストどもにはルールもなければ、戦略もない。その意味では、バッキンガムとさほど変わらない。

窓の顔が消えた。ダニーは車のドアを閉めると、雨の中を足早に歩き出した。全身が濡れて冷え切り、どこにいるのかも定かではなかったが、車の中でガラガラ蛇《へび》も顔負けのヒューゴー・バッキンガムの毒気に当てられているよりマシだった。

一七五〇時

クララは子どものベッドのかたわらに立っていた。

その子が助からないことはわかっていた。かなりの重傷で、敗血症を併発しているのだ。ここまで生き延びられただけでも奇跡に近かった。両脚は膝のところから切断されたうえ、爆弾の破片で片目の視力を奪われ、右の頰骨を粉砕骨折していた。爆発に巻き込まれてから意識はなく、両親を失ったことも知らなかった。この聖マリア病院で、クララはすでに十数人の重傷患者の臨終に立ち会っていた。しかし、この幼い男の子の姿はあまりにも痛ましかった。ふつうなら意識のない子どもは穏やかな表情をしている。しかしこの子は苦しみもだえているように見えた。

クララはそのかたわらに腰を下ろすと、小さな手を握った。その手には点滴のカニューレが挿し込まれ、生理食塩水の補給を受けていた。もう長くはない。クララはそう判断した。息遣いに変化があった。肺に水がたまりだしているのだ。臨終は間近だった。もはや打つ手はなく、こうして側にいてやることしかできない。

まるで世界がひっくり返ったような気がした。クララは人を助けるために医師になったのだ。人の命を救うために。それがどうだろう、彼女が行くところではどこでも罪のない人たちがバタバタと死んでゆくように思われた。わたしは死神なのか、そんな突拍子もない妄想に悩まされることすらあった。

その男の子は六時三分に死亡した。呼吸がふいに止まり、心拍モニターは平坦線《フラットライン》を映し出した。クララは身じろぎもしなかった。小さな手を握ったまま座り込んでいた。涙が目元にあふれ、頰を伝って流れ落ちた。そんな状態のクララを一〇分後に見つけたのは同僚のエミリーだった。エミリーはクララの肩を抱くと、子どもの手を握っているその指をゆっくり引きはがした。そして混み合った病院の食堂まで連れてゆき、砂糖のたっぷり入った温かい紅茶を飲ませた。目の下に隈をこしらえているクララが紅茶を飲み終えると、そのまま帰宅させた。

クララはくたくたに疲れきっていた。今朝は夜明けにヘリフォードを発《た》った。ダニーが基地へ向かうときに一緒に出たのだ。ダニーは三時間くらいの睡眠でもリフレッシュできたが、クララは無理だった。まぶたが重く、身体のふしぶしが痛んだ。エッジウェア・ロードをメイダ・ヴェイル方面へ歩いた。傘を差していても、ズボンの膝から下がずぶ濡れになった。運河の側に立つマンションの一階に小さな部屋を買ってくれたのは両親で、二度と〈国境なき医師団〉では働かないという条件付きだった。その部屋に帰りついたときには、身体の芯まで冷え切っていた。熱い風呂につかり、スウェットスーツに着替えた。ちょうどその着替えを終えたときに、ドアベルが鳴った。クララは裸足《はだし》のまま玄関まで行くと扉の覗き穴に目を当てた。レンズのせいで全身がゆがんで見えたが、ずぶ濡れになったダニーが立っていた。再会を喜びたかったが、ダニーの険しい表情に不安を覚えた。

クララは玄関扉を開けると作り笑いを浮かべた。「よく来たわね」

ダニーは返事をしなかった。

「中へ入ってよ」

「ちょっと歩こう」ダニーは言った。

雨はやんでいたが、依然として分厚い雲が空を覆っていた。「いいわ」そう答えたものの、ダニーの口調はクララの気持ちを暗くするものだった。「コートを取ってくる」

二人は無言で歩いた。部屋を出るとき、クララはダニーの手を握ろうとした。いつもなら手をつないでくれるダニーが応じなかった。二人は手をつなぐことなく並んで歩いた。

クララはどんな一日を過ごしたか話したいと思ったが、なぜか切り出しかねた。話をするのを怖がっているのかもしれない。どんな展開になるか自分でもわからなかったからだ。

「今日は一日病院にいたの」クララはようやく口を開いた。「あの男の子が――この子のことは話したことがあるわよね？――とうとう亡くなったわ」二人は歩き続けた。

「こんなひどいことをした犯人を何としても見つけ出してほしい。そして英国の監獄に入れてほしいわ。英雄扱いされる母国へ送り返すんじゃなくて」

「あんまり期待しない方がいい」ダニーはつぶやくように言った。

クララは足を止めた。「どうして？」

ダニーは以前にも見せた表情を浮かべた。答えられない質問はするな、という表情である。クララは怒りがこみ上げてくるのを感じた。「そんな顔しないで、ダニー。わたしはあなたの味方よ」

ダニーは憫笑《びんしょう》を嚙み殺した。クララはシリアですべてを見たつもりになっている。そしてロンドンは安全な場所だと思い込んでいるが、それは違う。ビーフィーター（ロンドン塔の番人）がのんびりと愛想を振りまくロンドンは過去のものだ。いまやこの街は危険きわまりない戦場なのだ。イラン大使館（在英イラン大使館がテロリスト集団に占拠されたが、ＳＡＳが突入してこれを排除。その一部始終がテレビで生中継されたためＳＡＳは一躍有名になった）。教皇の銀行家（バチカンの資金管理を担当していたイタリア人の銀行頭取がロンドンのブラックフライアーズ橋の下で首吊り死体で発見された事件）。リトビネンコ（プーチン大統領と対立していたロシア保安庁の元中佐リトビネンコがロンドンで暗殺された事件）。敵対する勢力同士がロンドンの街中で殺し合いをやっているのだ。そう、戦場のように。そうした殺戮《さつりく》がニュースとなりチャンネル４（全国ネットの民放）をにぎわせる。いまやダニーもそのかたわれであり、抜き差しならない立場にあった。

「おれの場合」ダニーは言った。「味方の数は減るばかりだよ」

クララは当惑して首を振った。「それ、どういう意味？」そして、あたりを見回した。やみくもに歩いてきたので、どの道を通ったのか覚えていなかった。どこか遠くの方からエッジウェア・ロードの車の音が聞こえてきたが、二人がいま立っているのは荒れ果てた合同改革派教会の前だった。レンガの壁は崩れ落ち、窓は板で囲ってあったが、その板囲いは落書きだらけだった。その中に道路標識をまねて〈ステーション・ウェイ〉と書きなぐったものがあった。正面扉は古めかしい南京錠で施錠されている。

ダニーはクララの顔を見ようとしなかった。クララが正面に回り込んでくると、顔をそむけた。

「もう会えないよ」ダニーは小声で告げた。

半ば予期していたが、実際に別れを切り出されると、先の鋭いコルクスクリューで心臓を一突きされるような衝撃を覚えた。「どうして？」クララはささやくような声で尋ねた。

「理由なんてどうでもいいだろ」ダニーはぴしゃりと言った。眉をひそめ、依然としてクララの顔を見ようとしなかった。

「わたしにとっては重要なことよ」

ダニーは大きく息を吸った。その姿は怒りを抑えているようにも見えた。「うちへ帰れ、クララ」押し殺した声で言う。「うちへ帰って、外には出るな。それがおれからの忠告だ」

クララは目をまるくした。「外へ出るな？　そんな……つまり……まだまだ続くってこと？　これからも同じような爆弾テロが？　ダニー、あなたがわたしの身を案じてくれるのはわかるけど、だからといって……」

「もう会えないんだよ、クララ。わかってくれ」

クララは泣くまいとしたが、こらえようもなく嗚咽《おえつ》が漏れた。「ダニー、あなたの考え方は間違っている。ここはシリアじゃないのよ。まだ引きずってるの、嫌な思い出を。前にも言ったでしょ……忘れたいと思っていることをいつまでも覚えていちゃダメなのよ」ダニーの上着の裾をつかもうとしたが、冷たく振り払われた。クララはわっと泣き出した。

そして背を向けるとその場から駆け出した。長靴が水たまりを踏みつけ、しぶきが飛んだ。クララは一度だけ振り返った。教会近くの街灯の下に黒い人影が見えた。歩道に長い影を落としたダニーは、頭を垂れて、両手を上着のポケットに突っ込んでいた。

ダニーは走り去るクララを見送った。その姿が路地の奥まで達し、左折してエッジウェア・ロードへ向かうと、すぐさま後を追った。エッジウェア・ロードに出ると、三〇メートルの距離をキープした。商店に張り付くようにして歩いているので、クララが振り返ったらいつでも身を隠すことができた。しかしクララは一度も振り返らなかった。五分後にはマンションにたどり着き、部屋の中に姿を消した。

ダニーは不快だった。自分自身にムカつき、世の中の人間すべてに腹が立った。拒絶したときのクララの悲しげな表情を頭から振り払おうとしたが、無理だった。傷ついたのはクララだけではなかった。ダニー自身も傷ついていた。

しかし、これだけは言える。いま、人の安全――つまりクララの安全――を守ろうとしたら、このおれに近づかないことが一番なのだ。

いったん死神につかまったら逃れるすべはない。

いまもクララの声が耳元に残っていた。忘れたいと思っていることをいつまでも覚えていちゃダメなのよ。

なるほどそのとおりだ。ダニーは胸のうちでつぶやいた。しかし、世の中には絶対に忘れてはならないこともあるのだ。たとえば、ダニーやスパッドみたいに死神と友達づきあいをしている連中に近寄ってはならない。

つまり、まだまだ続くってこと？　これからも同じような爆弾テロが？

そのとおり。ダニーは見納めとばかりにクララの部屋を一瞥した。まだ終わったわけではない。

むしろ本番はこれからだ。

〈ダマスカスの星〉は野菜や米やハラール・ミート（イスラムの律法にのっとって屠殺された家畜の肉）を特価で販売している。それ以外の商品を販売しても買手はいない。なぜなら、ここニュークロスは裕福な地区でないからだ。失業率が高く、家賃は安い——たとえば、店舗の上階にあるちっぽけなワンルームは他に類を見ないほど賃料が安かった。薄っぺらなカーペットが敷き詰められたその部屋には、キッチンに放置された生ゴミの腐臭が充満していた。壁ぎわにはくしゃくしゃのベッドと小さなテーブル。いま、一人の若者がそのテーブルを前にして座り、コンピューターのモニターを覗き込んでいた。

　若者はこのコンピューターがことのほかお気に入りだった。旧式のパソコンで、処理速度は遅々たるものだったが、全然気にならなかった。これは若者が初めて手にしたパソコンだった。三か月前、ソーシャル・ワーカーがインターネットに接続してくれてから、いままで知らなかった世界への道が開けた。電子メールの送り方やＢＢＣニュースサイトのアップデート、銀行口座へのアクセス方法まで教えてもらった。しかし、そのどれもほとんど活用していない。昼夜を問わず熱中しているのはポルノサイトだった。いまも興奮で手を震わせながら固唾《かたず》を飲んで見つめていた。とりわけ気に入っているのがこのサイトで、女の子たちが彼の顔をまっすぐ見つめているように感じられた。そう、誘うような眼差しで。画面の右横のバナーをクリックすることもあった。この地区の〈セックス・フレンド〉に連絡がつくバナーである。同じようなバナーが画面にあふれかえっているにもかかわらず、毎日のように追加していった。病みつきになり、やめられなかった。

ポルノサイトを見ていないときは、ツイッターをチェックしていた。あちこち見ているうちに、自撮りした裸の写真をアップする女性がいることに気づいた。若者はそんな女性のツイッターをフォローして、つたないメッセージを送ってみた。しかしいっこうに返事が来ないので、プロフィールの顔写真を削除した。自分の風貌が大多数の人と異なっていることは知っていた。ダウン症の顔を見たとたん、彼をよけるようにして道を横切ってゆく人たちもいるのだ。それでも返事は来なかった。ソーシャル・ワーカーは顔写真を戻すように言った。自分の顔つきを恥じる必要はない、と。

もちろんフェイスブックも利用していた。友達リクエストをどっさり発信したが、収穫は少なかった。そうして〝友達〟になれた人たちにしても、その大半が現実世界での知り合いだった。それでもめげなかった。どんな人間であれ友達になってくれるだけでうれしかった。

雨がしつこく降り続くその日の午後、フェイスブックの自分のアカウントにログインしてみると、思いがけず〈友達リクエスト〉が届いており、若者の胸はときめいた。

相手の女性の名はニッキーといった。プロフィールを見たとたん写真から目が離せなくなった。黒い瞳に浅黒い肌。ふっくらした唇。カールした黒髪はつやつやしていた。魅惑的な胸の谷間を見ているだけで骨抜きにされそうだ。ある意味、ポルノサイトの女たちを彷彿とさせるところがあった。しかし、決定的に異なる点があった。じつは生身のニッキーに会ったことがあるのだ。それも近所で。

あれは数日前のことだった。街角の店へミルクを買いに出かけた。その途中、若者の横を彼女が通り過ぎていった。とても美人で、思わず微笑みかけると、笑顔で応じてくれた。そんなことはいままで一度もなかった。店でミルクの代金を払おうとして所持金が不足していることに気づいた。カウンターの前でバツの悪い思いをしながら立ち往生していると、彼女が現れて、不足分の一〇ペンスを手渡してくれたのだ。それもウインクしながら。その夜は夢見るような思いで床に就いた。ポルノサイトも見なかった。彼女を裏切るような気がしたからだ。

その彼女がふたたび現れて、お友達になりましょうと言ってきたのだ。

もしかしたら、お友達以上の関係になれるかもしれない。

若者はマウスをクリックして〈友達リクエスト〉を受け入れた。

一〇分後、最初のメッセージが届いた。

第２部　テロリスト狩り

第7章　誘惑

二一三〇時

ダニーが帰ってくると隠れ家《セイフハウス》は暗かった。鍵を差し込みながらふと思った。スパッドはパブにでも出かけたのだろうか。しかし警報は鳴らず、階段の手すりに黒い上着が掛けてあった。廊下の奥へ目をやると、キッチンテーブルのところに青みがかった薄明かりが見えた。スパッドはそこにいた。暗闇の中で腰を下ろしてノートパソコンを見つめている。キッチンに入ると、ノートパソコンの横にパック入りのミルクと使用済みのティーバッグが三個置いてあった。スパッドはお帰りとばかりに紅茶の入ったカップを掲げた。「てめえの国に愛想をつかしてフランスの外人部隊にでも鞍替《くらが》えしたんじゃねえかと思ったぜ」スパッドは皮肉たっぷりに言った。

「ゆるんでた結び目を締めなおしていたのさ」ダニーは曖昧《あいまい》に答えた。

「ほう？　あのバッキンガムのクソ野郎はどんなことを要求してきた？」

「昔話をしただけだ」スパッドが眉をひそめると、ダニーは付け加えた。「なんでもない、気にするな。あいつにはちゃんとクギを刺しておいた」そしてノートパソコンに目をやった。「何か来ているか?」

スパッドはうなずいた。「例のアカウントにメッセージが届いてる。第一ターゲットの氏名と住所を入手したんだとさ」

「なるほど」ダニーはつぶやきながら椅子を引き寄せてスパッドの横に腰掛けた。電子メールのウインドウが開いて、住所が表示されていた。

ハマースミスW14 6PS　デイルウッド・ミューズ二七番地　アパート一階

その下に、ハマーストーンのブリーフィングで見せられた写真が添付してあった。瘦身のソマリ人、サリム・ガライドの写真である。

「なんでさっき渡してくれなかったんだ?」スパッドは言った。「こんな回りくどい手を使わずに」

「その理由は明白だろ?」

「いいや、わからねえ」

「匿名アカウントにヤバいメールが届いても、誰が誰に送ったのかわからないだろ?これなら法を破ってドジを踏んでも責任を背負わされるのは、おれたちだけで済む」

スパッドは暗い顔でうなずいた。「そうかもな」そしてイエール錠の鍵束を取り出してダニーに見せた。「フレッチャーがこれをくれた。二七番地の向かいのアパートの二階に部屋を借りたんだ。ただ、おめえの見立てどおりだと、敷金の小切手をSIS（秘密情報部）名義で振り出すことはなさそうだ」

ダニーは目を細めた。「その手は気に入らないな。あまりにも見え見えだろ。標的に少しでも知恵があれば、すでにチェックしているはずだ」

スパッドは肩をすくめると鍵束をポケットにしまった。「なら、無理に使うこともねえ」少々いらついた口ぶりだ。

「現地の状況は調べたのか？」ダニーが尋ねた。

スパッドはメールを閉じると、ブラウザを開き、グーグルマップを読み込んだ。住所を打ち込む。たちまちデイルウッド・ミューズが表示された。さらに地図上に立つピンをクリックすると、衛星画像に切り変わった。その画像を拡大して、問題の通りとその周辺を画面に映し出す。

デイルウッド・ミューズはハマースミス・グローヴの西側にいくつも走る生活道路の中心部に位置する小路である。北から南へとのびているが、北側は行き止まりになっているので、南側からアクセスするしかない。樹木は一本もなく、車が三台駐車している。袋小路で身を隠す場所がほとんどない――監視場所としてこれほど厄介なところはなかった。少なくともこの衛星写真で見るかぎりは。

「現場に行く必要があるな」ダニーは言った。「この目でじかに確かめて、ガライドの行動パターンをつかむんだ」

「それからどうする？」スパッドが尋ねた。

「こいつは爆弾をこしらえている野郎だろ？」ダニーは答えた。「つまりこいつの部屋には爆弾の材料がどっさりあるわけだ。そんなところで爆発が起きたとしても誰も驚かないだろう。だから事故が起きるように細工しておくのさ」

スパッドは満面に笑みを浮かべた。ダニーのアイデアが気に入ったらしい。「いつから始める？」

ダニーは肩をすくめた。「いますぐは？　このあたりは見張るのが難しいから必要以上に長居はしたくない」それに口には出さなかったが、監視をしているあいだはほかのことを考えないですむ。ダニーは午前中に運び込んでおいた黒いリュックサックを持ち上げると、中に詰め込んであった着替えをキッチンテーブルの上に放り出した。

スパッドはその様子をじっと見守った。「おまえ、ヘトヘトだろ。一眠りして、朝から始めようぜ」

ダニーは首を振ると、収納棚の奥に据え付けてある金庫に歩み寄った。「おれなら大丈夫だ。それに敵がフクロウみたいなやつだったら、二四時間がムダになる」

スパッドは小首をかしげた。そしてポケットに手を突っ込むと錠剤入りの小瓶を取り出して振ってみせた。その小瓶には薬名表示のラベルがなかった。

「なんだそれ？」ダニーは尋ねた。

「エフェドリン」スパッドは答えた。「眠気ざましの特効薬。二錠ほど飲めば、数時間は集中力が切れねえ」ダニーが断ろうとすると、重ねて言った。「いいから飲め。ガス欠じゃ動けねえだろうが」

ダニーは折れた。薬瓶を受け取ってエフェドリンの錠剤を二個飲み込んだ。そして金庫のところへ引き返すと、その中身をリュックサックに詰め込んだ。スナップガンとビット各種、侵入用キット《MOE》、携帯糧食まで入れた。無線機をベルトに装着して受信用イヤホンを耳に差し込むと、スパッドにも一式手渡した。

「もう一度衛星写真を見せてくれ」ダニーはリュックのストラップを締めながら言った。スパッドは再びブラウザを開くと、続けてGメールのホームページを表示した。そしてバッキンガムから与えられたユーザー名とパスワードを入力した。メールボックスが現れたので、カーソルを動かしてフォルダーを開く。

受信フォルダーは空っぽになっていた。

なるほど。ダニーは思った。こちらの動きは常時モニターされているわけだ。電子メールを読んだことを確認したので、さっそく削除したのだろう。

スパッドはいまいましげにパソコンをシャットダウンした。「とことん疑り深い連中だぜ」

ダニーはリュックを肩に掛けた。「こんな仕事は早いとこ片付けるにかぎる。さあ出かけよう」

三〇分ほどでエフェドリンが効力を発揮し、ダニーはいつもと変わらぬ集中力を取り戻した。二人の車はアルバート橋を越えると、テムズ川北岸を西に向かって走ったが、キングス・ロードの手前で徐行を余儀なくされた。ロンドン警視庁《メット》の巡査たちが車を一台ずつ停めてトランクを調べているのだ。しかし身分証を提示するとダニーたちの車はすぐに通してくれた。一〇分後、タルガース・ロードを走り、ハマースミス・ブロードウェイに入った。

二人はデイルウッド・ミューズの二ブロック手前で車を停めると、別々に降り立った。先に歩き出したのはスパッドである。ダニーは二分遅れてその後に続いた。重たいリュックを背負い、スパッドの反対側を歩く。窓を黒く塗りつぶしたラップダンス・クラブの前にさしかかると、中からズンズンと腹に響く音楽が聞こえてきた。二〇メートル先のガストロパブの外で酔っ払ったカップルが言い争っている。店内の椅子は残らずさかさまにしてテーブルに載せてあった。ダニーは口論中のカップルをよけて前進を続けた。路上駐車している車の列は途切れることがなかった。そうした車のワイパーの下にインド料理店が出前用のチラシを挟み込んでいたが、雨に濡れてフロントガラスにべっとり張りついたり、風に引きちぎられたりして、目論見どおりの働きはしていない。三分後、ダニーはデイルウッド・ミューズが見渡せる歩道に立った。スパッドはすでに小路《ミューズ》の奥まで入り込んでおり、路上にしゃがみ込んで靴のひもを結びなおすふりをしている。

ダニーは襟元のマイクに小声で話しかけた。「収穫は？」

「ゼロ」耳のイヤホンにスパッドの声が返ってきた。「アパート一階の部屋は玄関が別々になっている。こいつを監視しようと思ったら、向かいの家屋に陣取るしかない。車は使えないからな——外にいたらフルーツサラダにのせたクソみたいに目立っちまうぞ」

「二階に潜入する手もある」

「まあな」スパッドは気のない返事をしたが、それには理由があった。二階から一階の部屋を見張るためには床に穴をあけなくてはならず、その作業音で気づかれる恐れがあるからだ。

「アパート内で動きは？」

「ない」スパッドは小声でぼやいた。「こりゃ何日も監視をすることになりそうだな。

監視ってのが大嫌いなんだ、おれは。とにかく、いまのところ自宅にはいねえみてえだ」

「ちょいとつついてみよう」ダニーは小声で言った。

「どうするつもりだ？」

「そろそろケツを上げろよ。もう二分ちかく靴ひもをいじってるぞ」

スパッドはおもむろに立ち上がると、デイルウッド・ミューズの奥からゆっくり引き返してきた。三〇秒後、相棒と合流したダニーはポケットから携帯電話を取り出すと、車のワイパーから回収したインド料理店のチラシを手に取った。

「あいつに晩飯を注文してやろう」ダニーはチラシの番号にダイヤルしようとしたが、すぐさまスパッドに制止された。「おい、そいつはまずいだろ。怪しまれたら、配達の小僧が危険にさらされることになる。ガライドは危険人物だぞ」

ダニーは手にしていたチラシを丸めると足元に捨てた。スパッドの言うとおりだ。しかし、こんなところで何時間もぶらつくわけにはいかない。誰かに見られていたらたちまち気づかれてしまう。

それにこのところ誰かに見張られているような気がして仕方なかった。

スパッドはフレッチャーから渡された鍵束を尻ポケットから引っ張り出した。「こいつを使うのがベストだな」スパッドは断言した。そして異論を唱えようとするダニーをさえぎると、一方的にまくし立てた。「あのチェンバレンってのは嫌な野郎だが、あのオッサンの言うとおり、しょせんこいつらはプロじゃねえ。早いとこ、ここの下見をやろうぜ。もちろん銃をいつでも撃てる状態《コック・アンド・ロック》にして。ターゲットが二七番地に隠れていることが確認できたら、外出するのを待って、室内に爆弾の材料があるかどうか確かめよう。そして行動パターンがわかったら、一時間ばかり外出するときを狙って、ブービートラップを仕掛けようぜ」

ダニーは返答をためらった。どうしても妄想じみた強迫観念を振り払うことができなかった。正直言って、ダニーが不安に思っているのは、居場所の判明したターゲットではなく、自分たちの鼻面《はなづら》を引きずりまわすバッキンガムたちハマーストーンの連中だった。しきりに胸騒ぎをおぼえるのだが、その原因が特定できないでいた。

だが任務の最中にそんな妄想にふけっている暇はない。スパッドの言うとおりだ。向かいのアパートがベストの選択である。そこに監視所《OP》を設けて獲物が姿を現すのを待つしかない。ダニーはうなずいた。「おれが先に行く」

しかしすぐにはデイルウッド・ミューズに足を踏み入れなかった。まず歩道を引き返して車のワイパーに挟んであるさまざまなチラシを次々に回収していった。それがまとまった量になるとデイルウッド・ミューズに入った。いちばん手前の家から順番にチラシを投函してゆく。二七番地が近づいてくると、ダニーは携帯電話を取り出してこっそりカメラモードに切り替えた。いよいよ二七番地にたどり着くと、鉄製の門をきしませながら押し開けて、雑草の茂った短い通路を歩き、ピザのチラシを郵便受けに投函した。そのときすかさず玄関扉の錠の写真を撮ると、携帯電話はそのままポケットに放り込んだ。その後もチラシ配りを続けていちばん奥まで達すると、今度は反対側に取り掛かった。しかしダニーの見るかぎり、怪しい人影はいなかった。そのあいだずっと警戒をおこたらず、たえず不審な動きに目を光らせた。

二四a番地のアパートにも専用の玄関があった。曇りガラスを二枚はめ込んだ木製の玄関扉は、ダニーから見れば不用心もいいところだ。誰にも見られていないことをもう一度確認してから、鍵穴に鍵を差し込んで開錠すると、ゆっくり扉を開けた。足を踏み入れる前から長期間使用されていないことがわかった。室内は湿っぽくかび臭かった。ダニーは鍵を鍵穴に残したまま玄関扉を閉めた。こうしておけば後から来るスパッドが施錠できる。しばらく玄関ホールにたたずんで暗闇に目を慣らした。五メートル先に狭い階段があった。ダニーはホルスターから銃を抜くと、コックしてから、ゆっくり前に進んだ。

階段を上りはじめると、できるだけ縁の方に体重をかけているにもかかわらず、ギシギシときしむ音がした。階段を上りきると、そこで一息ついた。目の前がキッチンで、その奥に開けっ放しのドアが見えた。おそらくバスルームの扉だろう。踊り場をぐるりと右へまがると、閉め切ったドアが横並びに二つ、さらに奥の方にもう一つ見えた。あの奥の部屋が小路《ミューズ》に面しているはずだ。

耳のイヤホンからスパッドの声が聞こえた。「一〇分後アパート進入」

ダニーはいつでも発砲できる体勢でキッチンに踏み込んだ。何も置いてないテーブルとストゥールがあるだけで、ほかに家具はなかった。蛇口から水漏れしており、ステンレス製の流しに落ちた水滴が思いのほか大きな音を立てている。じりじりとキッチンを横切り、バスルームの扉のところで立ち止まった。便器、洗面台、シャワーカーテンが閉め切られたままの浴槽。ダニーは銃をかまえたまま、もう一方の手でシャワーカーテンを引き開けた。

空っぽの浴槽があるだけだ。

バスルームから出ると、踊り場のところにスパッドのシルエットが見えた。ダニーはそのまま踊り場へ引き返しながら、寝室をチェックするよう相棒に合図すると、掩《えん》護《ご》すべく銃をかまえ直した。

手前の寝室は無人。

その横の寝室も無人。

スパッドは奥の部屋に歩み寄った。ダニーが三メートル後方で待機すると、スパッドはゆっくりノブを回してから、一方の足でドアをそっと押し開けた。蝶番のきしむ音が聞こえた。スパッドが中に踏み込んだ。

イヤホンの声と肉声が同時に聞こえた。

「異常なし」

ダニーはゆっくり息を吐き出した。必要以上に神経過敏になっていた。その理由が自分にもわからなかった。

奥の部屋に家具はなく、天井から裸電球が一つぶら下がっているだけだ。もちろんその電球をつけたりはしないし、窓の正面に立つことも避けた。窓には古ぼけたレースのカーテンが掛かっていた。二人は部屋の両端から窓に近づいた。ダニーは右側から、スパッドは左側から。カーテンに触れることなく、カーテン越しに通りを見下ろす。

二七番地の玄関扉はダニーから見て一〇時の方角にあり、街灯の黄色い明かりに照らされていた。雨に煙る街路もその街灯に照らされている。通行人は一人もおらず、一台の車も通らなかった。あたりは静まり返っていた。

「あの部屋にＩＥＤ（即製の爆発物）を仕掛けるときにゃ、このあたり一帯を吹き飛ばさねえよう注意しないとな」スパッドが言った。

ダニーはうなずいただけで何も言わなかった。スパッドの視線を感じた。

スパッドは鼻をすすった。「長い夜になりそうだぜ」

若者は眠れなかった。当然だろう、新しくできた友人のニッキーからメッセージが続々と届くのだから。若者はタイムラインのメッセージに順番に目を通した。二日前にお店で会ったけど、覚えてる？

もちろん覚えている。

ミルクを買うとき、オ・カ・ネあげたよね。

そのメッセージを目にしたとたん赤面した。所持金が足りずに立ち往生したことを思い出したのだ。ガールフレンドをデートに連れ出すときにそんなことがあってはならない。ガールフレンドがいたことなんて一度もないが、それくらい常識だろう。

いま、ニコニコしてるでしょ？？？？

若者はそれを目にしたとたん腑抜けのようになった。ただ「イエス」と答えることしかできなかった。

それから写真が送られてきた。一枚目はベッドに座っているところ。若者はそのベッドがシングルだということに気づいた。じゃあ、彼女にボーイフレンドはいないわけか？　タンクトップにパジャマのズボンという姿である。左のストラップが脱げて肩がむき出しになっている。胸のふくらみがはっきり見えた。彼女は間違いなく誘いをかけている。

ねえ、わたしのこと、カワイイと思う？

イエスと答えた。入力するとき指が震えた。事実、すごく可愛いと思った。

トップを脱いだわたしを見てみたい？

若者はごくりと唾を飲み込んだ。そのような申し出を受け入れるのは失礼じゃないか。しかし、と若者は自問した。その気もないのにそんな提案をするだろうか。

若者は返答を送った。ええ、お願いします。

数分して、失敗したかなと心配になった。返事が来ないのだ。ひょっとしたら服を脱ぐのに手間取っているのかもしれない。そうこうしているうちに新しいメッセージが届いた。

まず、あなたから。

若者は自分の服装に目をやった。薄汚れた白のTシャツにだぶだぶのジーンズ。ずんぐりした胴回りにもかかわらずブカブカに見えるほどサイズが大きいのだ。若者は恥ずかしくなった。もう一度ニッキーの写真に目をやった。柔肌《やわはだ》がむき出しになった肩口。魅惑的な胸の谷間。若者は大急ぎでTシャツを脱ぎ捨てると、パソコンのウエブカムで自撮りした。その使い方もソーシャル・ワーカーに教えてもらった。出来上がった写真にニッキーのような魅力はなかった。若者はそれを自覚していた。肌は青白くたるんでいるし、目だって健常者よりずっと寄り目だ。でも、先に連絡してきたのはニッキーの方だ。若者は自意識過剰になりながら、自分の写真を送った。

反応を待つあいだの二分間は地獄だった。Tシャツを脱いでいるので寒かったが、着なおす気になれず、両腕でわが身を抱くようにして暖を取った。そのあいだも雨音は途切れることがなかった。

やがて二枚目の写真が届いた。

ニッキーはタンクトップを脱ぎ、ストラップレスのブラ姿になっていた。そのため胸の谷間がいちだんと強調されて、若者は目を離すことができなくなった。ぽかんと口を開けてその写真に見とれた。ポルノサイトの写真なんかよりずっとよかった。たしかに露出度ではポルノサイトの方が上だが、ニッキーの写真は彼だけのものだった。

若者は震える指でパソコン画面の写真をなぞった。当然のことながら、若者はニッキーに恋焦がれた。狂おしいほどに恋しかった。彼女に会う場面を思い描き、王女様のようにもてなそうと決心した。若者は美女を乱暴に扱う男たちのことを知っていた。間違ってもあんな風にはなるまい。彼女の求めには何でも応じるつもりだ。花やチョコレートを買ってあげよう。そしてそのお返しに……そのお返しに……。

あらぬ妄想にふけりながらなおも写真をなぞり続けていると、新しいメッセージが届いた。

ねえ、朝ごはんを一緒にどう?

ダニーがまずしたのは、さっき写真に撮った二七番地の玄関扉の錠前のチェックだった。光が漏れないよう画面を手で覆うようにして覗き込む。それはユニオン社製のバネなし錠だった。リュックから錠前ハンドブックを取り出す。携帯電話の画面の明かりを使ってその錠前に適したビットを選び出し、スナップガンに装着した。これで侵入のチャンスがめぐってきたらいつでも応じられる。

スパッドがキッチンからストゥールを二個運んできた。二人は窓の両側に腰を据えた。レースのカーテン越しにじっと目を凝らす。街灯の明かりのおかげで周辺の様子はよく見えた。無言のうちに時間だけが過ぎてゆく。午前零時一三分、アカギツネが一匹ひょっこり姿を現した。このキツネは午前一時四八分にも姿を見せた。ダニーはエフェドリンの効力が切れてきたことを実感した。まぶたが重たくなってきたのだ。

「おい、一眠りしろよ」スパッドが小声で言った。「おれが見張ってるから」

ダニーは異論を唱えようとしたが、スパッドにさえぎられた。「おれも睡眠をとる必要があるから、二時間経ったら起こすぞ」

ダニーは折れた。堅い床に横になって目を閉じる。数秒後には眠り込んでいた。

若者はマクドナルドが大好きだった。できることなら毎日でも通いたかった。しかしお金があまりないので、たまにしか行けなかった。だから死に物狂いになって部屋中に転がっている小銭をかき集めて、その額を慎重に計算した。合計で五ポンド九三ペンスあった。これだけあれば若者は紅茶が飲めるし、ニッキーには朝食セットをご馳走《ちそう》できる。女性を食事に連れ出したことなど一度もなかったが、これだけは知っていた——支払いは男がするものだ。

紅茶はとても熱くて、若者は落ち着かなかった。そこはロウワー・リージェント・ストリートにあるマクドナルドだった。この店を指定したのは彼女で、七時半ちょうどに落ち合う約束になっていた。あまりに早い時刻なので若者は驚いた。夕方に会った方がロマンティックな気分になれるのにな。しかし彼女は聞き入れなかった。あたし、そんなに待てないわ。そう言われると若者は胃のあたりに妙なうずきを感じた。

若者はテーブル席に一人で座り、しきりに店に入ってきてはエッグマックマフィンやコーヒーをテイクアウトしてゆく早朝の客たちを無視した。若者は紅茶をすすった。舌がこげそうに熱く、思わずテーブルに少しこぼしてしまった。それを袖でふき取ろうとして、さらに紅茶をこぼした。若者はパニックになりかけた——こうした悪循環はよくあることだった——が、そのとき人の気配に気づいた。

顔を上げると、彼女が立っていた。

若者は目をぱちくりさせた。

生身の彼女は写真よりずっときれいだった。真っ赤なルージュをひいた艶《つや》やかな唇。カールした黒髪を片方の肩に垂らしている。黒いジャンパーを着ていたが、ぴちぴちなのでボディラインがあらわになっていた。夜のあいだ若者が舐めるように見つめていたあのボディである。ニッキーは唇を突き出してみせた。若者に向かってそんな仕草を見せた女性は一人もいなかった。妄想の世界は別にして。

「おはよう」若者はあいさつしたが、情けないかすれ声だったので、もう一度元気を込めて繰り返した。「おはよう！」

「おはよう」ニッキーは、若者の下腹にグッとくるハスキーボイスで答えた。「そこに座ってもいいかしら？」

若者はうなずき、彼女が自分の横に腰掛けるのを見守った。そのとき初めて彼女が荷物を持って来ていることに気づいた。それはキャスター付きの小型スーツケースで、ハンドルを伸ばして後ろ手に引いていた。ジッパーはきっちり閉められて小型の南京錠で施錠してあった。

スーツケース持参ということは最初から泊りがけのつもりなのだろうか。若者の妄想はふくれあがり、全身に鳥肌が立った。

若者は彼女に微笑みかけた。

彼女は笑顔で応じてくれた。

「エッグマックマフィンでもどう？」若者は尋ねた。

「おい、起きろ！」

ダニーはビクッとして上体を起こした。日が差し込んでいる。どこにいるか思い出すのに二秒かかったが、それまでにはストゥールに腰掛けて、レースのカーテン越しに外を見ていた。時刻をチェックする。〇七三八時。スパッドはたっぷり五時間も眠らせてくれたのだ。二七番地の玄関扉が開いていた。こちらに背を向けた人物がその扉を閉めようとしているところだった。ダニーは目を細めて監視を続けた。その人物がこちらを向いた。スナップ写真を撮るようにその顔を脳裏に焼き付けた。

サリム・ガライド本人に間違いなかった。

第8章　トロカデロ

ダニーはスパッドを振り返った。「あとをつけろ」

スパッドは釈然としない顔つきだ。「どうするつもりだ？」依然としてダニーの判断力を信頼しかねているらしい。

「あいつの部屋を調べてみる。だから本人に張り付いて、自宅に戻りそうになったら教えてくれ」

スパッドはレースのカーテン越しに外を見た。標的の若者は短い通路を歩いて鉄製の門に近づきつつあった。「了解」スパッドは小声でそう言うと、小走りに部屋を後にして階段を下りていった。玄関の開閉音が聞こえて二秒もしないうちにスパッドの姿が見えた。デイルウッド・ミューズを移動する標的の後から、通りの反対側をうつむきになって歩いてゆく。

ダニーは不思議なほど落ち着いていた。スナップガンを手にして、重たいリュックを背負う。スパッドの声が耳元で聞こえた。「ハマースミス・ブロードウェイ方面へ向かってる」

ダニーはすかさず無線のプレセル・スイッチを二度タップした——「了解」を意味

する世界共通の合図である。

ダニーも階段を下りて通りへ出た。近くを車が行き来する音が聞こえる。夜間よりずっと大きく聞こえた。雨はやんでいたが、雲行きは怪しかった。またすぐ大荒れの天気になりそうだ。後ろ手に玄関を閉めていると、向かいの二七番地の二階から女が現れた。髪をアリスバンドで束ねて、ビスケットをほおばっている。仕事に遅刻しそうなのだろう、ダニーには目もくれなかった。その女が足早に遠ざかってゆくのを待って、二七番地の玄関に歩み寄る。

スナップガンのビットを鍵穴に素早く差し込む。トリガーを二、三度絞って、ひねりを加えると、錠が外れた。ドアを開けて中に入り、静かにそのドアを閉める。カチッと音がして錠がかかった。

玄関を入るとすぐ部屋になっていた。八メートル四方くらいの広さである。花柄の厚手のカーテンは閉めきったままだ。壁ぎわにソファベッドが置いてあったが、寝具以外のものは見当たらない。妙な匂《にお》いがした。無煙火薬《コルダイト》臭が入り交じった土っぽい匂い。ダニーは直感した。ここには目当ての物が間違いなくある。

しかしすぐには上がりこまなかった。その前にやることがある。ダニーがここにいたことが知られてはならない。つまり、指紋やDNAサンプルを残してはならないのだ。リュックに放り込んでおいた真空パック詰めSOCOスーツ二個のうち一つを取り出すと、頑丈なビニールカバーに歯を立てた。空気が入り込んだ真空パックはたちまちふくれあがった。そのパックを慎重に引き裂いてまずラテックスの手袋を取り出し、それを両手にはめた。袖口まできっちり引っ張り上げておく。次にポリエチレン製のヘアネットをかぶり、紙のマスクをすると外科医みたいな風体になった。残ったのは紙のスーツで、これで衣服だけでなく靴底まで包み込んだ。ダニーのDNAを含んでいるかもしれない繊維類を現場に残さないための予防措置である。これで支度はととのったものの、リュックはどうしようもなく、リスク覚悟で持ち込むしかない。再びリュックを背負うと、コックした銃を右手に握り、部屋に上がりこんだ。

手前の部屋の奥にもう一つ部屋があった。ほぼ同じ大きさで、家具類もほとんどなかった。奥の壁の右手にある窓は半透明なブラインドで覆われていたが、それでも草ぼうぼうの庭を確認できた。その窓のすぐ横にキチネットへ通じる戸口があった。キチネットの奥に見えるドアの向こうは、おそらくバスルームだろう。ダニーたちがOPに使っているアパートと同じような間取りである。

しかし、ダニーの左手にあるもう一つのドアはOPにはないものであり、ひどく興味をそそられた。ここが一階だということを考えると、おそらく地下室へ通じる扉だろう。ダニーはそのドアに歩み寄って、押し開けた。

予想どおり、石造りの階段が地下へのびていた。

無線で相棒を呼び出す。「聞こえるか？」

「ああ」

「いまどこにいる？」

「二ブロック先のテスコ・メトロ（大手スーパー〈テスコ〉の小型店舗）だ。豆乳一パックと四ロール入りのアンドレックス（トイレットペーパーの商標名）を買うつもりらしい。すがすがしい朝になりそうだな」

ダニーは石造りの階段を見下ろした。「あと何分稼げる？」

「どうするつもりだ？　今回は下見《レキ》だけだろ。爆弾の材料が見つかったら、あとでまた行けばいい」

「もちろんレキだけだ」ダニーは応じた。「でも、引きとめられないか？」

しばらく沈黙。

「引きとめるって、どうやって？」

「道を尋ねるとか、いろいろ手はあるだろ。これから爆発物を捜すから、できるだけ引きとめてくれ」

「わかった」スパッドはしぶしぶ了解した。「だが、そんなに時間は稼げねえぞ。いまレジに並んでる。できるだけ早く退去しろ」

「無線連絡を絶やすな」ダニーは指示した。

そしてリュックから細身のマグライトを取り出すと、地下室へ通じる階段を照らした。銃をかまえて階段を下りる。マスクにこもった呼気が熱く、鼓動を強く感じた。イヤホンから雑音が聞こえた。地下は通信状態がよくなかった。そこは広い部屋で、ちょうど一階の二部屋をあわせたくらいのスペースがあり、中央に長い作業テーブルが据え付けてあった。

四隅をマグライトで照らしだす。誰もいなかった。作業テーブルに明かりを向けた。旧式の砲弾が二個載っていることがすぐにわかった。形状は銃弾に似ており、底が円形で、先端がとがっている。ただ、ずっと大きくて、全長六〇センチはあった。どこから運ばれてきたのだろう。東欧か？　ボスニア紛争終結後、この類の武器弾薬は二束三文で叩き売られている。あるいは中東か。どっちでもよかった。問題は砲弾の底部をていねいに切断して中身——軍用の高性能爆薬——を回収していることだ。そうして集めた爆薬が三つの小ぶりな山になって砲弾のあいだに並んでいた。量はさほど多くないので、まだ回収の途中なのだろう。しかしたとえ少量でも、使い方によっては、多大のダメージをもたらすことができる。

ダニーは一息ついて、これからどうするか考えた。帰ってくる標的を室内で待ち伏せして殺す。これがいちばん手っ取り早いが、この手は使えない。ハマーストーンから事故に見せかけろと命じられているからだ。

いっさい手を触れないまま地下室を後にした。階段を上りながら懐中電灯を消したが、銃はかまえたままだ。一階に戻るとドアを閉めてから、薄暗いキッチンへ向かった。流しに汚れた皿が積み上げられ、調理台には食べこぼしが散らばっていた。床のタイルはすり減り、べとついている。右手にみすぼらしい庭へ通じるドアがあった。ドアの横に鍵がぶら下がっている。おそらくこの裏口のキーだろう。いちばん奥のドアは予想どおりバスルームのものだった。少し開いている。

そのドアに歩み寄ると、ゆっくり押し開けた。蝶番がきしむ音がした。中に踏み込む。

また懐中電灯をつける必要があった。窓は一つだけ。草ぼうぼうの庭を見渡せるはずだが、遮光《しゃこう》ブラインドが下ろされて外光を完全に遮断していた。その理由はすぐにピンと来た。人に見られたくないものがあるのだ。水垢《みずあか》だらけの浴槽に透明の液体のはいったプラスチックボトルが三本並んでいた。ダニーは一本ずつキャップを開けて匂いを嗅いだ。三本とも間違いなくマニキュア液の匂いがした。アセトンだ。もう少し時間をかけて家捜《やさが》しすれば、おそらく過酸化水素のはいったボトルも見つかるはずだ。過酸化アセトンは地下室の軍用爆薬ほどの威力はないが、こしらえるのはずっと簡単である。材料の化学物質はどこでも手に入るし、作り方はインターネットを見ればいい。

ハマーストーン四人組の読みは当たっていた。このクソ野郎がさらなるテロを計画していたのは間違いないようだ。

耳のイヤホンから声が聞こえた。スパッドだ。「テスコを出た。自宅へ引き返すつもりだ」

「引きとめろ」

「おい、ダニー、何やってんだ、おまえ？　爆弾の材料は見つかったのか？」

「ああ、見つけた」

「ならすぐに出ろ。今度また留守にしたときに、仕掛けりゃいい」

「とにかく引きとめろ！」

ダニーは浴槽の中身に注意を戻した。

これだけあればテロリストを一〇〇人は殺せる。しかしサリムの所有物を使うのはまずい。帰宅して異状に気づいたら、たちまち逃走するだろう。せっかくハマーストーンが見つけてくれた居場所なのだ。わざわざおびえさせて逃げ出す手伝いをすることはない。

だが、ふいに姿をくらますことはありうる。

チャンスがめぐってきたら躊躇なくモノにすべきだ。ひょっとしたら、サリムはこれから数日家に閉じこもるかもしれない。スパッドは腹を立てるだろうが、わかってくれるはずだ。

どういう手を使うにしても細心の注意を払わなくてはならない。一見それとわからないもの。気づく間もなくサプライズを食らわせる仕掛けが必要なのだ。

ダニーはトイレに注意を向けた。

サリムがトイレットペーパーを買っているとすれば、帰宅してまず利用する可能性が高い。

ダニーは無線で呼びかけた。「状況は？」

「あと三分」

「最低五分は必要だ。無線はこのままにしておけ。状況の変化を知りたい」

間があった。

スパッドが押し殺した声で悪態をついた。「くそったれ」しかし、すぐに愛想よく呼びかける声が聞こえた。「ようよう、兄ちゃん！　モク持ってねえか？」

ダニーが前かがみになって陶器製の貯水タンクの重たい蓋を外していると、SOCOの紙スーツがカサカサと音を立てた。その蓋をタイル張りの床にそっと置いてから、タンクの内部を懐中電灯で照らして、排水のシステムを調べた。タンク内部は水垢だらけだったが、排水機能に問題はなさそうだ。リュックを便座に載せて中に手を入れる。MOEキットはしまい込んだ場所にそのままあった。さっそく成型した炸薬と銀色の雷管、被覆コードの束、バッテリーパックを取り出す。

スパッドの声。「おい、どうした、兄ちゃん？　おれはモクを一本わけてくれって頼んでるだけだぜ！」

その返事がかすかに聞こえる。「モクなんか持ってねえ。失《う》せやがれ」

スパッドの声。「怒りっぽい野郎だなあ。こっちはお願いしてるだけなのに。おい、おめえ、国はどこだ。パキ（パキスタン人への蔑称）か？」

ダニーはにやりと笑みを浮かべた。標的を引きとめる一番の手はケンカを吹っかけることだろう。それならスパッドの右に出る者はいない。

ダニーはさっそく作業に取り掛かった。


若者は食べかけのエッグマックマフィンを見つめた。広げた包み紙の上で冷え切ってしまっている。食べ残した半分を片付ける気は彼女にはなさそうだ。所持金の大半を使い果たしてしまったので、ほかのものを買ってあげることはできない。さらにまずいことに、帰りの地下鉄の切符を買うお金がなくてパニックになりかけていた。肝心なことがすっぽり頭から抜け落ちてしまうのだ。こんなはずではなかったのに。

しかし彼女は若者の手に自分の手を重ねると、またにっこり微笑みかけてくれた。

「ちょっと歩かない？」

若者はうなずいた。

二人は立ち上がって出口に向かった。多くの客がこちらを見ていた。その理由は若者にもわかった。よりによってこんな美女の連れがこんな醜男《ぶおとこ》なのだ。しかし若者はぶしつけな視線には慣れていたし、結局、彼女は彼を選んでくれたのだ。そう思うと誇らしかった。

マクドナルドの外に出ると雲行きが怪しかった。若者は雨が降ればいいのにと思った。そうすればずっとロマンティックな雰囲気になる。若者は彼女のスーツケースに目をやった。「ぼくが持つよ」ていねいに申し出ると、ハンドルを握った。

「ありがとう」彼女は若者のもう一方の手を握った。その手はとても柔らかだった。それにひきかえ若者の手は汗ばみ、べとついていた。彼女が気にしなければいいのだが。彼女の手をギュッと握りしめたかったが、気後れがしてできなかった。そんなもやもやした気分のままロウワー・リージェント・ストリートをぶらついた。後ろ手に小型スーツケースをゴロゴロ引っ張りながら。

炸薬《さくやく》は可塑性《かそせい》合成爆薬を成型したもので裏面に強力な接着剤が塗りつけてある。パラフィン紙を引きはがすと接着面があらわになった。この炸薬は荒波にもまれる船体に貼り付けてもずり落ちることはなく、貯水タンクの内部なら何の問題もなかった。炸薬に雷管を差し込む。二五センチの長さに切った被覆コードを二本用意すると、その両端のビニールを二センチほど引きはがして銅線を露出させた。そして一方のコードの端を雷管に接続し、もう一方のコードの端をバッテリーパックに接続した。これで銅線がむき出しになったままの両コードの端が接触すれば、起爆する。

イヤホンから声が聞こえた。くぐもって聞こえるが、悪態に間違いない。ダニーは聞き流した。スパッドがサリムを挑発しているのだ。それだけわかれば充分だった。

ダニーは貯水タンクに注意を戻した。指で排水レバーをひねる。大きな音を立てて水が便器に流れ落ちたが、ダークブルーの浮玉を持ち上げたままにして給水を止めた。そのあいだにもう一方の手で炸薬を貯水タンクの内壁に貼り付ける。それも手前の内壁に。そうすれば内壁が粉々になって飛び散るとき、溜まった水がこれに勢いをつける。陶器製の貯水タンクの破壊力は凄まじいものになるだろう。要するに、ダニーがこしらえているのは特大のクレイモア地雷なのだ。

それも標的みずからの手で起爆させる仕掛けだった。

貯水タンクの内壁は水に濡れてぬるぬるしていたが、貼り付けた炸薬はびくともしなかった。銅線がむき出しになったコードを給水管に注意深く巻きつける。浮玉は持ち上げたままなので依然として給水は止まっている。今度はバッテリーパックを中に入れた。防水仕様だから水に浸かっても問題ない。さっきバッテリーに接続したコードをこれまた給水管に巻きつけた。そして、銅線がむき出しになった先端が――なにかのはずみで――同じようにむき出しになった炸薬のコードの先端と――間違っても接触しないよう引き離しておく。

「標的が逃げ出した」スパッドの声。「せいぜいあと二分くらいだぞ。正義の味方ぶって、おれを睨みつけてる野郎がいる。標的にこれ以上絡んだら、無用な騒ぎを起こすことになる」

「了解」

「おまえ、そこで何やってんだ？」

ダニーは答えなかった。浮玉を放すと給水が始まった。

しかし水の出が驚くほど悪かった。水圧に問題があるのだ。この調子だと満水になるのにまるまる一分はかかる。

背筋がピリピリするような思いを味わったが、ダニーは決してあわてなかった。むき出しになったコードの両端を握りしめたまま満水になるのを待った。そして給水が終了すると、むき出しになったコードの両端を水面の上に出し、わずか数ミリの間隔を置いただけで手放した。危なっかしい状態だが、このままなら接触することはあるまい。しかし排水時に水面が下がったらたちまち……。

「おい、まだそこにいるのか？　あと三〇秒くらいで……」

もっとも危険な作業が最後に残っていた。ダニーは貯水タンクの蓋を持ち上げると、細心の注意を払いながらはめ直した。文字どおり固唾を飲む思いだった。陶器製の蓋と水槽が触れたとたん顔をしかめた。ここで余分な力が加わり震動させたりしたら、コードは接触してしまう。しかし、そうはならずに済んだ。ダニーは便座に載せておいた道具類をリュックに詰め込んだ。

すぐさま退去しなくては。ＩＥＤ（即製の爆発物）は想定外の破壊力を見せることがあるのだ。起爆したときに近くにいたくはなかった。バスルームを出てキッチンの裏口へと急いだ。戸口のわきに掛かっているキーを手に取る。ダニーは庭へ出るつもりだった。しかし差し込もうとしたキーは鍵穴に合わなかった。ほかにキーがないか見回したが、何もなかった。

「標的はデイルウッド・ミューズに入った」スパッドの声。

ダニーは一瞬パニックになりそうになったが、すぐさま自制心を取り戻した。キッチンを出ると、奥の部屋を抜けて、手前の部屋まで引き返した……。

まずい！　バスルームのドアが大きく開いたままなのだ。しかしいまさら引き返すわけにはいかなかった。玄関の外からあわただしい足音が聞こえてきたからだ。サリムが帰ってきた。鍵穴にキーを差し込む音がした。

ダニーの鼓動が速くなった。ソファベッドの下以外に隠れる場所はなかった。急いでリュックを押し込む。

ドアが開きはじめた。

ダニーは汚れたカーペットに身を伏せた。紙のスーツがカサカサと音を立てた。寝返りを打つようにしてベッドの下に転がり込む。息を殺した。少しでも動いたら音を立てることになる。もし見つかったら、とんでもない騒ぎになるだろう。

たとえ見つからなくても、ブービートラップを仕掛けたアパートに閉じ込められたことになる。

足音。叩きつけるように玄関扉を閉める音。

「ふざけんなよ……クソ野郎！」サリム・ガライドの両足がダニーの左側に現れた。その足は奥の部屋へ向かいかけたが、ふいに玄関の方に向き直った。「ふざけんなよ、クソ野郎！」サリムはわめき立てた。「てめえはクズ中のクズだ！　どうやらスパッドをイメージしながら怒鳴っているらしい。この次にはてめえをぶっ飛ばしてやる。「てめえのお袋の家に爆弾を仕掛けてやるからな！　てめえのお袋んちに絶対に爆弾を仕掛けてやる！」

サリムは英語からアラビア語に切り替えて悪口雑言のかぎりを尽くした。ダニーはゆっくり息を吐き出した。その呼気が紙のマスクの中で熱く感じられた。じっとしてろ。音を立てるな。炸薬の量はあれでいいはずだ。ここにいれば爆発の巻き添えになることはあるまい……。

三〇秒後、標的が黙り込んだ。足の向きがまた変わった。スーパーマーケットのポリ袋が揺れながら移動しはじめた。サリムはようやく部屋を出て行った。

ダニーは身構えた。キッチンから戸棚を開け閉めする音が聞こえた。またアラビア語で何かわめいた。

静寂。

あいつは何をしてるんだ？　買ってきたばかりの豆乳をグラスに注いでいるのか？　あるいはバスルームに入ったか？　銅線をむき出しにしたコードの先端を思い浮かべる。便座に腰掛けただけで起爆する可能性は充分にあった。

あるいはバスルームの扉を見つめながら頭をひねっているのかもしれない。出かけるときに閉めたはずだと思いながら。

ダニーは銃を握りしめた。もしサリムに気づかれたら、ダニーは昔ながらのやり方で対処するつもりだった。

ハマーストーンは不快に思うだろうが、現場で汗を流しているのはハマーストーンではなく……。

音が聞こえた。液体がほとばしる音だ。その正体に気づくのに数秒を要した。あれはサリム・ガライドが勢いよく放尿している音なのだ。

ダニーは胸のうちで悪態をついた。クソをすると思っていたのに小便とは。小便だと水を流さないやつがよくいるのだ。

耳元で声が聞こえた。スパッドだ。怒っている。「おい、どうなってんだ?」

ダニーは返事をしなかった。

放尿の音がやんだ。

五秒経過。

「おい、返事をしろ。でないとおれも入るぞ」

一〇秒経過。

標的は何をしている?

ダニーの息遣いが乱れた。バスルームの内部を思い描く。サリムはまだ中にいるのか? この手であいつを貯水タンクに押しつけてやろうか。そうすればその衝撃で……。

ダニーにも爆発の影響がおよぶかもしれないが、破片の大半はサリムの身体に食い込むはずだ……。

ダニーは行動を起こした。

紙のスーツがカサカサと音を立てた。

ソファベッドの下から這《は》い出したとたん、花柄のカーテンを横切る人影が見えた。

スパッドか?

「近寄るな」ダニーは語気を強めた。「おれは大丈夫……」

返事はなかった。

「近寄るな！」

その直後、いきなり爆発が起きた。

ボンと短い破裂音がした。大きな音だったが、それ一回きりで、残響はなかった。

床板が震動して、こっぱみじんになった陶器片がバスルームの壁にバラバラとぶつかる音が聞こえた。ダニー自身も衝撃波で吹き飛ばされそうになり、天井から漆喰《しっくい》の塊が一メートルも離れていないところに落ちてきた。

それっきり静まり返った。

ダニーはリュックを引っ張り出した。いまのところ計画どおりだが、血だまりを踏んづけて足跡を残すようなまねだけはしたくない。勢いよく立ち上がってリュックを背負うと、両手で銃をかまえた。たしかに爆発は起きたが、サリムがその場にいたという保証はないのだ。奥の部屋には粉塵《ふんじん》が立ち込めていた。それにシューというかん高い音が聞こえた。キッチンへ通じる戸口は確認できたが、その先は粉塵が立ち込め、ほとんど何も見えなかった。ダニーはじりじりと前進した。シューという音がさらに大きくなった。キッチンの床は水浸しだ。紙のカバーで包み込んだ靴が陶器片を踏みつけてバリバリと音を立てた。庭へ通じる扉のガラスは粉々に吹き飛んでいた。バスルームのドアは開けっぱなしになっている。ダニーはマグライトで中を照らした。

即製のクレイモア地雷は狙いどおりの威力を発揮していた。立ち込める粉塵をすかして、瓦礫《がれき》と化した貯水タンクが確認できた。シューというのはねじまがった給水管から天井めがけて水が噴き上がる音だった。しかし破壊されたのはタンクだけではない。

サリム・ガライドは爆発が起きたとき貯水タンクの真向かいにいたのだろう。つま先を便器に向けてあお向けに倒れこみ、頭は戸口のそばにあった。死体の損傷はひどかった。

爆発の衝撃によって股間から下腹部にかけて肉がえぐり取られている。睾丸《こうがん》があったところにはギザギザにとがった分厚い陶器片が深々と突き刺さり、胃があったところには血まみれの穴があいていた。心臓はあきらかに停止していたが、いまも腹部の穴から血と胃液と半ば消化された食品の混合物がぬるぬるの塊となってこぼれだしている。給水管から噴き出した水が血とまじりタイル張りの床をピンク色に染めていた。

顔は識別不能だった。炸薬の発火で黒焦げになったうえ、陶器片でズタズタに切り裂かれているのだ。眼球の消滅した眼窩《がんか》から血が流れ出している。髪の毛は残らず焼き払われていた。サリム・ガライドは黒焦げの肉塊と成り果てたのだ。

ダニーは無残な屍《しかばね》を凝視した。ふとクララのことを思い出した。彼女との別れを。

これからもこうして死神の使いとなって暮らす日々が続くのだ。あの判断に間違いはなかったようだ。

検分を済ませたダニーはキッチンへ引き返してSOCOスーツを脱ぎはじめた。手袋とマスクとヘアネットは後回しだ。紙のスーツをリュックに押し込んでいると、玄関扉をドンドン叩く音が聞こえた。おそらく近所の連中が様子を見に来たのだろう。ダニーは無線で確認した。「スパッド、おまえか？」

「ちがう」スパッドの返事はそっけなかった。「おれは通りの入口に立ってる。玄関を叩いてるのは、おまわりと近所のやつだ。早いとこそこを出ろ」

玄関を叩く音がさらに大きくなった。

「車《RV》で合流」ダニーは言った。

裏口の扉に小走りに近づくと肩越しに振り返り、足跡を残していないか確かめた。問題なし。ガラスが吹き飛んだ扉をくぐり抜けて庭へ出た。そこで手袋とマスクとヘアネットを外してリュックに詰め込み、草ぼうぼうの庭を横切った。

庭の奥に高さ二メートルばかりのいまにも倒れそうな板張りの塀があった。板の何枚かは腐りきっている。ダニーは難なくその塀を乗り越えると、ゴミだらけの路地に飛び降りた。両側に目をやる。誰もいない。ダニーは北に向かって駆け出した。路地の出口まで三五メートルほどだ。雷鳴がとどろき、大粒の雨が降り出した。

その路地を抜けると、数時間前に駐車中の車からインド料理やピザのチラシを回収した道路に出た。その道路の端にスパッドが立っていた。スパッドは空の色より暗い顔つきだった。ダニーはうなずいた。進行方向からサイレンの音が近づいてきた。ダニーとスパッドは本能的に反対方向へ向かった。三〇秒後、ダニーは相棒と肩を並べた。

「大活躍だな？」スパッドは押し殺した声でうなるように言った。

「チャンスは逃すなって言うだろ？」ダニーは答えた。

「何があったか教える気はねえのか？」

ダニーは鼻をすすった。「これだけは言える。アブ・ライードがもう一度ロンドンにテロを仕掛けようと思ったら、新たな実行犯を見つける必要があるな」

もちろん彼女の本名はニッキーではない。色っぽく見えるカーリーヘアはつけ毛だし、ふだんは西洋の娼婦《しょうふ》みたいに口紅やアイライナーを使ってメイクをすることもなかった。トンマな連れにはこれっぽっちも魅力を感じなかった。それどころか奇妙な顔立ちの男から好色な視線を向けられてゾッとするほど気持ちが悪かった。しかしアブ・ライードの言いつけは絶対だった。戦争に犠牲はつきものである。パキスタンやアフガニスタンをはじめとするイスラム世界では、英米のモンスターどもが弱者を標的にしている。その仕返しにこちらも弱者を利用するだけのことだ。

彼女は前方に目をやった。ロウワー・リージェント・ストリートがピカデリー・サーカスと合流する角のところに警察官がいた。一目で巡査だとわかる制服姿の四人組である。パディントン事件のあとだけに、スーツケースを所持し、ダウン症の男を連れたアラブ系の女が注意を引くのは間違いなかった。

「ここで渡ろうよ」彼女は提案した。

若者は少し戸惑いの色を浮かべたが、もちろん同意した。

手に手を取ってロウワー・リージェント・ストリートを横切り、ノリス・ストリートに入った。ピカデリー・サーカスのすぐ南に位置する静かな裏通りだ。

「あたし、ゲームセンターが好きなんだ」交通量の多いメインストリートから離れると彼女は言った。「ちょっと遊んで行こうよ」若者がふいに不安そうな顔を見せたので、付け加える。「あたしのおごり！」

若者は満面の笑みを浮かべた。二人は角をまがった。別のメインストリートが近づくとまた巡査が現れた。今度は男と女の二人組だ。こちらに歩いてくる。彼女の鼓動は早まった。これだけはしたくなかったが、背に腹は変えられない。彼女は立ち止まると、若者を壁に押し付けて唇を合わせた。相手のぬるぬるした舌が自分の口の中で動き回るのを感じた。不快なことにズボンの前がむっくりとふくらんだ。

巡査たちが通り過ぎていった。彼女が離れると、若者は馬鹿みたいににやけた顔を見せた。

「よかったでしょ」彼女は言った。

二分後、二人は手に手を取ってトロカデロに入った。こんな時間からすごく混み合っていた。色とりどりのキャンディやロイヤルファミリーをあしらった絵皿、ロンドン名物の二階建てバスの模型などを販売している売店の前を通り過ぎる。身を寄せ合うようにしてエスカレーターに乗り、地下へ降りた。そこはピュンピュンとかビービーといったゲーム機の電子音が飛び交う空間だった。少年たちが光線銃を手にして画面に現れる敵を狙い撃ちしている。車に乗り込んで仮想のレーストラックを走るゲームもあった。彼女は空いている車を指差しながら若者の袖を引っ張った。「あれに乗ろうよ」

若者はスーツケースを引っ張りながら車に近づいた。

「先に乗りなさいよ」

若者は逆らうこともなく、車体の横にスーツケースを置くと、車に乗り込んだ。彼女は一ポンド硬貨を入れると、若者のぶざまな運転ぶりを見守った。わずか四五秒でゲームオーバーになった。

「おい気をつけてくれ、玉突き衝突じゃないか」人工音声がゲームの結果を告げた。

「上手ねえ、もう一回やってごらん」彼女は優しく声をかけると、また一ポンド硬貨を投入した。いつの間にか集まってきた少年たちが、若者の車を取り囲んでいた。笑いをこらえながら、ぶざまな運転ぶりを見物している。

「ありがとう」若者は礼を述べてから少し間を置くと、不意に言った。「ダーリン」

彼女はゾッとしたが、すぐに笑みを浮かべた。

二回目もゲームオーバーになると、彼女は若者の耳に触れそうになるくらい唇を近づけてから、ささやくように言った。「両替してくるわ」若者が不安げな表情を浮かべると、続けて言った。「もうちょっとここで遊んでから、あなたのところへ行きましょう」

もちろん、若者はうなずいた。

「わたしのスーツケース、見といてね」彼女は荷物番を頼んだ。

若者は再びうなずいた。彼女はムカつきながら思った。いまにもよだれを垂らしそうじゃない、こいつ。

「すぐ戻ってくるからね」彼女は言った。「ダーリン」

彼女はエスカレーターに向かった。そして一階まで上ってから振り返った。悪ガキたちが若者の車をすっかり取り囲み、指差しながら笑っていた。その容貌《ようぼう》だけでなく、ぶざまな運転ぶりを笑いものにしているのだ。せいぜい笑っているがいい。彼女は向き直ると、みやげ物や菓子類を販売する売店の前を通り過ぎて、トロカデロの外へ出た。空は暗く、稲光が走っていた。彼女は道路を横断すると上着のポケットから携帯電話を取り出した。そして足早に先を急ぎながら、短縮ダイヤルの1を押した。

呼び出し音が鳴るまで待つ必要はなかった。誰かに電話をかけたわけではない。それは起爆スイッチだった。彼女は身構えた。

トロカデロのエントランスから少なくとも三〇メートルくらい離れたところで爆発が起きた。それでも危うくひっくり返りそうになった。地面が地震のように揺れて、爆発音がシャフツベリー・アベニューのビルの谷間にこだました。彼女は倒れそうになり通行人にぶつかった。その通行人は青いレインコート姿の女性で、迷惑そうな顔がたちまち恐怖に引きつった。

爆発音の残響がおさまると、あたりは一瞬静まり返った。あたかもロンドン全体が固唾を飲むかのように。

やがて雷鳴がとどろいた。爆発の残響のごとく。そして大粒の雨が舗道に落ちてきた。彼女は急ぎ足で南へ向かい、顔のない群衆の中にまぎれ込んだ。ちょうどそのときトロカデロの方角から耳をつんざくような悲鳴が聞こえてきた。

第9章　シャークス・アイ

「何かやらかすんなら前もって一言断るべきだろ。言いたいのはそれだけだ」

スパッドは癇癪《かんしゃく》を起こすタイプではないが、いまは爆発寸前に見えた。ダニーは歯牙にもかけなかった。テンションが上がっていた。言い争いはかえって気分を昂揚させた。

「おれは臨機応変に対処した。言いたいのはそれだけだ」

スパッドが助手席から睨みつけてくると、ダニーはふいに罪悪感をおぼえた。相棒の言うとおりだ。ＳＡＳでまず叩き込まれる鉄則は、必要がないかぎり独断専行は慎めというものだ。

　ダニーは神妙になって詫《わ》びた。「すまん、悪かった」そして気まずい雰囲気をやわらげようと続けて言った。「ひどい渋滞だな。何があったんだろう？」フルハム・パレス・ロードは文字どおり数珠《じゅず》つなぎの状態だった。おまけに土砂降りの雨である、ドライバーたちは苛立っていた。ダニーはカーラジオのスイッチを入れた。ひょっとしたら自分がさっき仕掛けたばかりの爆発事故がニュースになって報道されているかもしれない。

まさに爆発についてのニュースが報じられていたが、それはダニーたちが予想したものではなかった。二人は不安をおぼえながらじっと耳を傾けた。事件現場から惨状を伝えるレポーターの悲痛な声が切れ切れに聞こえた。「大爆発が起きて……ウエスト・エンドの現場は瓦礫と化し……何十人もの犠牲者が……」

二人のSAS隊員は暗澹《あんたん》たる気分で黙り込んだ。サリム・ガライドを仕留めた満足感はあっけなく吹き飛んでしまった。

「ハマーストーンの連中はさぞかしプレッシャーを感じてるだろう」ダニーは言った。「ねぐらに戻って、連絡が来てないか確かめないとな」

そのねぐらに戻るのに一時間かかった。サイレンを鳴らしたい衝動に駆られたが、結局我慢した。最後まで一般車両として走行を続けた。ダニーはいかなる場合も人目を引くようなふるまいを嫌った。バターシー・パークにたどり着く頃には、緊張のあまり爆発しそうな気分だった。スパッドも同じ思いらしい。隠れ家《セイフハウス》の前に駐車すると、スパッドはダッシュボードの物入れからグロックを取り出した。「さあ、早いところメールをチェックしよう」

「待った」ダニーはフロントガラス越しに前方を指差した。

この通りは先の方で幹線道路と直角に交わっていた。車がひっきりなしに行き来する、どこにでもある幹線道路である。その奥の車線沿い、ちょうどセイフハウスから三〇メートルくらい離れたところに、〈ライオンキング〉の大看板が立っていた。今夜は間違いなく上演中止になるだろうが。その大看板の下に、この殺伐《さつばつ》とした地域におよそ不釣合いな人物が立っていた。黒い厚手のオーバーを着込み、いかにも上流階級然としたその人物とは、二人とも顔見知りだった。

「ピアーズ・チェンバレンじゃねえか」スパッドは不審そうにその名を口にした。

「おれたちとかかわりを持ちたくねえんだろ、あいつら」

「ああ」ダニーはささやくように言った。「だが、それは四人一緒の場合で、バラだと話は別らしい」

二人は車から降り立った。ダニーが車のキーの施錠ボタンを押すと、ピーと音を立ててドアがロックされた。チェンバレンがこちらの姿に気づいていないはずがない。目立つ場所にこれ見よがしに立っているのは、コンタクトしたいという意思表示だろう。チェンバレンはお偉方《ルーパート》でも、レジメント出身のルーパートなのだ。現役のSAS隊員がどう反応するか熟知しているはずだ。ダニーとスパッドは肩を並べて通りの端まで歩いた。たちまち二人の姿に気づいたチェンバレンは、こっくりうなずくと、そのまま幹線道路に沿って歩き出した。そして五〇メートルばかり進むと、薄汚れた大衆食堂《グリージー・スプーン》に入った。内密の会合にもってこいの場所である。こんな安食堂に監視カメラがあるはずもなく、いろいろな客がひっきりなしに出入りしているのだ。

どんな顔ぶれでも人目を引くことはなかった。

ダニーとスパッドは立ち止まった。

「あいつに付き合うべきか？」スパッドが尋ねた。

ダニーはうなずいた。「付き合ってやろう」

「じゃあ、あのオヤジにおごらせようぜ」

二人は道路を横断した。大衆食堂の窓は曇っていたが、窓際に腰掛けている大きな人影がチェンバレンだとダニーは直感した。どこか遠くの方からパトカーのサイレンが聞こえてきた。二名のSAS隊員は食堂に入った。

中は暖かく、紅茶と揚げ物の匂いがこもっていた。エキゾティックなビーチをあしらった派手なポスターが壁に貼ってあったが、端の方が破れて見る影もなかった。テーブル席はほぼ半数が埋まっている。食堂の片隅に配膳台があり、その上方にテレビが据え付けてあった。BBCの〈ニュース24〉が映っている。ピカデリー周辺の現況を伝える画像はひどくぶれていた。トロカデロの残骸から担架で運び出される血まみれの遺体がチラッと映った。食堂の客たち――およそ一五人――はテレビのニュースを呆然《ぼうぜん》と見つめた。目の前に〈ザ・サン〉を広げている客がいた。うわの空で人差し指を舐めてから新聞をめくったものの、その目は新聞ではなくテレビに向けられた。リポーターの声がひっきりなしに聞こえた。「無残な最期を迎えた犠牲者たち……被害の程度はいまだ不明……警察からロンドン中心部への不要不急の外出は控えてもらいたいとの要請が……」

　左側の壁際のテーブル席に初老の男が一人で座っていた。ペンキに汚れた作業服を着ているところを見ると肉体労働者だろう。その肌は浅黒く、中東系の顔立ちだった。あごひげは白くなり、顔には深いしわが刻まれ、禿げた頭はしみだらけだった。人のよさそうな感じだが、朝食を待つその姿はひどく居心地が悪そうだ。客の中には敵意のこもった視線を向けてくる者が何人もいた。

　ダニーの目はチェンバレンの姿を捉えた。ドアの右側の隅の席に腰掛け、壁にもたれている。紅茶のカップを前にしているが、ティーバッグはまだカップの湯に漬かったままだ。チェンバレンが顔を上げたが、斜視なのでダニーたちを見ているのかどうかすぐにはわからなかった。

「座りたまえ」チェンバレンは低い声で言ったが、その声はテレビの音声にかき消されて、ダニーとスパッド以外には聞こえなかった。「きみたちのために掛け値《フル》なしの英国式《イングリッシュ》朝食を注文しておいたよ。多忙な夜を過ごしたみたいだからね」

　二人は無言のまま着席した。ダニーが窓際に座った。

「我慢ならないのは」チェンバレンは切り出した。「グラスゴーまで行ったのに、ハギス（羊の臓物を刻んでオートミールと一緒に胃袋に詰めて煮込んだスコットランドの伝統料理）をほんのちょっぴり盛り付けて、これぞスコットランド料理とばかりに食わされることだな。ダブリンまで行ってホワイトプディング（豚の血を加えないで作る淡色のソーセージ）一切れで、これぞアイルランド料理と称するのも同じだ。冗談もほどほどにしろと言いたい」テレビにチラッと目をやった。「あのニュースは聞いただろ？」

二人はうなずいた。

「いいかよく聞け、きみたち。この調子でゆくと、爆弾を持った過激派が街のあちこちに出没することになる。すでに王室の方々は宮殿とクラレンス・ハウスから避難された。女王陛下は大層ご立腹だ——ＩＲＡ《プロヴォ》のテロリストが暴れまわっていたときよりずっとひどいと。こうした卑劣な犯行を阻止できれば褒章ものだろう、まず間違いなく」チェンバレンは意味ありげな視線を二人に向けた。

「女王陛下にはむしろ好都合じゃないのかい」スパッドは冷ややかに応じた。

チェンバレンはちらっと苛立ちの色を浮かべたが、すぐに押し隠した。「何を言っておるんだ、きみは」

「孫娘とよろしくやってた色男がパディントンでドタマかち割られたろ？　厄介事にケリがついて一件落着じゃねえか」

スパッドらしい辛辣な見方だ。しかしチェンバレンは憤慨する様子は見せなかった。顔を上げて、近づいてくるウエイトレスをじっと見守っている。しかめ面をしたその六十代のウエイトレスは卵黄の飛び散ったエプロン姿で、特大の朝食セットを二皿運んできた。チェンバレンはダニーとスパッドの前に置くよう指示した。料理が目の前に運ばれてきたとたんダニーはひどく空腹だったことに気づいた。サリム・ガライドの無残な死体はすでに忘却の彼方にあり、食欲には影響なかった。

チェンバレンは二人が食べだすのを待って話を再開した。「きみたちは疑問に思っておるだろう、わたしがなぜここにいるか」そのとおりだったが、ダニーは素直に認める気にはなれなかった。スパッドも同じだった。二人は朝食をむさぼり食った。

チェンバレンは店内を見回した。自分たちに注意を向けている者がいないことを確かめると、さらに声をひそめてしゃべりだした。

「ハマーストーン・グループにしたって、上からの指示で動いているだけだ。事故に見せかけることが……どれだけ大変か……わきまえていないと思ったら大間違いだぞ。しかし用便中にあやまって自爆するような事故をそうたびたび起こせるものでもないだろう？　そこでささやかながら知恵を貸そうと思った次第だ。三人寄れば文殊《もんじゅ》の知恵というからな」

ダニーは料理を残らず平らげると皿をわきへどけた。

「聞かせろよ」

「かつて北アイルランド《プロヴィンス》はわたしの主戦場だった」チェンバレンは言った。「もちろん血腥《ちなまぐさ》い戦いだ。当時、アイルランド人《ミック》どもは、ＩＲＡの武装闘争を抑え込むために、テロ容疑者を問答無用で監獄にぶち込むやり方に怒り狂っていた。もっともロング・ケーシュ（ベルファスト南郊にあったメイズ刑務所の別称。ここは北アイルランド紛争の象徴的存在だった）に収監された連中の鬼畜ぶりをじかに目にしていたらあれほど騒いだかどうか。ともかく、われわれは一歩も引かなかった」

スパッドはげっぷを漏らすと、空になった皿をわきへ押しやった。ダニーは沈黙を守った。北アイルランドは彼にとって微妙な話題である。自分の家族とプロヴィンスのかかわりを向かいに腰掛けているトンチキと語り合う気にはなれなかった。

「もちろんぶち込みそこねたプロヴォもいた」チェンバレンは宙に引用符を描いてみせた。「〝証拠不充分〟とやらで。もっとも刑務所に入れたら入れたで、馬鹿げた騒ぎを起こすんだが。アブ・ライードをめぐる信じがたい状況も似たようなもんだと思わんか。〝事故に遭った〟ように見せかけろ」また引用符を描いてみせた。「ただし、その果実はみんなで分け合おうっていうんだからな」

「ごたくはいいから」ダニーは言った。「役に立つ話を聞かせろよ」

チェンバレンはカップを持ち上げると紅茶を一口すすった。「シャークス・アイならどんな場所でも使える」

ダニーは相づちを打った。チェンバレンの言うとおりだ。シャークス・アイはシンプルな仕掛けだが、効果は抜群である。長さ三〇センチばかりの黒い筒のことで、これを夜間発光させて、そのまばゆい光を人に向けると相手の目をくらますことができる。対向車のドライバーに発光したシャークス・アイを向けると、十中八九運転を誤る。その結果は事故死。謀殺を疑わせるような証拠はまず残らない。

「じつは第二のターゲットについて少々下調べをしてきた」チェンバレンは話を続けた。「詳細はのちほどきみたちのところにも送られてくるだろうがね。とにかくＤＶＬＣ（運転免許センター）から二輪免許の交付を受けていることがわかった。シャークス・アイを使うにはもってこいの相手だろう」

「どこかで聞いたような話だな」スパッドは言った。「あとはセーヌの地下トンネルでパパラッチに追いかけさせれば、ダイアナ式《フル・ダイアナ》暗殺の一丁あがり」

チェンバレンは表情をまったく変えなかった。「わたしの知るかぎり、フランスの警察関係者はその類《たぐい》のデマを全面否定しておるようだがね」

「警察関係者はそうかもしれねえが」スパッドはわざとゆっくり答えた。「おれは納得できねえ。レジメントの仲間があの前夜にパリでおたくの関係者を目撃したって証言してるんだぜ」

スパッドが口にした「おたくの関係者」とは英国秘密情報部《ザ・ファーム》のことで、ダニーもこの証言のことはよく知っていた。それに一九九〇年代初めに、Ｅ中隊の前身であるＣＲＷ（反革命戦争遂行部隊）の特別チームがミロシェヴィッチ（旧ユーゴ戦争犯罪法廷から戦犯として起訴されたセルビア共和国元大統領）暗殺の可能性を探っていたことは周知の事実である。それも、たったいまチェンバレンから勧められた方法を用いることを考えていた――山間の隘路《あいろ》を進む戦争犯罪人の車列にシャークス・アイ攻撃を仕掛けるというものだ。結局、CRWチームは、ダイアナ事故死をめぐる陰謀説が否定されたのと同じ理由で、この暗殺計画を断念した――要するに不確定要素が多すぎるのだ。死に急ぐプロヴォのテロリストを相手にするときならシャークス・アイは効力を発揮するが、ミロシェヴィッチみたいな有名人をワンチャンスで仕留めるのは、事実上不可能だった。

じつはダイアナ事故死の前夜にパリでMI6のエージェントを目撃したと証言したのは、このミロシェヴィッチ〝暗殺チーム〟に属していたCRWの隊員だった。そのため偶然にしては出来すぎだとばかりに、陰謀説めいた憶測が一気に広がったのである。

「断言してもいいが」チェンバレンはスパッドに穏やかに話しかけた。唇をほとんど動かさず、ささやくような声だった。「ダイアナ妃のような著名な公人を亡きものにしようと思ったら、事前に周到な準備をする必要がある。アルマ広場下のトンネルからはそのような証拠は見つからなかった」

「まるで計画を練ったことがあるような口ぶりだな」スパッドは言った。

チェンバレンは唇をきつく結んだ。「そんなことは考えたこともないが」きっぱり否定してから「アラブ野郎《ラグヘッド》……」と言いかけて、表現を改めた。「……中東人のプレイボーイが将来の国王の義父になるかもしれないと考えたとき、穏やかならぬ気持ちを抱くのは、なにもわたし一人だけではあるまい」

「おれは平気だぜ。だって、もともと王室はドイツ出身だろ」

チェンバレンが初めて気色ばみそうになった。大きく息を吸い込んで、斜視の方の眉をいじっている。ダニーはバッキンガムから聞かされた話を思い出した。

「特殊な連中とも付き合いがあるし……みんながみんな右翼とは言わないが、UKIP《ユーキップ》のお友達は、昔よくいたゴリゴリの共産党員を彷彿とさせる連中だね。その大半は退役軍人。みんなチェンバレンを教祖《グル》みたいに崇めている。七〇年代の北アイルランドでIRA《ミック》の天敵として活躍した時代が脳裏に焼きついているんだろう。まさに狂信者、それも多数。もちろん監視対象にすべき連中だよ。チェンバレンの取り巻きは一種の秘密結社を作って、政府に働きかけているんだ。イスラム過激派が手に負えなくなったときには軍に権力を委譲しろと主張してね……」

ダニーの背後から突然椅子を引きずる音が聞こえた。すかさず振り返る。大男の客が二人立ち上がり、一人で腰掛けている中東系の客のところに近づいた。テレビの現場リポートは続いていたが、誰も見ていなかった。食堂の雰囲気は一変した。中東系の客が顔を上げた。しわが刻まれた穏やかそうな顔にたちまちおびえの色が浮かんだ。

「おい、あれ、てめえの仲間の仕業だろ？」大男の一方が言った。難癖をつけているのだ。

中東系の客は不安そうに首を振ると、逃げ道を捜して目をキョロキョロさせた。しかし出口へ向かう通路は二人の大男がふさいでいた。あきらかにケンカを吹っかけている。男の一人が前かがみになって中東系の客のテーブルの端を持ち上げた。カップがひっくり返って紅茶が膝にこぼれた。中東系の客は困惑と怒りの色を浮かべたが、穏やかそうな人柄にはおよそ似つかわしくない表情だった。しかしすぐに本来の自分を取り戻した。「頼むから、やめてください」中東系の客は穏やかに言った。「とてもひどい事件で、心からお悔やみ申しますけど、わたしとは関係ありません。もめ事はごめんです」

「いまさら遅いんだよ、タコ……」

ダニーは振り返ってスパッドとチェンバレンの顔を見た。相棒は嫌悪感を隠そうともしなかった。チェンバレンはその正反対だ。もちろん容認もしていないし、楽しんでもいないが、冷酷な満足感らしきものが浮かんでいる。

スパッドは立ち上がった。そしてつかつかと歩み寄ると、二人の大男の肩をポンと叩いた。振り返った二人はスパッドより頭半分背が高くて、邪魔者に気分を害しているように見えた。

「おい、座れよ」スパッドが言った。「テレビが見えねえだろうが」

男たちはせせら笑った。「このパキ（パキスタン人への蔑称）を片付けたら座ってやるよ」

「いますぐ座れ」スパッドの声は穏やかだったが、不穏な響きがあった。「それが嫌なら失せろ」

男たちは顔を見合わせてにんまり笑った。

二人とも不意打ちを想定していなかった。

スパッドは右側に立っていた男の頭をいきなり殴りつけた。すかさず二人目の頭にも強烈なパンチを叩き込む。二人とも目がくらんで、足をよろめかせた。中東系の客は弾《はじ》かれたように立ち上がった。それほど迅速には動けなかったが、足をひきずるようにして出口へと急ぎ、そのまま外へ飛び出した。

「お勘定がまだだよ！」ウエイトレスがわめいた。「お勘定がまだ済んでないのに！」

スパッドはポケットから一〇ポンド札を引っ張り出すと、中東系の客が座っていたテーブル席に放り投げた。そして、よろよろしている男たちを睨みつけた。男たちはすっかり意気消沈していた。やり返したくても、肩幅の広い強そうなスパッドが相手ではいかにも分が悪かった。弱いものいじめなら得意だが、思いがけない反撃を食らうとたちまち腰砕けになるクズどもの典型だった。スパッドは男たちに近づいた。

「おい、忠告しておいてやる。おとなしくしてるんだぞ。これ以上騒ぎやがったら、おれはともかく、あそこに座ってる相棒が許さねえからな」スパッドはダニーの方を指差した。そのダニーが男たちに睨みをきかしているあいだにスパッドはチェンバレンを振り返った。「朝飯の勘定を頼むぜ」そう言うと相棒に声をかけた。「さあ行こう」

ダニーは立ち上がると、チェンバレンに一礼した。

スパッドと出口に向かっているとテレビの音声がふと耳に入った。

「九・一一以後、最悪ともいえるテロ攻撃で少なくとも五〇人が死亡しました。首相は〈きわめて卑劣な犯行〉だと糾弾、かならず正義の裁きを受けさせると言明しました」

外の風景はいつもと変わりなかった。交通量も通常どおりに戻っている。自転車に乗った青年がいきなり車のドアを開けたドライバーに怒声を浴びせた。排気ガスが充満し、スパッドが助けてやった中東系の客は影もかたちもなかった。ふいにお馴染みの音が聞こえてきた。ヘリコプターの騒々しいローター音である。英国空軍のカーキ色のマーリンが低空を飛んでいた。ふだんのロンドンではお目にかかれない光景だろう。二人は道路を横断してセイフハウスの方角へ引き返した。ダニーは一度だけ振り返った。チェンバレンがドアのところに立っていた。タバコに火をつけながら、遠ざかってゆくダニーたちを見送っている。

「いったいどうなってるんだ?」スパッドが尋ねた。「シャークス・アイって、いまだに一九七五年のつもりかよ?」

ダニーには答えようがなかった。しかし疑問は山のようにあった。チェンバレンが熱心に手助けしようとする理由は? どうしてハマーストーンの仲間を出し抜いて、ダニーたちに直接会いに来たのか? いったい何が起きているのだろう?

「気のせいかな」ダニーはつぶやいた。「今朝の爆弾テロのことを全然気にかけてないように見えたんだが」

スパッドは肩をすくめた。「あいつは元将校《ルーパート》で情報部員《スプーク》なんだぞ。そんなやつに何を期待する?」

二分後、セイフハウスに帰り着いた。玄関前に何か置いてあった。

黒色のフライトケースである。サイズは縦三〇センチ、横六〇センチ、幅三〇センチ。二人は数メートル離れたところから不審げに見つめた。すぐにスパッドが「ふざけやがって」とつぶやいた。そして歩み寄ると、フライトケースを持ち上げてから、玄関を開けて中に入った。

二人はキッチンでフライトケースを慎重に開けた。興味津々だった。ケースの中には長さ三〇センチばかりの黒い筒が入っていた。その筒にはバッテリーパックが組み込まれ、引き金がついている。

「シャークス・アイだ」ダニーが言うと、スパッドがわかっているとばかりにうなずいた。

どうやらチェンバレンからの贈り物らしかった。

ジャマル・ファルールはここが嫌いだった。

安全な場所であることは知っている。アブ・ライードは恐ろしく老獪《ろうかい》だ——当局の目と鼻の先というべきドックランズのど真ん中にいながら、このペントハウスには警察を一歩たりとも寄せ付けないのだから。ジャマルは尾行がいないことを確認していた。いつもなら地下鉄セントラル・ラインの終点まで行き、そこから人影がまばらな道を一キロばかり歩いて引き返す。こうすれば尾行者の姿は嫌でも目につく。しかし今朝はトロカデロ事件の影響で地下鉄は運休になっていた。そこでオートバイに乗ってゆくことを考えたが、この選択肢はすぐに却下した。オートバイはペリヴェイルの自宅アパート近くに停めていた。パディントン駅で爆弾テロを引き起こして以来、その自宅には戻らず、ライスリップのB&B（食事付きの民宿）で寝泊りしていたからだ。それにオートバイだと車道を走ることになり、車で巧妙に尾行されたらまず見抜けない。結局、自転車でロンドン市内を横断することにした。いざとなれば自転車を押しながら歩道上を歩けば、車での尾行は排除できる。

中心部は避けることにした。ウエスト・エンド周辺は閉鎖され、警官がうじゃうじゃいるはずだ。B&Bの頭上をヘリコプターが飛び交い、緊急車両のサイレンがひっきりなしに聞こえた。窓から軍用トラックの車列が見えた。兵士を満載していることは間違いなく、そのままロンドン方面へ向かった。

もちろんテレビのニュースも見た。シャフツベリー・アベニューの惨状が映し出された。土砂降りの中、緊急救助隊がビルから遺体袋を次々に運び出していた。衣服も顔も血まみれの負傷者が、爆発の衝撃から立ち直れないまま、瓦礫に覆われた舗道をふらついている。カメラに向かって泣き叫ぶ犠牲者の家族たち。映像と同時に最新のデータが表示されるのだが、その数字が劇的に跳ね上がってゆく。五〇人死亡……一〇〇人死亡……一五〇人死亡……。このテロの成果は喜ぶべきだが、こればかりが脚光を浴びてパディントン事件が色あせてしまうのは困る。それだけはジャマルのプライドが許さなかった。

一〇時を少し過ぎた頃、また大きなニュースが飛び込んできた。ジャマルは心臓を鷲掴《わしづか》みにされたような衝撃をおぼえた。トロカデロとほぼ同じ時刻にハマースミスでも爆発が起きていた。

死者は一人。

先週金曜日のパディントン駅爆弾テロ事件の重要参考人と見なされていた二三歳の男性が……部屋からは爆発物も見つかり……現場の状況から事故だとの見方が有力……。

ジャマルは口元をゆがめた。怒りのあまり椅子の肘掛けを殴りつけた。事故だとの見方が有力？　カーペットに唾を吐き捨て、テレビに向かってわめき立てたが、大家の小母《おば》さんに不審に思われてはまずいので、すぐに声を低めた。部屋の中を行ったり来たりしながら、どうすべきか考えた。そしてほかに選択肢はないという結論に達した。そう、アブ・ライードに相談するしかない。ただ、電話や電子メールでコンタクトを取ることはできず、直接会うほかなかった。

というわけでここまで足を運んできたのだ。上品なダイニングルームのタイル張りの床を行ったり来たりするうちに不安が募ってきた。このダイニングルームにいい思い出はない。みずから殉教しようとして果たせなかった若者の姿をここで録画したのだ。サリムが若者の喉に短剣の刃を食い込ませたときの異様な物音。その傷口から勢いよく噴き出した血。あのときの光景が頭から離れない。爆弾を起爆させることはたやすい。何も見なくていいし、自分が引き起こした結果を目の当たりにする必要もない。短剣で人を殺すのはまったく別物だ。ケンタッキーフライドチキンで出来合いの品を買わずに、生きた鶏《とり》を殺すところから始めるようなものだ。ジャマルはあの光景を何度も夢に見て、いつも汗まみれになって目を覚ました。

ジャマルは行ったり来たりを繰り返した。あのおぞましい瞬間を思い出させるようなものは何も残っていない。遮光ブラインドはいつものように壁一面に広がる大窓をすっぽり覆い隠しているが、血まみれのビニールシートはなかった。背景にぶら下げた布もなければ、ビデオカメラもない。いつもとは異なる匂いがしているが、気のせいだろうか？　あれこれ考えるのが嫌になり、背もたれの高いダイニングチェアにぎこちなく腰掛けた。

ドアが開いた。ジャマルの胸は高鳴った。アブ・ライードが入ってきたと思ったのだ。しかし現れたのは導師ではなく、自分と同じくらいの年頃の若い女だった。肌が浅黒く、カーリーヘアで、すっぴんにもかかわらず美しい娘である。黒い瞳に警戒の色が浮かんだ。冷たい感じだが、なぜか不安そうに見えた。若い女は安全を確かめるかのように室内を見回した。数秒してようやくジャマルに視線を向けると、そっけなく一礼した。

「おれはジャマル」ジャマルは気まずそうに自己紹介した。「きみの姿をモスクで見かけたような気がするけど？」

若い女は肩をすくめた。

「すごく高級だろ、ここ」ジャマルはめげずに話しかけた。「誰が家賃を払ってるんだろうね」

　返事はなかった。

「きみの名は？」

「教えるつもりはないわ」若い女は穏やかに答えた。「あなたもそうすべきね」

　ジャマルはムッとした。「ごあいさつだな。おれはアブ・ライードに会いに来たんだ」ジャマルは誇らしげに言った。アブ・ライードに面会を許されたことを強調するかのように。

「わたしもよ」若い女は言った。

「なんだ、そうなのか……」ジャマルは話を続けようとして、ふいに口ごもった。戸口をふさぐようにして人が立っていた。がっしりした肩に、白髪まじりのあごひげ。

　アブ・ライードである。

「二人ともよく来た」アブ・ライードは言った。「尾行されなかっただろうね？」

「もちろん」ジャマルは自慢げに答えた。

　アブ・ライードは問いかけるように若い女の顔を見た。若い女が首を振ると、導師は満足したようだ。そのまま部屋に入ってきた。そしてジャマルから数メートル離れたところで立ち止まった。その顔つきはいたって平静だった。ジャマルは突然、自分が部屋に一つしかない椅子に腰掛けていることに気づいた。尻に火がついたようにあわてて立ち上がったジャマルは、不安げに導師の顔を見つめた。

「ありがとう、ジャマル」アブ・ライードは言った。「わたしもそう若くないからね」

アブ・ライードは腰掛けた。その椅子は大柄な導師には窮屈すぎた。重みに耐えかねるかのように椅子がきしんだ。

アブ・ライードは一息入れてから、二人の顔を交互に見た。

「おまえたちはよくやった」アブ・ライードは言った。「おまえたちの働きぶりに満足しているよ」

ジャマルは若い女に目を向けた。「じゃあ、彼女が……？」

「トロカデロをやってくれた」アブ・ライードは穏やかに答えた。「持ち前の魅力を発揮して、ある青年を運命へと導いたのだ」

ジャマルは思わず若い女と目を合わせてから、思い切って言った。「サリムが死にました、アブ・ライードさま」

導師は悲しげに頭を垂れると両方の手のひらを広げた。「彼の逝去《せいきょ》を悼むと同時に、天上の楽園へ行けたことをともに喜ぼうではないか」

ジャマルは目をぱちくりさせた。「で……でも、アブ・ライードさま、そんなことを言っている場合じゃないのでは」

アブ・ライードは静かに若者の顔を凝視した。「どういう意味かね、ジャマル？」

「彼は殺されたんですよ……治安機関に処刑されたんです。連中はわれわれのことを知っているんですよ、アブ・ライードさま」

室内は静まり返った。アブ・ライードはもう一度二人の顔を交互に見つめた。「心配しなくてもよい」

「でも、アブ・ライードさま、彼は殺されました！」

「違う」アブ・ライードの声がふいに険しくなり、ジャマルはビクッとした。「わたしの言うことをよく聞け。サリムは殺されたのではない。爆発物の扱いに落ち度があったのだ。もっと慎重に扱うべきだった。あれは事故だ。まさに痛恨のきわみだが、事故であることに間違いはない」

ジャマルは導師の顔を見つめた。何を言えばいいかわからなかった。「アブ・ライードさま……ニュースではそう報じられていますが、本気でそう思われているのですか？」

アブ・ライードはうなずいた。「そうだ。そう思っておる」

ジャマルは若い女にチラッと目をやった。彼女もアブ・ライードの発言には納得しかねているようだ。しかし、導師に異論を唱えることは畏《おそ》れ多いふるまいであり、ジャマルは深々と頭を下げるしかなかった。

若い女が口を開くと、ジャマルは顔を上げた。

「失礼ですが」若い女は言った。「アブ・ライードさま、そこまでおっしゃるのでしたら、ご自身はどうしてこんなところに身を隠しておられるのですか？　どうしてモスクにいらっしゃらないのですか？　われわれ教え子たちはお姿を見て、お声を聞きたいと思っておりますのに。どうしてご家族から離れておられるのですか？」

ジャマルは息を飲んだ。いままでアブ・ライードにこんな口をきいた人間はいない。導師は無表情のまましばらく座っていたが、ふいに立ち上がると窓辺に歩み寄った。そして壁のボタンを押した。ほとんど音もなく電動式のブラインドが巻き上げられると、汚れ一つない大きなガラス窓越しにロンドンの街並みが見えてきた。

「アブ・ライードさま」ジャマルがあわてて声をかけた。「窓の近くにお立ちになってはいけません……」

しかしジャマルの警告は無視され、壁一面のガラス窓の向こうには広大な都市空間が広がっていた。

すばらしい眺めだった。ロンドンの名所は残らず見えた。超高層ビルのザ・シャード、大観覧車ロンドン・アイ、セント・ポール大聖堂、ビッグ・ベン、うねうねと蛇行するテムズ川にかかる幾つもの橋。ひときわ大きく蛇行したグリニッジの突端にそびえるミレニアム・ドームと、その対岸にのびるロンドン・シティ空港の滑走路。

ジャマルはふと思った。これだけ名所があればテロ攻撃の標的には事欠かない。

三人とも眼前の風景に見とれた。どこかおかしかった。ややあってジャマルは気づいた。テムズ川を行き交う船舶がほとんど見当たらないのだ。おそらく航行を許されているのは警察か情報機関の艦艇だけだろう。北岸の上空でヘリコプターが二機、ホバリングを続けている。ちょうど爆弾テロの現場となったピカデリーのあたりだ。

ここから見ると、ロンドン中がすくみあがっていることがよくわかる。

「二週間前」アブ・ライードは穏やかに言った。「パキスタン東部がドローン攻撃を受けて、一三六人が殺された。英国のメディアでその死者たちのことを報じたところは一つもない。しかし、こうやって自国民が死にはじめると……」

アブ・ライードは途中で口をつぐんだ。

怒りのこもった声ではなく、どちらかというと悲しげな口ぶりだった。それがジャマルに勇気をあたえた。「アブ・ライードさま」ジャマルはまくし立てた。「新聞やテレビは連日導師のお名前を取り上げています。導師が公の場から姿を消した理由をあれこれ詮索しています。わたしは心配なんです、連中が……」

「うるさい！」アブ・ライードは突然怒鳴り声を上げた。ジャマルは思わず後ずさった。若い女と視線を交わす。彼女も同じようにショックを受けて、じりじりと後ずさりはじめていた。

沈黙。

アブ・ライードはガラス窓に息を吹きかけると、曇った個所に、神を意味するアラビア文字を描いた。ジャマルは背筋が冷たくなった。つい最近もそのアラビア文字を、まさにこの部屋で目にしていた。血まみれのビニールシートの背後にぶら下げられていたのだ。

アブ・ライードがまた壁のボタンを押した。電動式ブラインドが音もなく下りてくると、アブ・ライードは振り返った。その目は冷たく光っていた。「この重要な仕事を続けたくないのなら、そう言えばよい。そのありさまではやがて忠誠心も揺らぎはじめるだろう。おまえたちの代わりなどいくらでもおるのだ」アブ・ライードは奥の壁に目を向けた。あの壁の前で若い信者が無理やり殉教させられたのだ。「どんな仕事でもこなせる人材がな」

若い女は目を伏せた。神妙そうな様子だ。それにおびえている。アブ・ライードの脅し文句を真に受けたのは間違いなかった。それはジャマルも同じである。

アブ・ライードは窓辺から離れた。「二人とも自宅へ帰れ」アブ・ライードは命じた。「いいかジャマル、臆病者みたいに逃げ隠れしてないで、自宅へ戻るのだ。そしてみだりに動かず、次の指示を待て。神は信仰篤《あつ》き者を見捨てはせぬ。このわたしも同じだ。しかし不信心者はどうなると思う？」アブ・ライードは二人の顔を交互に見つめた。「神罰を受けるぞ」

そう言うと背を向けた。面談は終了したのだ。

ジャマルは戸口へ引き返した。ここは帰るにもそれなりに時間を要するところだった。

出口へ通じる廊下は明るく照明がともっていた。ジャマルと若い女は肩を並べて足早に進んだ。その途中、わずかに開いたドアがあったので、ジャマルは中を覗いた。そこは大理石張りのバスルームで、大きな鏡の前のシンクに真っ白なタオルが何枚も積み重ねてあった。浴槽はジャマルがいつも使っているものの倍はあるだろう。タオル地の白いバスローブが二着、壁のフックに掛かっていた。しかしドアの前を通り過ぎるときに、別の衣類も目に留まった。白いローブのすぐ横に、一目でそれとわかる黒いローブがぶら下がっていたのだ。ブルカ（イスラム女性が人前で着用する頭からすっぽり覆う外衣）だ。なぜだかわからないが、ブルカを目にしたとたんジャマルはひどく不安になった。

玄関の外へ出ると、護衛の男が二人座っていた。この二人組は以前にも見かけた。浅黒い肌、がっしりした肩、笑みを封じた顔。武装しているのは間違いなく、エレベーターを待つあいだ、その刺すような視線を背中に痛いほど感じた。おそろしく長いあいだ待たされたような気がしたすえ、ようやくエレベーターに乗り込んだものの、一階にたどり着くまで生きた心地がしなかった。

閉所恐怖症のジャマルはエレベーターが死ぬほど怖かった。

一階は大理石造りの豪華なアトリウムになっており、噴水からチョロチョロと水が流れ、パイプオルガンの曲がかすかに聞こえた。エレベーターから降り立ったジャマルはすぐに視線を感じた。洒落た制服に身を包んだコンシェルジュが受付デスクから睨みつけてきたのだ。ジャマルと若い女は無言のままその前を通り過ぎて、夕暮れ迫る屋外へ出た。

ビルの前の広場は混雑していた。屋外の噴水は三〇メートル近く水を噴き上げているのに、目を向ける者は誰もいなかった。みんな帰宅を急いでいるように見えた。ジャマルはふと思った。皮肉なものだ。首都のビジネスセンターはいまや危険地帯に成り果てたと誰もが思っている。ところが彼らの敵はこうやって目と鼻の先に潜んでいるのだ。

ジャマルはフードをかぶると若い女を振り返った。まだ名前を聞いていなかった。もう一度尋ねてみようか。すごい美人だしな。キスしたらどんな顔をするだろう。あらぬ妄想にとらわれたが、そんな度胸がないことは自分がいちばんよく知っていた。

「これからどうする？」ジャマルは低い声で尋ねた。

若い女はいくらか態度をやわらげたように見えた。自信を失いかけているのかもしれない。「うちへ帰るわ。言われたとおりに」そして顔をしかめた。「本当に安全だと思う？」

「もちろん」ジャマルは前方を見上げた。巨大なガラス張りの超高層ビルが二人にのしかかるかのようにそびえていた。そして広場の噴水の向こう側に目をやった。ボリス・バイク（発案者である市長の名を冠した公共レンタサイクル）が一列に並ぶその横にジャマルの自転車が見えた。駐輪場の柵にチェーンロックで結びつけておいたのだ。「そろそろ行こうか」

ジャマルは足早に広場を横切ると、自転車の盗難防止用チェーンを外した。そしてもう一度超高層ビルを見上げた。ちょうどそのとき、窓拭き用のゴンドラが一階まで降りてきた。ゴンドラに乗っていた男たちが若い女を目ざとく見つけて口笛を吹いた。ジャマルは怒りをおぼえた。詰め寄って無礼をたしなめたかった。連中にパディントンの犯人はおれだと言えば、恐れ入るに違いない。しかし若い女はひやかしの口笛など歯牙にもかけず、窓拭きの男たちを睨みつけると、くるりと背を向けた。ジャマルも気を静めたが、そのとたんまた不安が襲ってきた。アブ・ライードがブラインドを開けたときに、あの窓拭きの連中に姿を見られたかもしれない。前々から抱いていた疑問がふたたび脳裏をよぎった。導師は自分の安全にどうしてあそこまで確信が持てるのか。

ロンドン市街を自転車で横切りながら、ジャマルの心は千々に乱れた。アブ・ライードは捜査の手が自分におよばないことを確信している。同じようにサリムの死も事故だと確信している。しかし本当にそうなのか？　そこまで信じきれるものなのか？　アブ・ライードのことを心から信頼していたサリムはどうなった。導師はジャマルに自宅へ戻れと言うが、それこそ狂気の沙汰だろう。

ならば、アブ・ライードの言いつけにそむく度胸はあるか？　ジャマルは自分の能力を誰よりもわきまえていた。

ロンドン横断は長時間を要した。渋滞はひどく、いたるところに警官がいた。しかしベイズウォーターを通り過ぎてシェパーズ・ブッシュを抜ける頃には、いつの間にかライスリップのB&Bではなく、ペリヴェイルの自宅アパートに向かっていた。行き先を自覚したとたん腹が決まった。

逃げよう。警察とアブ・ライードの両方から逃げて姿をくらますのだ。今夜中に。

第10章　第二の標的

クララはほとんど茫然《ぼうぜん》自失の状態で仕事に出かけた。死者がいたるところにいた。病院の霊安室は満員だった。男や女や子どもが一時間に一人の割合で死んでゆくからだ。霊安室に収容しきれない遺体を安置するため病棟の奥に臨時の施設が設けられた。家族に引き取られるまでのあいだ遺体の腐敗を食い止めるためレンタルのエアコンが据え付けられて室内の暖気を排出した。お粗末な臨時霊安室だった。早くも女性の遺体の顔にハエがたかっていた。

医学生時代の歴史の授業では、事実の羅列にとどまらず、数多くの写真を見せられた――クリミア戦争時の野戦病院に横たわる負傷兵、第一次世界大戦時の塹壕《ざんごう》に横たわる死傷者、サイゴン周辺で死にかけている人々。いま自分の周囲で目にする光景はあの不鮮明な白黒写真の数々とさほど変わりないように思えた。ロンドンはまさに戦争状態にあった。敵は不明で、死者は民間人ばかりだが、戦争に変わりなかった。

クララが消耗しきってしまったのは、おびただしい数の死傷者を目にしたからだけではない。パディントン事件後、クララは見聞きしたことをダニーに話すことができた。ダニーは慰めてくれるようなタイプではないが、貴重な聞き手だった。それに心の奥底ではクララのことを気遣ってくれているという確信があった。クララはどう表現していいかわからないほどダニーが恋しかった。心身ともにひどくだるかった。仕事に没頭するのがいちばんの治療法だと自分に言い聞かせたが、トロカデロ爆弾テロの負傷者が殺到している現状では、ほかに選択肢がないのも事実だった。ダニーを失ったという喪失感は口では言い表せぬほど大きかった。

クララは当直時間を過ぎても仕事を続けた。みんな残業をしていた。両手を消毒して白衣から私服に着替え、タイムカードに退勤時刻を記録すると、午後九時を回っていた。玄関ロビーを通り抜けてエントランスを出るときに警備の警察官に身分証を提示した。警官隊が病院の警備に当たっているとは。事態はそこまで深刻なのか？　クララはうつむいたまま夜の冷え冷えとした空気の中へ出た。くたくたに疲れていたが、帰宅したくなかった。独りぼっちになるのが嫌だった。

ここからメイダ・ヴェイルまで歩いて行けるし、気晴らしにはもってこいだろう——公共交通機関は運行を停止しており、タクシーはどれも先客を乗せていたので、事実上、選択の余地はなかった。クララは歩き出した。いつものペースなら三〇分もあれば自宅に着くだろう。病院の裏手にほとんど誰も知らない近道があった。昼間でも二の足を踏むような薄暗い路地で、夜なるとひときわ気味が悪かった。その道をぼんやりと歩いた。まわりには目もくれず、鬱々と物思いに沈んでいた。

ずっと尾行されていることに気づかず、腕をつかまれて初めて我に返った。いつもなら悲鳴をあげただろう。しかし今夜は違った。背後から腕をつかんだのが何者であれ、この二四時間に鬱積したフラストレーションをぶつけるには格好の相手だった。クララはくるりと振り向いた。「なにするのよ……」

路地は暗かった。最初は相手の顔が見えなかった。瞬きを繰り返すうちに視界がはっきりしてきた。

クララは凝然と立ち尽くした。

ダニーなの？

クララは相手の顔を見つめた。ひどい有様だった。右目の周りは紫に変色して腫れ上がっている。上唇の裂傷に創傷閉鎖用テープ《ステリストリップ》が貼り付けてあった。それに酒臭かった。

ようやくダニーではないことに気づいた。

「カイルなの？」クララはささやくような声で尋ねた。「どうしたのよ、いったい？」

「なんでもねえ」カイルは答えた。ろれつが怪しかった。

「とにかく手を放してよ」

カイルはクララの腕を放した。

「誰にやられたの？」クララは質問すると同時に答えを思いついた。「ポーランド人？　このあいだ言っていた？」

カイルはうなずくと目をそらした。決まりが悪そうだ。それに震えていた。

医師の立場からすると、カイルに必要なのは温かい飲み物だった。「ついて来なさい」クララは足早に路地を進んだ。すぐに幹線道路へ出た。カイルが後に続いた。パブの前を通り過ぎるとき、いかにも飲みたそうな顔を見せた。しかし、これ以上アルコール飲料を与えたら酔いつぶれるだけだ。五分後、二人はスターバックスで向かい合って腰掛けていた。テーブルに〈イブニング・スタンダード〉が置いてあった。一面トップは廃墟と化したトロカデロの写真で、店員たちはカイルの傷だらけの顔には目もくれず、この爆弾テロ事件について熱っぽく語り合っていた。カイルは震える手で温かい飲み物を抱えていた。酒の匂いが鼻につき、クララは吐き気をおぼえた。

「どうしたのか話してちょうだい」

「さっき言ったろ。何でもねえよ」

「何でもないわけないでしょ。借金はいくらなの、カイル？」

ダニーの兄は肩をすくめた。「五千《ファイブ・ジー》。問題ねえ。何とか工面するから」コーヒーを一口すすると顔をしかめた。熱い飲料が唇の傷にしみたのだろう。

クララは相手の顔を見据えた。「どこからその五千ポンドを入手するつもり？」

また肩をすくめた。「ダニーに決まってるだろ。電話してるのに、出ねえんだ、あの野郎」

「病院の外でどれくらい待ってたの？」ヘリフォードでダニーが席を外しているあいだに自分の勤め先についてしゃべったような記憶があった。しかし、こんな風につけ回されるとは夢にも思わなかった。

「二、三時間。ダニーが迎えに来ると思ってな。ヘリフォードにはいねえんだ、少なくともおれの知るかぎりでは」カイルは顔をしかめながらまた一口コーヒーをすすった。「で、あのクソ野郎《カント》はどこだ？」

「やめてちょうだい、そんな……」下劣な言葉を聞かされて脈が速まったクララだったが、どうにか平静を保った。「知らないわ」

カイルの顔色が変わった。いまにもパニックを起こしそうになり、ひたいにしわを寄せた。「問題ねえ。なんとか始末をつけるさ」しかしその口ぶりとは裏腹に落胆の色は隠しようがなかった。

クララは同情を禁じえなかった。カイルは強がりを言っている子どもみたいなものだ。いまここに五千ポンドの現金があれば、すぐにでも手渡すだろう。しかしポケットにも銀行にもそんなお金はなかった。

「そのポーランド人のことだけど」クララは言った。「警察に相談してみたらどうなの」

カイルはさも愉快そうに大笑いした。「それもそうだな」

沈黙。二人とも認識していながら言い出しかねている事柄があった。先に口を開いたのはクララだった。「いくらか渡せば、しばらく大目に見てもらえるの？」

カイルはクララの顔を見つめた。「たぶん」目の色を変えて熱望するような顔つきになった。「渡す額によるけど」

「そんなにあげられないわよ」クララは言った。「わたしだってお金持ちじゃないんですからね」

カイルは腹立ちを隠そうともしなかった。「ほう、そうかい。パパの言いつけを守って、無駄遣いはしねえってわけだな」さらに言いつのろうとして、クララの決然とした表情に気づいた。

「ついて来なさい」クララは言った。

三軒隣に現金自動預払機があった。並んでいる客は一人もいない。同じ場所に長居することを誰もが避けているように思われた。通行人はそそくさと通り過ぎるだけだ。クララはクレジットカードを二枚持っていた。各カードの引き出し限度額は二五〇ポンド。それぞれのカードで限度額いっぱいを引き出す。カイルの目は現金に釘付けになった。正直言って、賢明な方法とは思えなかったが、カイルはダニーの兄であり、困りきっているのだ。クララは助けを求める相手をどうしても拒むことができなかった。

クララは現金を差し出した。カイルはその現金をつかみ取るとポケットに突っ込んだ。そしてあたりをキョロキョロ見回した。礼を述べるという最低限のマナーすらわきまえていなかった。黙って踵《きびす》を返して来た道を引き返しはじめた。一〇メートルほど歩いて肩越しに振り返り、クララがいるかどうか確かめた。そしてクララがいるとわかると、また歩き出した。

クララは小走りに幹線道路を横断した。そして通りから引っ込んだ物陰に身を隠した。二分ほどするとカイルが引き返してきた。こそこそとあたりを見回しながら、さっき通り過ぎたばかりのパブに入ってゆく。

クララはぶるっと身震いした。とんだ馬鹿を見たものだ。パブに押しかけて現金を取り戻すことも考えたが、すぐにあきらめた。かなりの額が飲み代に消えることはわかっていた。少なくともこれで一つだけ確認できた。あの兄についてダニーから聞かされたことはすべて本当だった。救いようがないほど壊れた人間なのだ。

ダニーのことを考えるとまた身体が震えた。いまどこにいるのだろう。そう思ったとたん深い悲しみに襲われた。ダニーの身を案じたところでどうなるものでもない。それでも気にせずにはいられなかった。いきなり別れを切り出したとき、心中どんな思いだったのだろう。

いまどこにいて何をしているのだろう。

いまもクララの愛する人は安全なのだろうか。

ジャマルはすでに考えをまとめていた。ロンドンから逃げ出そうと思ったら、自転車ではどうにもならない。オートバイを取りに行く必要があった。それも今夜中に。ペリヴェイルの自宅へ戻るのは危険だ。しかしオートバイは自宅から五〇〇メートルほど離れた貸しガレージにしまってあるので、わざわざ自宅まで引き返す必要はなかった。

自転車を降りたのは一〇時ちょうどだった。自転車はそのまま小学校の鉄柵にもたせ掛けておいた。間違いなく盗まれるだろうが、問題なかった——もはや必要ないからだ。貸しガレージまで残り八〇〇メートル余は歩いた。両手をポケットに深く突っ込み暖を取りながら。背筋がぞくぞくした。行き違う誰もが——若者の小グループや手をつないだカップル——自分を見つめているような気がした。馬鹿げた思い過ごしだと自分に言い聞かせる。ジャマルがここにいることは誰も知らないのだ。幹線道路の角のところに黒革のジャケットを着た男がいた。フィル・コリンズに薄気味悪いほどよく似たその小柄な男がこちらをじろりと見た。しかしすぐに携帯電話を引っ張り出すと、ガールフレンドと言い争いを始めた。ジャマルはそのまま道を進んだ。

貸しガレージの手前二〇メートルのところで立ち止まった――そこは静かな脇道に面して三つに区分けされた貸しガレージが並ぶ一角で、ガレージ前の舗装はひび割れていた。脇道の左右に目をやり、誰も見ていないことを確かめる。人影はなかった。ジャマルは道を横切って貸しガレージに近づいた。三区画のうち真ん中のガレージがジャマルのものだった。尻ポケットからキーを取り出してガレージを開ける。

ガレージの内部は暗く、がらんとしていた。オートバイが一台あるだけで、ハンドルのところにヘルメットが掛けてあった。ジャマルは急いで中に入り、数秒後にはオートバイにまたがっていた。燃料は半分しかないが、これだけあればロンドンを離れられる。補給が必要になったら、ポリ容器を買ってガソリンを入れてもらえばいい。そうすれば、ガソリンスタンドの監視カメラにオートバイをさらさなくても済む。ヘルメットをかぶり、エンジンをかける。二、三度吹かしてから、ゆっくりガレージを出た。一刻も早く出発したかったので扉は開けっぱなしのまま放置した。どうせ戻ってこないのだ。

気温が急に下がり、寒い夜になった。しかしアパートに暖かい衣類を取りに行くのは危険だった。ここは我慢するしかない。脇道の端へ目をやる。誰もいない。そのまま進んで角をまがり、幹線道路へ出た。そこで一時停止して、あたりをチェックする。歩行者が数人いたが、ジャマルに目を向ける者はいなかった。バスが通り過ぎてゆく。

どの窓も曇っている。乗用車が数台続いた。反対車線に黒のランドローバー・ディスカバリーが駐車していた。それも脇道の出入り口の正面に。運転席に座っているのは肩幅の広い男で、新聞を読んでいた。おそらくハイヤー会社から派遣された運転手で、料金の支払いを待っているのだろう。ジャマルは自分にそう言い聞かせると、左折して、五〇メートル先を行くバスの後を追った。

サイドミラーをじっと見つめる。三〇秒ばかり後続車は皆無だった。やがて一組のヘッドライトが現れた。しかし、とくに不審な点はない。はなから道路を独占できるなんて思っていなかった。ジャマルは運転に集中した。制限速度を守り安全運転を心がける。交通違反で停車を命じられる事態だけは避けたかった。

ペリヴェイルから幹線道路のA40に向かった。交通量がいつもより多く、その大半がロンドンから出る車両だった。不思議に気が休まった。多数の中に紛れ込めば目立たなくて済むからだ。西へ向かう道路はヒースローを通る。遠くの方にライトアップされた第五ターミナルのビルが見えたが、離発着する航空機は見当たらなかった。今夜、民間航空機はロンドン上空を飛行することを禁止されていた。そういえばサリムは航空機へのテロ攻撃を計画中だと話していた――タイでパスポートを盗むことも含む手の込んだ計画でジャマルにはよくわからなかったが――九・一一の再来となればアブ・ライード師が大喜びしてくれるだろう、と。今日までジャマルもアブ・ライード師を喜ばせることだけを考えてきた。しかし、いまは、その導師から逃げたかった。とにかく恐ろしかった。

　これといって行く当てはない。友達は一人もおらず、親族からはことごとく絶縁されていた。とにかくどこでもいいから静かなところに行きたかった。トラベロッジ（格安ホテルとモーテルの全国チェーン）の安い部屋を借りて、これから先のことを考えよう。いっそ高飛びするか。パキスタンへ逃げるのだ。パディントン爆弾テロの実行犯とわかれば、かくまってくれる人たちがいるだろう。

　そんな物思いにふけりながら、ふと燃料計に目をやった。ほとんど空になっている。ジャマルは思わず悪態をついた。ほんの数秒前にガソリンスタンドを通り過ぎたばかりだった。こうなったらA40を出て、近くのガソリンスタンドを探すしかない。ジャマルは次の出口に近づくと、ロータリーで左折して、ほとんど車の走っていないB道路（並走する主要幹線道をつなぐ連絡道路）に入った。二キロばかり走ると右手にテキサコのスタンドがあった。ジャマルは待避車線にオートバイを乗り入れてエンジンを切った。足早に道路を横断してガソリンスタンドに近づく。赤色のフォード・フォーカスが給油中だったが、ほかに車は見当たらなかった。

　しかしガソリン用のポリ容器を買うために売店へ向かっていると、車が一台ガソリンスタンドに入ってきた。最初はヘッドライトがまぶしくて車種の見分けがつかなった。しかし、なんとなく不安をおぼえた。売店に入ってからあらためて目を向けた。その車は空気圧チェックと給水のコーナーに駐車していた。黒のランドローバー・ディスカバリーである。

ジャマルは立ちすくんだ。

ちょうどキャンディ類を置いた棚のそばにいた。カウンター越しに店員がじっとこちらを見ている。ジャマルは店内を見回した。緑色のポリ容器が店の奥に置いてあった。ジャマルはそこまで歩き、ポリ容器を手に取ると、店員に声をかけた。「こいつにガソリンを入れてくるから」店員はうなずいた。

ジャマルは売店を出てガソリンポンプに歩み寄りながら、横目でランドローバーを観察した。運転手が外へ出てきた。髪が黒く、無精ひげを生やしており、おそろしく肩幅が広かった。ポリ容器にガソリンを入れているジャマルには気づいていないようだ。そのまま売店に入ってゆきスナック菓子のカウンターで品定めをはじめた。

あいつはペリヴェイルで新聞を読んでいた運転手と同一人物なのか？

一分後、ポリ容器の口からガソリンがあふれ出した。そのガソリンが手にかかりジャマルは悪態をついた。ポンプのノズルを元に戻し、ポリ容器の蓋を閉めると、売店に引き返した。黒髪の男はカウンターでスニッカーズ三本とレッドブル一缶の代金を支払っていた。男は釣り銭をもらうと出入り口に向かった。ジャマルとすれ違うとき目が合った。男はうなずくと、つぶやくように言った。「どうだい、調子は？」

ジャマルはうつむいたままカウンターに歩み寄った。ガソリンの代金を支払いながら、ランドローバーへ引き返してゆく男を見つめる。車が動き出すと胸をなでおろした。ランドローバーは左折して、Ａ40へ向かった。

釣り銭をもらうとき手が震えた。その釣り銭をポケットにしまうと、売店を出て道路を横切り、停めておいたオートバイに歩み寄った。店員の視線を痛いほど感じた。ジャマルの奇妙な行動に疑念を抱いているに違いない。しかし気にしなかった。どうせすぐに立ち去るのだ。

燃料タンクにガソリンを注ぎ込むと、空っぽになったポリ容器を路肩に投げ捨てた。あのディスカバリーのお陰で気が動転してしまった。落ち着きを取り戻す必要がある。そのディスカバリーも走り去り、尾行車両でないことが明らかになったが、万が一ということもあるのでＡ40には引き返さないことにした。ジャマルはエンジンをかけると、時速五〇キロでＢ道路をそのまま進んだ。ヘッドライトが路面と両側に生い茂った藪《やぶ》を照らしだす。

対向車とすれ違った。しだいに遠ざかってゆくテールランプをサイドミラーで確認する。後続車両は見当たらず胸をなでおろした。ジャマルは前方に集中した。一分後、また対向車とすれ違った。ヘッドライトをフルビームにしているので目がくらんだ。

ジャマルは悪態をつきながら、サイドミラーを覗き込んだ。残像がちらついたが、しだいに消え行く赤いテールランプを確認できた。視界を完全に取り戻そうと目をギュッとつむった。

その目を開けた。

ショックのあまり叫びそうになった。

いつの間にか三〇メートル後方に車が現れていた。ヘッドライトを消しているので接近されたことに気づかなかったのだ。後続車はみるみる間合いを詰めてきた。車体の輪郭はわからないが、あのディスカバリーだと直感した。

ジャマルはパニックにおちいった。オートバイの速度を上げる。たちまち時速五〇キロをオーバーした。

時速六〇キロ。

時速八〇キロ。

道路はしだいに狭くなり、左右にまがりくねりはじめた。こうなったら自分の腕前を信じて脱輪しないよう祈るしかなかった。カーブのところでディスカバリーの姿が見えなくなった。しかし五秒後には直線コースになった。ディスカバリーはぐんぐん近づいてきた。

二〇メートル。

一〇メートル。

ふいに対向車が現れたが、狂ったようにクラクションを鳴らしながらすれ違うと、たちまち遠ざかっていった。ジャマルはさらに加速した。スピードメーターは九〇キロオーバーを表示している。時速一一〇キロ。いくらなんでも飛ばしすぎだ。しだいにハンドル制御が難しくなってきた。耳をつんざくエンジン音。サイドミラーにチラッと目をやる。ディスカバリーはすぐ後ろに付けていた。

そして追い越しにかかった。

ジャマルは右を見た。運転しているのはガソリンスタンドで見かけたあの男だ。しかし後部座席にもう一人見覚えのある人物が座っていた――ペリヴェイルの歩道ですれ違ったフィル・コリンズ似の男である。

胃袋がでんぐり返りそうになった。どうすればいいかわからなかった。加速？　減速？　ジャマルはあわてふためいた。ディスカバリーは楽々と追い越していった。そしてリアウインドーをするすると下げた。五メートル前方のディスカバリーの後部座席からフィル・コリンズ似の男が身を乗り出した。何か抱えている。金属製の黒い筒だ。銃だろうか？　ジャマルは恐怖のあまり悲鳴をあげた。撃ち殺される……。

異変は突然生じた。まばゆい閃光《せんこう》が走ったとたん、目の前が真っ白になった。何も見えなくなり、文字どおり盲目の状態におちいった。

時間がゆっくり過ぎてゆくように感じられた。

一秒もしないうちにディスカバリーが加速して遠ざかってゆく音が聞こえた。同時にオートバイのタイヤがスリップした。

ジャマルはふたたび悲鳴をあげた。目は見えないままだ。

耳をつんざくようなかん高いエンジン音が響きわたり、オートバイは横滑りしながら右に倒れた。そのオートバイにまたがったままジャマルは路面に激突した。全身に凄まじい衝撃が走った。同時に、車体と路面に挟まれた右腕と右脚の骨が粉々に砕けた。

時間の過ぎ行く速度がふたたびアップした。全身に激痛が走った。まだ目は見えなかったが、自分の状態を思い描くことはできた。ねじまがったオートバイの車体に押しつぶされた自分の姿を。

痛みは筆舌に尽くしがたいものだった。また悲鳴をあげようとしたが、その力が残っていないことに気づいた。

ヘルメットの中をぬるっとした生温かい液体が流れた。血の味がする。ヘルメットを取らないと。そう思っても、手足が動かなかった。まったく身動きできない。さらなるパニックに襲われて自分の血を飲み込んでしまい、喉をゴロゴロと鳴らした。

息ができない。

数秒が経過した。視力が回復してきた。血潮に煙った視界にぼんやりと人影が二つ浮かんだ。自分のすぐそばに立っている。ジャマルは声を出そうとしたが、喉がゴロゴロいうばかりで、また血を飲み込んでしまった。

「死んだのか？」声が聞こえた。重々しくゆったりしたしゃべり方で、まるで夢の中にいるようだ。

「まだ息がある」返事の声。

「だから言ったろ、うまくいかねえって。トドメを刺そう」

「銃は使うなよ」

「そんなもん、必要ねえだろ」

ジャマルは追いつめられた獲物だった。恐怖が激痛を圧倒した。慈悲を乞うべく声を出そうとしたが、喉の奥で血がゴボゴボと泡立つばかりで、肺が刺すように痛んだ。

人影のうち一方が顔を近づけてきた。「おい、いよいよ年貢の納めどきだな」そんな声が聞こえた。

喉元に靴底がふれた。その靴底が頸静脈をぐいぐい踏みつけてきた。ジャマルは全身を震わせはじめた。肺の痛みは一段とひどくなった。またもや視界がぼやけ、やがて目の前が真っ暗になった。

靴底にこめられた力はさらに強くなり、気道を圧迫した。

痛みはどこかへ消え失せ、水中を漂うような奇妙な浮遊感にとらわれた。
一〇秒後、ジャマルは息絶えた。

第11章　第三の標的

爆弾テロの実行犯にとどめを刺すときに靴底に付着した血糊をスパッドは路肩の雑草でぬぐい取った。ダニーは死体を検分した。オートバイの下敷きになった手足がいろんな角度に折れまがっている。ヘルメットから血が流れ出していた。なんだか焦げ臭い。燃料タンクに引火する恐れがあった。それより、車がいつ通りかかるやもしれず気が気ではなかった。早々に退散する必要がある。

「さあ行こう」ダニーが声をかけると、スパッドが了解とばかりにうなずいた。

ディスカバリーは二〇メートル離れたところに停めてあった。車のところまで小走りに引き返す。ダニーがハンドルを握った。数秒後にはその場から走り去った。さらにその数秒後、対向車線を猛スピードで近づいてきたセダンとすれ違った。ぎりぎりで間に合ったわけだ。

「ちょろいな」スパッドは言った。「いとも簡単にケリがついちまった」

「ああ」ダニーはつぶやくように言った。「だからかえって心配なんだ」

「どういうことだ？」

「なんでもない」ダニーはそっけなく答えた。そのときちょうど、ディスカバリーのハンズフリー・システムに接続してあるダニーの携帯電話が鳴り出した。当然、相手の番号は非通知である。ダニーはハンドルのボタンを押して応答した。「誰だ？」

「やあ、バッキンガムだよ」車載スピーカーから声が聞こえた。

ＳＡＳ隊員は二人とも黙り込んだ。

「諸君のご機嫌が直っているといいんだがね」ＭＩ６の男は愛想よく言った。「ところで、差し支えなければ、ちょいとお邪魔させてもらうよ。あのウエスト・ロンドンのオードブルは、美味《おい》しくいただきました」バッキンガムの符牒《ふちょう》めいた言い回しにげっそりして、ダニーとスパッドは顔を見合わせた。「全員満足しているが、ちょっと待ちきれなくてね。魚料理の方はどうなっているかな？」

「それなら」ダニーは答えた。「叩きつぶした」

間があった。

「ほう」とバッキンガム。意外そうな口ぶりだ。「思ったより早かったね。でも、それで結構、結構。ところで、またメールをチェックしてくれたまえ。次の料理の献立がアップされているから。ピカデリーの一件のおかげでプレッシャーが凄くてね。とにかく総力をあげて、成果を出さなくてはならない」また間があった。「その女を逃がすな。重要なターゲットだからね、もちろんわかっていると思うが」

カチッと音がして電話が切れた。

「クズ野郎」スパッドが言った。

「たしか〝女〟って言ったよな」ダニーは確認した。

「それが問題か？」

「別に」

ダニーは肩越しに後部座席を振り返った。「ノートパソコンを持ってきてるから、どこかでネットに接続しよう」

二人はA40のサービス・ステーションに立ち寄った。車を駐車場に入れていると、救急車一台とパトカー二台がサイレンを鳴らしながら反対方向に走り去っていった。スパッドが食べ物を調達に行っているあいだに、ダニーはノートパソコンを通信速度にやや難のある3G回線の携帯電話に接続した。スパッドはバーガーキングの紙袋を手にして戻ってきた。二人は食事を平らげてから、Gメールのアカウントにログインした。確かにメールが届いていた。クリックすると、二〇秒後に若い女の写真が表示された。

きれいな女だった。黒髪に浅黒い肌、美しい顔立ち。写真の下に個人データが記されていた。姓名―タスミン・カーン。住所―アルパートン、マンフレッド・タワー38号室。「やれやれ、この調子だとウエスト・ロンドンに暮らす住人の半数を血祭りに上げることになるぞ」写真の下にリンクが張ってあり、クリックするとフェイスブックのページに飛んだ。「GCHQが収集したんだな」ダニーはつぶやいた。

そのページに若い女――ニッキーという偽名を使っていた――とプロフィールの写真からあきらかにダウン症とわかる若い男のやりとりが残っていた。二人のSAS隊員はそのやりとりに目を通した――典型的なハニートラップの手口だが、カモにされた相手は人を信じやすいうぶな男だった。

「この女に会うのが楽しみになってきたぜ」スパッドは言った。

「これじゃキリがない」とダニー。

「どういう意味だ？」

「この女、オートバイ野郎、サリム・ガライド。こいつらは手駒に過ぎない。あのヴィクトリアって女が言ってたように。まだまだ同じような連中が控えているはずだ」

「これからも爆弾テロが続くってわけか」スパッドが言った。

「そうだ。これじゃダメだ……」

「じゃあどうする？」

「こいつらは操り人形にすぎない」ダニーは言った。「こいつらを陰から操ってるやつを仕留めないと」

「アブ・ライードか？」

「そうだ」

「ハマーストーンはまだ尻尾《しっぽ》をつかんでないんだろ」

「尋ねる相手を間違っているからだ。こいつの女房にいいように振り回されて。左のキンタマを賭けてもいいが、あの女房は亭主の居所を知らない」

「この女から話を聞いたらどうだ？」スパッドはパソコン画面のタスミン・カーンの写真を指先で叩いた。

ダニーはうなずいた。

「ハマーストーンは反対するだろうな。圧力をかけないかぎり口は割らないだろう。そうすると身体に痕《あと》が残る。事故に見せかけろってお達しに反することになるだろ？」

ダニーはメールに戻った。すでにメッセージは削除されていたが、別に驚かなかった。パソコンをシャットダウンして、スパッドに凄みのある笑みを見せた。

「おれたちは頭が切れるんだ」ダニーは言った。「何とか工夫するさ」

○三四五時

アルパートンのマンフレッド・タワーは廃墟みたいな公営住宅団地だった。コンクリートの建物は風雨にさらされて薄汚れ、一階玄関には小便の臭気が立ちこめていた。

その玄関から薄暗い階段が見えた。外はまた土砂降りになっていたが、建物の内部はもっと寒々としている。むきだしの蛍光灯が一本だけ点灯しており、ブーンと耳障りな音を立てていた。未明なので人影はなかった。外から建物をチェックすると、明かりのついた窓が三つだけあった。その一つは四階の窓だった。あれが三八号室か？すぐにわかるだろう。

リュックを肩に掛けたダニーが先頭に立ってコンクリートの階段を上った。その後に続くスパッドはドミノ・ピザの紙箱を手にしていた。すぐ近くの店で買ったばかりの熱々のピザで、雨に濡れた厚紙の箱からかすかに湯気が立ち昇っている。「相手はベジタリアンだぞ」ダニーは注文する前にスパッドに念を押した。「少なくともポーク抜きだ」スパッドは紙箱の表にターゲットの住所を記入した。

「ドアを開けなかったらどうする？」スパッドは尋ねた。

「そのときは別の手を考えよう。だが在宅していたら、かならず開けるさ」アパートへ押し入る手段はいくらでもあった。ダニーとスパッドはそうしたテクニックの名人である。しかし何といってもいちばんいいのは、居住者みずからの意志で開けてもらうことだ。ターゲットが自宅に身を潜めているとすれば、いまごろかなり腹を減らしているはずだ。ダニーはそう睨んでいた。

殺伐とした廊下にドアが二つ並んでいた。三八号室の玄関ドアはその一方で、もう一方のドアから一五メートル離れたところにあった。時限式の照明があったが、ダニーは点灯しないで暗闇の中を進んだ。スパッドはピザを持って踊り場に立っていた。ダニーは三七号室を通り過ぎて、三八号室に向かった。そのドアには頭の高さに覗き穴があり、そのすぐ下に部屋の番号が記されていた。三八号室のドアから二メートルほど離れると、リュックにしまっておいたラテックスの手袋とフェイスマスクとヘアネットを取り出した。すべて装着して壁に背中をつけると、スパッドに両方の親指を立ててみせた。スパッドは指紋がつかないよう肘で照明のボタンを押した。廊下が明るくなった。スパッドはピザを抱えてドアに歩み寄り、二回ノックした。

反応なし。

スパッドとダニーは顔を見合わせた。スパッドはもう一度ノックした。

ドアの向こうから声が聞こえた。女の声だ。

「誰？」

「ピザの配達です」スパッドは答えた。いかにも退屈そうな表情であたりを見回す。授業中に白昼夢でも見ている小学生みたいな顔つきである。

「ピザなんか注文してないわ」

スパッドはピザの紙箱の表に記した住所を読み上げた。「三八号室でしょ？」

「ええ」

「マルガリータのオリーブトッピングですよ」

「だから注文してないって、帰ってよ」

「そんなに大声を出さなくても。代金は支払い済みです。あなたのほかにどなたかいます？　ボーイフレンドとか？」

「うるさいわね！　帰れ！」

「困ったなあ」一呼吸置く。「ねえ、お願いだから受け取ってもらえませんか」

返事はなかった。ダニーは息を凝らして身構えた。ドアが開いた瞬間、飛び込むつもりだった。

しかしドアは開かなかった。

ダニーにチラッと目をやっても不思議はなかったが、スパッドは慎重だった。女が覗き穴越しにこちらの様子をうかがっているかもしれない。スパッドはもう一度ドアをノックした。

「どうしても受け取っちゃもらえませんかね？」

「あんたにあげるよ」

「ご冗談を。マルガリータは食べ飽きてるもんでね」

「帰れったら！」

「それじゃこうしましょう」スパッドは言った。「このピザ、ドアのすぐそばに置いときますから。いいですね？」

返事はなかった。

スパッドは前かがみになると、ドアの真正面にピザの箱を置いた。そしてダニーには目もくれず、踊り場へ向かった。四メートルも進まないうちに時限式の照明が消えたが、そのまま闇の中を踊り場まで歩いた。

ダニーはじっとしていた。踊り場に立つスパッドの輪郭がはっきり見えた。ピザの香りが鼻をくすぐった。遠くの方から車の音が聞こえた。自分の鼓動を強く意識した。

三〇秒経過。

四五秒経過。

ドアの向こうで動きがあった。カサカサと音がしたのだ。おそらくターゲットが覗き穴越しにこちらを見ているのだろう。

ダニーは身構えた。

カチッと音がして、ドアがゆっくり開きはじめた。

こういうときはメス方式の場合もあれば、ハンマー方式の場合もある。今回はハンマー方式だ。ターゲットがドアを引き開けて顔を覗かせるまでの一瞬が勝負だ。ダニーは猛然と突進した。右足でピザの箱を踏みつけながら両手でドアを一気に押し開く。内側にいた女は突き飛ばされた。ダニーはすかさず室内に突入した。照明は薄暗かったが、廊下よりずっと明るかった。左手で女の髪をつかみ、右手で口をふさいだ。ちょうどそのとき女は悲鳴をあげようとしたが、くぐもったうめき声が漏れただけだった。

続けてスパッドが入ってきた。ダニーのリュックだけでなく踏みつぶされたピザの箱も抱えている。スパッドは後ろ手にドアを閉めて荷物を下に置くと、リュックから自分用のSOCOキットを取り出した。そして女の口をふさいでいるダニーと同じように、たちまち手袋とマスクとヘアネットを装着した。

スパッドは銃を取り出すと女に歩み寄った。「ほらこれ」グロックの銃身にサプレッサーをはめ込みながらささやき声で話しかける。「テレビドラマなんかだと、こいつをつけると銃声がほとんど聞こえなくなることになってるだろ」首を振る。「実際は違うんだよな」銃口を相手の喉元に押しつける。「ところが、こうやって撃つと」説明を続ける。「まるっきり音がしねえんだ。人間の身体はびっくりするほど銃声を吸収するようになってる。血と肉が飛び散って目も当てられない状態になるが、誰にも聞かれる恐れはねえ。死体になって三日ぐらいしたら階段のあたりまで臭《にお》うようになるが、そのときまで誰も気づきゃしねえ。わかったかい?」

女は勢いよくうなずいた。

「いい子だ。これから相棒が手をどけるが、大声を出すんじゃねえぞ、わかったな？」

また同じようにうなずく。

ダニーはゆっくり手を放した。悲鳴をあげたらいつでも口をふさげるよう身構えながら。しかし女は声を出さなかった。

「腹ばいになれ」ダニーは命じた。「両手で後頭部を押さえろ。少しでも動いたら死ぬからな」

女が震えながら命令に従うと、ダニーは室内を見回した。

典型的なワンルームである。片隅にキチネット、奥にシングルベッドがあった。小ぶりなキッチンテーブルの上にノートパソコンが置いてあり、ウェブカメラがクリップで留めてあった。窓は一つ。ダニーたちはかろうじて間に合ったらしい。自称ニッキーことタスミン・カーンは、逃げ出す準備をしていた。高飛びするつもりだったのだ。衣装だんすの引き出しは三つともひき開けられて、床に衣類が散乱していた。ベッドの上にリュックが二つ、両方ともパンパンにふくれあがっている。タスミン・カーンはただ旅支度をしていただけではなく、あわてふためき、かなり急いでいたのだ。

「明かりを消せ」ダニーが命じた。

スパッドがスイッチを切った。室内は暗くなり、ガラス窓だけがぼんやり浮かびあがって見える。ダニーはその窓に歩み寄った。闇に紛れて姿は見えないはずだ。向かいの棟からこちらを見ている者がいるとしても――こんな夜中にいるとは思えなかったが――見えるのは人影だけで、姿かたちまで確認することは無理だろう。窓は上下に開閉するタイプで、下の部分を引き上げると一メートル四方の開口部ができた。外は土砂降りだった。これも好都合だ。視界がさらに悪くなるからだ。ダニーは腹ばいになった女のところまで引き返してひざまずくと、相手の耳元に口を寄せて、小声で話しかけた。

「いいうちだな。あの寄り目の友達もここに連れてきたのか？　吹き飛ばすまえに楽しい思いをさせてやったか？」

「何を言いたいんだかわからない」

「とぼけるなよ、タスミン。それともニッキーと呼ぼうか？　おまえは強い男が好きなんだってな。フェイスブックであの若いのにそう言ってたろ。よかったな、おい、ここにそんな男が二人もいるんだから」

「あたしをレイプするつもりね、このブタ野郎」

「見当違いだよ、ダーリン。ちょいと聞きたいことがあるから、素直に答えてくれないか。アブ・ライードはどこにいる？」

「知らない」タスミンは小声で言った。

「なるほど」ダニーは言った。「殺すか、こいつを」

スパッドが銃口を押しつけた。

「待って！」タスミンはあわてて言った。

「アブ・ライードはどこにいる？」ダニーは質問を繰り返した。

「答えられない」タスミンは大きな声を出した。大きすぎた。スパッドが銃口を食い込ませた。「小さな声で話そう、いいな？」

「答えられない」タスミンはささやくような声で言った。「教えたらあの人に殺される」

「そいつは困ったぞ。教えなければ、おれたちに殺されるかもな」

タスミンは首をよじってダニーの顔を見た。「どうせ殺すつもりでしょ」

ダニーは冷たい笑みを浮かべた。「そうともかぎらない。おれたちはお偉いさんに顔がきくんだ。力を貸してくれたら、とりなしてやってもいいぞ」

「もちろん無罪放免ってわけにはいかねえが」スパッドが口を挟んだ。「ホロウェイ（英国最大の女子刑務所）でレズに嬲《なぶ》られながら二〇年過ごすことを考えたら、めっけもんだろう」

「なに言ってんだかさっぱりわからないね」タスミンは言い返した。

「じゃあ、言い直そう。こいつとおれは、おまえの友達だ。友達に隠し事があっちゃいけないだろう」ダニーは自分の銃を抜くとタスミンの頬に銃口を押しつけた。「アブ・ライードはどこにいる？」

タスミンはぶるぶる震えだし、すくみあがって口がきけなくなった。しかし、ふたたびしゃべりだすと、ダニーは思わぬ反論を聞かされることになった。「あたしを殺せるもんか」タスミンは言った。「知りたいことを聞き出すまでは生かしておくほかないもの」

「そういう態度はよくないな」ダニーは部屋を見回すと立ち上がり、グレイのタイツを床から拾い上げた。

「どうするつもり？」タスミンは問いかけた。

ダニーはひざまずくと、タスミンの口を強引に開かせた。タスミンは噛みつこうとしたが、ダニーにかなうわけがなかった。口の中にタイツを押し込む。

「よし、相棒」ダニーはスパッドに言った。「腕をへし折れ」

スパッドは躊躇しなかった。いきなり右腕をつかむと、肘のところで逆に折りまげた。ボキッと骨の折れる音がした。ショックで全身がこわばり、悲鳴をあげようとしたが、タイツを詰め込まれているので、くぐもったうめきを漏らすのがやっとだった。

ダニーは相手が痛みになじむのを待って声をかけた。「次は左腕だ。それでもダメなら足がある。両手両足へし折って、それでもごねるようなら、あらゆる手段を使って責め立ててやる。もう一度尋ねるぞ——アブ・ライードはどこにいる？」

ダニーは相手の口からタイツを一気に引き抜いた。

タスミンは息を弾ませた。悲鳴をあげそうになったらいつでも押し込めるようダニーは口のそばからタイツを離さなかったが、もはやタスミンに抵抗する気力はなかった。「け……今朝……あの人に会ったわ」タスミンはささやくような声で言った。

「どこで？」

タスミンは目をつむって答えなかった。

「よし、相棒」ダニーは言った。「今度は左腕だ」

「や……やめて」タスミンはあえぎながら言った。「お願い……」

「なら住所を教えろ。五秒待ってやる」

「教えたら殺される」

「四秒」

タスミンはアラビア語で何事かささやいた。顔が苦悶《くもん》にゆがんだ。

「そいつは聞き飽きた」とスパッド。

「いま教えるから」タスミンはあわてて言った。「教えればいいんでしょ？」

「さあ話せ」とダニー。

「場所はドックランズのマンション……テムズ川を見下ろす……ガラス張りの超高層ビルの中にあるの……」

「ガラス張りの超高層ビルならドックランズに山ほどある。なんてビルだ？」

タスミンはまた顔をゆがめた。

「なんてビルだ？」

「ハートフォード・タワー」タスミンはささやくような声で答えた。「そのペントハウス」

ダニーは相手の顔を冷たく見据えた。

「嘘言え。左腕もへし折らないとダメか」

「やめて……」タスミンはいまにも泣き出しそうな声で訴えた。「嘘なんか言ってない。誓ってもいい」

スパッドは左腕をつかむと、さっきと同じように逆に折りまげようとした。ダニーは悲鳴が漏れないよう口にタイツを詰め込んだ。それからスパッドに向かって、待てとばかりに指を一本立てた。

「これがラストチャンスだぞ」ダニーは言った。「住所は？」

そしてタイツを口から引き抜いた。タスミンは哀《あわ》れな声で言った。「嘘なんかついてない。ハートフォード・タワーのペントハウス。誓ってもいい。でも……銃を持った男たちがいて……厳重に警備しているから……中に入るのは無理……」

ダニーはゆっくりうなずいた。

「そのペントハウスの大きさは？　ワンフロアをまるまる占めているのか？」

「ええ……エレベーターからちょっと離れたところにあるわ。でも、そのエレベーターを使うには特別のコードが必要だし……銃を持った男たちが警備しているから……」

「いい子だ」ダニーはそう言うと、また相手の口にタイツを詰め込んだ。そしてスパッドに問いかけるような眼差しを向けた。

「よしやろう」スパッドは答えた。「窓から放り出すんだ」

タスミンは全身をこわばらせた。折れていない腕を使って起き上がろうとしたが、たちまちスパッドに片手で押さえ込まれた。ダニーはピザの箱の横に置いたリュックのところまで引き返した。そして中からサービス・ステーションで買った〈イブニング・スタンダード〉を引っ張り出した。一面にピカデリーの惨状を伝える写真がでかでかと載っていた。ダニーは新聞をめくって、同じような写真が載ったページを抜き取ると、第一面をタスミンの頭にこすりつけてDNAサンプルを付着させた。ふと遺書を書かせることを考えた――自分のしでかした罪の大きさに耐えられなくなったという内容だ――が、すぐに却下した。あまりにも見え透いているからだ。この現場にすべてを物語らせればいい。

ダニーは抜き取った新聞のページを床にばらまくと、タスミンを押さえているスパッドのところまで引き返した。「足を持て」ダニーは言った。

数秒後、二人はタスミンを窓のところまで運んだ。体重は軽くて何の苦労もなかったが、ウナギのように身をくねらせるので手を焼いた。ダニーは両腕をつかんでいたが、力を入れすぎないよう注意した。骨折した腕は問題なかった――どうせ最後にはあちこちの骨が折れるのだから、まず疑われることはない。しかし圧迫痕は力づくで押さえ込んだ跡を意味する。そうなると、罪の重さに耐えかねて投身自殺したというシナリオが台なしになってしまう。

開けっ放しになった窓のところで、追いつめられた獣のようにうなり続けるタスミン・カーン。その口にはまだタイツが詰め込まれていたが、最後の最後に取り除かれることになる。

「いいか?」ダニーはスパッドに声をかけた。

「いいぞ」

タスミン・カーンの最期はあっけなかった。ダニーが口からタイツを引き抜いた。悲鳴をあげたが、その直後に窓から放り出された。

タスミンは頭から落ちていった。悲鳴はあっという間に遠ざかり、ふいに聞こえなくなった。

ダニーとスパッドはすぐさま窓際から離れてドアに向かった。途中でピザの箱とリュックを拾い上げると、唾液のしみこんだタイツを詰め込んだ。スパッドはマスクとヘアネットと手袋をむしり取った。ダニーは手袋をはめたまま相棒のためにドアを開けた。スパッドは照明のついていない廊下に踏み出すとすぐさま振り返り、異状なしの合図を送った。ダニーは部屋を出ると、後ろ手にドアを閉めてから手袋を外した。二人そろって足音を忍ばせながら踊り場に向かった。

二人は階段を下りようとしたが、ふいに足を止めた。

階下から声が聞こえた。

「さっきの聞いた？」女の声。「悲鳴みたいだったわね？」

男が答えた。「たぶん猫だろう。ときどき騒ぐんだ、あいつら」

「猫があんな風に鳴くかしら」

足音が聞こえた。上がってくる。ダニーは上を指差した。二人はそっと五階に上った。

足音は下の階で止まった。そして今度は廊下を歩いて三八号室へ向かった。四階の廊下がふいに明るくなった。照明のスイッチを押したのだろう。

「いつまでもこんなところにいられない」ダニーは言った。「降りよう」

二人は慎重な足取りで階段を降りた。三七号室のドアが開いており、さっきの二人が住人と話しこんでいた。ダニーとスパッドに気づく者はいなかった。

二分後、ディスカバリーに戻ったが、雨のお陰でびしょ濡れになった。スパッドは助手席に腰掛けると、へこんだピザの箱を膝に載せた。箱を開けて、つぶれたピザを一切れつまみ上げた。ダニーはチラッと目を向けた。「腹ごしらえも仕事のうちだからな」スパッドはそう言いながらピザを口に押し込んだ。「おまえも食べるか？」

ダニーは首を振った。時刻をチェックする。〇四三七時。ダニーはハンドルを指で叩きながら雨に濡れたフロントガラスを見つめた。

「あいつを捕まえよう」

「誰？」

「誰って、アブ・ライードに決まってるだろ。いまから捕まえに行こう」

スパッドはピザを飲み込んだ。「ハマーストーンにお伺いを立てるのが先だろ」

「そんな時間はない」ダニーはにわかに勢いづいた。「指示が来るまで待ってたら、また行方をくらますかもしれない。あいつを仕留めないと、これからも爆弾テロが続くぞ。手先をいくら殺しても、後釜《あとがま》を見つけてこられたら元のもくあみだ。居所がわかったいまこそ……」

スパッドはピザの箱を閉じた。急に食欲を失ったみたいだ。

「それに」ダニーは言いつのった。「おまえも簡単すぎるって言ってたろ。三人ともあっさりケリがついた」

スパッドは肩をすくめた。「たぶんおれたちが腕利きなのさ」

「冗談はよせ。あいつらは使い捨てにされたんだ。おれたちの手があいつに伸びないよう、餌としてまかれたんだ」

「こっちは二人きりだ。テロの黒幕を本気で捕まえようと思ったら応援がいるぞ。どれだけ防御を固めているかわからねえんだからな」

「いいから聞けよ」ダニーは語気を強めた。「アブ・ライードがいまもこの国にいるのはどうしてだ？　とっくの昔に国外追放されて当然なのに。人権がどうのこうのってのはたわごとに過ぎない」スパッドに鋭い視線を向ける。「アブ・ライードをかばってるのは誰だ？　当局が本気であいつを捕まえると思うのか？」

「おい、ダニー、陰謀説はおれの専売特許だぞ。それにな、本部の許可もなしに人を殺すわけにはいかねえだろうが。こっちは規則に縛られている身だ。まずはねぐら《セイフハウス》に引き返して、ハマーストーンに情報を伝達しよう。そして指示を待つんだ。以上」

ダニーはやる気満々だったが、スパッドの言うとおりだった。確かに感情的になりすぎていた。この仕事で感情に流されたらアウトだ。間違っても熱くなってはならず、たえず冷静に判断を下さなくてはならない。自分にそれが無理な場合は、信頼できる相棒に任せるのだ。

ダニーは車を出した。がらんとした道路をひた走る。バタシーまで二人とも口をきかなかった。車内はぴりぴりした空気に包まれ、冷え切ったピザの匂いがこもっていた。

セイフハウスに帰り着いたのは午前五時ちょうどだった。五分後には、ハマーストーンのアカウント宛にメールを送り、アブ・ライードの行方について手がかりを得たことを報告、その所在を明記した。

三〇分後に指示が届いた。ヘリフォードから応援が動員される。ダニーとスパッドはハートフォード・タワーで落ち合うことになった。

SAS《レジメント》の応援部隊はすでに基地を出発していた。

第12章　ハートフォード・タワー

〇六〇〇時

ドックランズ。環状交差点で結ばれた殺風景なビル群が夜明けの薄明かりに浮かび上がっていた。リバーサイドに並ぶ建設中の建物とクレーン。どこを見ても、街灯に取り付けられた監視カメラがこちらに向けられているように感じられた。その一つにカモメがとまっていた。上流で迷子になったのか、そのカモメも黒のディスカバリーに視線を向けているような気がした。

このコンクリートジャングルの中心部でひときわ目立つのが、カナダ・スクエアを取り囲むようにしてそびえる超高層ビル群だった。ダニーは車の中から見上げた。巨大なビルの上層階に社名がでかでかと表示されていた――ＨＳＢＣ（香港上海銀行を前身とする国際金融グループ）、シティグループ（シティバンクを傘下に置く金融持株会社）、ＫＰＭＧ（世界四大会計事務所の一つ）――いずれも世界有数の大企業である。「悪党の数ならベルマーシュ（ロンドン南東部にある刑務所）よりこっちの方がずっと多いぜ」スパッドがつぶやくと、ダニーはそうだなとばかりにうなずいた。二人が話していると、垂れ込めた雲の隙間から真っ赤な朝日が顔を覗かせて、天に向かってそびえるガラス張りの超高層ビルを照らし出した。カナリー・ワーフ（ドックランズの中核をなす金融センター）が夜明けの空の下で真っ赤な血のように輝きだした。

二人は屋外駐車場に車を置いた。みすぼらしい毛糸の帽子をかぶり、首にスカーフを巻いた白髪の係員がミトンをはめたまま、終日駐車料金二〇ポンドを受け取った。二人はロンドンの新たな金融センターとなったガラス張りの超高層ビル群に向かって、ほとんど人影のない通りを歩き出した。ダニーは五感を研ぎ澄ました。ここは首都の中でもっともテロ攻撃の対象になりやすい場所だった。間違いなく私服の警察官が配置されているし、金融機関に雇われた民間の警備員もいるだろう。そうした連中とももめ事を起こしたくなかった。

ハートフォード・タワーは高さ二〇〇メートルぐらいで、高層階は靄に包まれていた。無数のガラス板が使われており、どれくらいの世帯が入居しているのか数えようがなかった。ダニーとスパッドはビルに面した広場の手前にさりげなく立っていた。広場は五〇メートル四方で、中央に大きな噴水、縁にボリス・バイクが一列に並ぶドッキング・ステーションがあった。広場の両サイドにアナログの時計が並んでいた。三メートルくらいの高さの支柱に据え付けられた円形の時計は、まるで特大の棒付きキャンディみたいで、時刻表示というより装飾の意味合いが強かった。どの時計もそろって六時七分を表示しており、ダニーの腕時計も同じ時刻だった。こんな早朝からスーツ姿の男たちや、冬物コートに身を包み洒落たスカーフを巻いた女たちが足早に広場を横切っていった。金融マーケットが開く前に職場に向かう連中だろう。ダニーやスパッドと同じように吐く息が白かった。その多くがスターバックスかコスタ（英国最大のコーヒーショップ・チェーン）のコーヒーカップを手にしている。広場のカフェ各店はすでにオープンしており、照明を明るくともした店内に客を誘い込んでいた。革のジャケットにジーンズ、ゴアテックスのブーツというダニーとスパッドはここでは目立った。本来ならスーツと革靴に着替えるところだが、事態が急展開したために、そんな時間はなかった。

　ダニーは正面エントランスから目を離さなかった。距離三五メートル。ロビーに明かりがともっていたが、いまのところ出入りする者はいない。スパッドが広場を横切り、ビルの裏手へ姿を消した。二分後、イヤホンから相棒の声が聞こえた。「裏に貨物運搬口がある。ゲートはロックされてる。少なくとも現在は」

「了解。見張りを続けろ」

　時刻をチェックする。〇六一五時。ダニーは神経を研ぎ澄ました。睡眠不足はまったく気にならなかった。ビルの左手に目をやる。一方通行の道路に面しているが、車は一台も通らず、人影もまばらだった。首を伸ばして、ハートフォード・タワーの最上階に目を向ける。朝日がこのビルを照らしたのはほんの一瞬に過ぎなかった。空はまた分厚い雲に覆われていた。どうにかペントハウスまで見通せるものの、うっすらと靄がかかっている。ダニーは最上階を凝視した。アブ・ライードは本当にこんな金融センターのど真ん中に潜んでいるのだろうか？　こんな人目につきやすい場所に。しかし灯台もと暗し、というではないか。ビンラディンがその好例だ。

「あいつら遅いな」スパッドの声が耳元に届いた。

時刻をチェックする。〇六二一時。ダニーは苛立ちを抑え込んだ。時間がかかりすぎる。もっと早く来るべきだった。夜陰に乗じてクソ野郎の寝込みを襲うのがベストだったのに……。

ダニーはまた空を見上げた。何も飛んでいない。異変を暗示するようなものは見当たらなかった。

内懐にしまった銃にそっと触れる。別に必要なわけではなく、あることを確認するだけで安心できた。また超高層ビルのアトリウムに注意を向ける。人の出入りが頻繁になってきた。大半がスーツ姿の都市型タイプで、携帯電話で話しながら高級マンションを足早に出てゆく。ほとんど男だ。不審者はいない。しかし……。

ダニーは目をぱちくりさせた。一〇時の方角、一五メートル離れたところ、広場中央の噴水のすぐそばに顔見知りの女が立っていた。肩幅の広い男を両側に従えたその女は黒髪だが、髪の根元は白かった。女はハンカチで鼻をかむと、そのハンカチを黒いオーバーコートの袖口に押し込んだ。

二人は目が合った。ヴィクトリア・アトキンソンは二人の護衛に何事か告げると、ダニーの方へ歩み寄ってきた。

「こんなところで何をしているんだ？」ダニーは問いただした。「これからドンパチやるかもしれないのに。あんたの正体を知る者がいたら、何もかもぶち壊しになるぞ」ダニーはできるだけ顔をそらしたが、無駄だと観念していた。二人の姿に注視している者がいれば、合流《RV》であることは一目瞭然だろう。

「あなたたちを信頼しているわ」ヴィクトリアは言った。北部アクセントが冷たく響いた。「アブ・ライードを生かしたままこのビルから出さないで。あの男はとても狡《こう》猾《かつ》なの。言葉巧みに言いぬけることは目に見えているわ。いつもそうやって罪を逃れてきたから。生け捕りにしても、テロの犠牲者たちは浮かばれないわよ」

ビルの左手の通りで動きがあった。なんの特徴もないトランシットが一時停止していた。ダニーは顔の筋肉がぴくつくのを感じた。「ビルとベンのところへ戻れ。建物に近づくんじゃないぞ。レジメントが到着した」

ヴィクトリアは不安そうだった。大きく息を飲むと二人の護衛のそばへ引き返していった。ダニーは無線で連絡した。

「作業チーム到着」ダニーは符牒を使った。「繰り返す、作業チーム到着。三〇秒後にコンタクト」

プレッセルを二回叩く音がスパッドの返事だった。

ダニーはトランシットに歩み寄った。ドライバーとは目を合わさず、すぐさま後ろに回り、後部ドアを三回ノックした。すぐさまドアが開き、ダニーは中に入った。

車内は混んでいた。黒ずくめの隊員が七名。黒のズボンに黒のTシャツ、無線機や破砕性手榴弾《フラッグ》、特殊閃光音響手榴弾《フラッシュバン》、予備弾倉でふくれあがった装備ベスト。うち三名はすでに目出し帽をかぶっており、残りの四名も装着するところだった。リプリーの顔を見つけたダニーはうなずいてみせた。一緒に任務をこなしたのはわずか四日前だが、何週間も前のことのように思われた。各自、アサルトライフルをスリングで吊るしていた。リプリーから装備ベストとライフル、目出し帽を手渡されたダニーは、上着を脱ぎ捨てると、たちまち支度をととのえた。いままで使っていた無線機を取り外し、装備ベストの無線機に切り替える。三〇秒もしないうちに準備は完了した。

ダニーは新しい無線機で呼びかけた。「こちら第一班、聞こえるか？」

ワンテンポ置いてスパッドの声が返ってきた。「明瞭に聞こえる。第二班、準備完了」

「四五秒後に突入」

隊員の一人が運転席との仕切りを強く叩いた。トランシットは急発進した。そしてカーブをまがって歩道に乗り上げると急停止した。

「ゴー！　ゴー！　ゴー！」ダニーは大声で命じた。

トランシットの後部扉を開けて八名の隊員が飛び出した。ダニーは瞬時に状況を確認した。ハートフォード・タワーの正面エントランスまで一〇メートルのところにいた。反対側から二台目のトランシットが現れ、瞬く間に八名の隊員を吐き出した。スパッドはすぐにわかった。顔は目出し帽にすっぽり包まれていたが、ダニーと同じように私服のままなので、黒一色のチームの中でひどく目立つのだ。

ダニーは一階ロビーに視線を向けた。ちょうどスーツ姿の男が正面ドアを通り抜けようとしていた。しかし黒ずくめの特殊部隊を一瞥したとたん、目をまるくしてその場に立ちすくんだ。ダニーはその男のところに駆け寄った。「中へ戻れ！　いますぐ！」男はブリーフケースを足元に落とすとロビーに逃げ込んだ。

ダニーは隊員のうち四名を指差した。「出口を固めろ」命じられた隊員たちはすぐさま配置についた。三メートルの間隔を置いて散開、片膝をついて、銃口をエントランスに向ける。ダニーはそのエントランスに駆け寄った。重武装の特殊部隊が突然現れたことで広場が騒がしくなってきた。通行人たちは広場の端へ退避すると、一人だと心細いのか、身を寄せ合うように数人ずつの塊になった。どこにでもいるお調子者が、携帯電話を取り出して写真を撮りはじめた——目出し帽で顔を隠すのはそのためだ。わめき声や悲鳴も聞こえたが、ダニーはそうした雑音を頭から締め出し、ロビーに突入した。

ロビーにいたのは七人。スーツ姿の男四人と女二人、そして大理石造りのカウンターを前にコンシェルジュが一人。ダニーは肩越しに振り返った。四名の隊員が続いて入ってきた。その一人を指差す。「民間人を腹ばいにさせろ」そう命じると、コンシェルジュに注意を向けた。二十代半ばの若い男で、肌は浅黒く、細い口ひげを生やしている。すくみあがっており、逃げ道を探すように目をキョロキョロさせていた。

このコンシェルジュは最悪の朝を迎えたことになる。

カウンターまでの距離は一〇メートル。ダニーは全速力で近づいた。民間人に伏せるよう命じる仲間の声を耳にしながら、ベルトからグロックを引き抜き、カウンターに駆け込む。その奥に出入り口が三つ見えた。すでに黒ずくめの隊員が張り付き、三つとも出入りを封じている。それ以外にグレイの両開き式扉が見えた。おそらく貨物用エレベーターだろう。その横に非常階段に通じるドアがあった。ダニーはコンシェルジュの胸ぐらをつかんだ。コンシェルジュは右手に持った携帯電話で連絡を取ろうとしているところだった。

「それを捨てろ」ダニーは大声で命じた。コンシェルジュは言われたとおりにした。

携帯電話が足元に落ちた。

「ペントハウス専用のエレベーターはあるのか？」

コンシェルジュは小鼻を広げた。ぷんとタバコの匂いがした。こめかみが汗で光っている。口ごもりながら、どうにか返事をした。「あ……ありません」そわそわしながら、二五メートルほど先にあるエレベーターを指差す。鉢植えの大ぶりな観葉植物のすぐ横にあるエレベーターである。

「貨物用エレベーターはあるのか？」

コンシェルジュはうなずいた。

「そいつでペントハウスまで行けるか？」

「い……行けません」

「直通階段は？」

「ありません」

「ペントハウス用のコードは？」

コンシェルジュは身震いしただけで、何も答えなかった。ダニーは容赦しなかった。コンシェルジュの頭をいきなりつかむと、大理石造りカウンターに叩きつけた。コンシェルジュは悲鳴をあげた。

「コードは？」

コンシェルジュはいまにも泣きそうな声で答えた。「五三八九」

「ペントハウスの住人は誰だ？」

「し……知りません……嘘じゃありません」

ダニーは即座に判断した。このコンシェルジュは信用できない。アブ・ライードがペントハウスを隠れ家にしていたとすれば、こいつも一味の片割れである可能性が高い。

「一緒に来い」ダニーはコンシェルジュの脇腹にグロックの銃口を押し付けると、カウンターから引っ張り出してエレベーターへ向かった。

スパッドがすでに隊員二人を連れてエレベーターの扉のそばに立っていた。コンシェルジュを連れたダニーが五メートル手前まで近づいたとき、エレベーターの扉が開いた。子どもを二人連れた中年女が乗っていた。中年女は武装した男たちを見たとたん悲鳴をあげた。「早く出ろ！　グズグズするな！」スパッドが怒鳴りながら中年女を引きずり出した。子どもたちも続き、三人そろっていまにも泣き出しそうだった。

ダニーはまずコンシェルジュを押し込んでからエレベーターに乗った。スパッドと二人の隊員が続く。扉のすぐ横にタッチスクリーンがあった。ダニーがすかさずペントハウスを指定すると、テンキーが表示された。

「コードを入力しろ」ダニーはコンシェルジュに命じた。「もしペントハウスまで行けなかったら、おまえは死ぬ」

コンシェルジュはぶるぶる震えながら、四桁の番号を入力した。五、三、八、八。さっき答えた番号とは異なっていたが、こちらの方が正しかった。その証拠に、扉が閉まり、エレベーターは上昇を始めた。

コンシェルジュの息遣いは荒かったが、それ以外は何事もなくエレベーターは上昇を続けた。SAS隊員はドアがふたたび開くときに備えた。ダニーは奥に引っ込み、コンシェルジュの腹にグロックの銃口を押しつけていた。ほかの三人はその前に立ち、セミオートに切り替えたライフルの銃口をドアに向けた。引き金に軽く指をそえる。

二〇秒経過。

無言のまま緊張が高まる。誰もペントハウスの間取りを知らなかった。エレベーターの扉が開いたとき何が待ち構えているか誰も知らないのだ。いきなりアブ・ライードと鉢合わせをして銃弾をぶち込むことだってありうる。その準備だけはしておく必要があった。

三〇秒経過。

エレベーターが停止するとき、胃に少し違和感をおぼえた。ダニーは扉の上方の階数表示に目をやった。Pが点灯している。

扉が開くまでの時間が永遠のように感じられた。

ようやく扉が開いた。

ダニーはすかさず前方の状況を確認した。エレベーターはペントハウス内部に直結しているわけではなかった。目の前に見えるのはロビーもしくは広めの通路である。幅五メートル、奥行き一〇メートル。右手奥にドアがあった。

そして男が二人いた。

一人は中東系、もう一人は白人。

こいつらは敵か？　アブ・ライードの護衛なのか？　瞬時に判断するのは不可能だった。二人ともあきらかにロビーの騒ぎを知らなかった。四メートルばかり離れた壁際の革張りのソファにだらしなく腰掛けていた。一人は新聞を読み、もう一人は携帯電話をいじくっている。エレベーターから目出し帽をかぶった重武装の男が四人現れたとたん、その表情が凍りついた。

白人の男は新聞を捨てると、上着の中に手を入れた。あきらかに銃を取り出そうとしている。

それが男の最期になった。

その男を仕留めたのはスパッドだった。至近距離から胸に一発撃ち込んだ。男は後方の壁まで吹き飛ばされ、壁に赤い染みを残して前のめりに倒れた。二人目の男はあわててソファから離れようとした。上着の中から銃を引っ張り出そうとしながら。ぶざまな反応だったが、それも弾を食らうまでだった。顔の側面を撃ちぬかれた男は、血しぶきを撒き散らしながら床に突っ伏した。

エレベーターがピーンピーンと音を鳴らした。

スパッドと二人の隊員は用心しながら通路に出ると、左右二手に分かれてさらなる脅威の有無を確認してから、ダニーに異状なしとうなずいてみせた。ダニーはコンシェルジュを押し出してから、その後に続いた。ソファと二体の死体がころがる通路の突き当たりはガラス張りの大窓になっており、ドックランズを一望できた。反対方向に五メートルほど進むと、右手にドアがあり、その横にもキーパッドが付いていた。

隊員二人がそのドアに駆け寄った。片膝をついて応戦態勢を取る。ダニーは手近な死体を引きずってエレベーターの扉口に置いた。閉まりかけていた扉は、血まみれの死体に触れるとまた開いた。それから閉まりかけては開くという動作を繰り返した。

そのたびにピーンという音を立てた。

ダニーはコンシェルジュを振り返った。「おまえ、ペントハウスの中に入ったことがあるだろ？」問いただす。「間取りを教えろ」勝手もわからず敵陣に踏み込むことになりそうなので、思わず語気が鋭くなった。

コンシェルジュは首を振った。嘘をついているかもしれないが、確かめる時間はなかった。

「ドアを開けろ」ダニーは命じた。

恐怖のあまり口がきけなくなったコンシェルジュは目をギュッとつむり、素直にうなずいた。そしてキーパッドに近づくと、震える手で暗証番号を入力した。

カチッと音がしてドアのロックが外れた。

「床に伏せて、両手を頭にのせろ」ダニーはコンシェルジュに命じた。

コンシェルジュはおとなしく膝をついたが、そのときソファのそばに横たわる死体の方をこっそり盗み見た。隙を見てあの死体に飛びつけば、上着から抜き出しかけていた銃が手に入るかもしれない。そう思っているのはあきらかだった。コンシェルジュはいきなりソファめがけて突進したが、もちろんうまくゆくはずがなかった。隊員の一人がたちまち襟首をつかんで引き戻した。こんな間抜けに銃を使う必要はない。隊員は強烈なパンチを二発見舞った。一発は頸静脈のあたり。もう一発はみぞおちに叩き込んだ。コンシェルジュはくずおれて、苦しそうに身をよじった。隊員はその腕を後ろにねじると手首に樹脂製の手錠をはめた。これで二度と邪魔立てはできなくなった。

あたりは静まり返った。

ダニーとスパッドは開錠したドアにじりじりと近づいた。足音を消し、ライフルの銃床を肩に押し当て、引き金に軽く指をそえる。

スパッドがそっとドアを蹴りあけた。たちまち強烈な芳香《ほうこう》が鼻を突いた。ついさっきまで誰かが香を焚いていたらしい。

その人物はまだここにいるかもしれない。

何の物音もしなかった。自分の鼓動がひどく大きく聞こえる。

中は暗かった。暗視ゴーグルを持ってくればよかったが、肉眼だけでも何とかなりそうだ。長い廊下が伸びている。二〇メートルくらいあるだろう。この廊下がペントハウスを二分していた。五メートルほど先、右手の壁際にスーツケースが置いてあった。爆発物の可能性がある。それとも護衛の持ち物か。あるいは住人の所有物かもしれない。

廊下の両側にドアが八つあった。つまり、左右に四つずつ。銃口を下げることなく廊下に踏み込む。

SAS隊員たちは足音を立てずに進んだ。ダニーはドアを一つずつ開けていった。そのダニーをスパッドが掩護する。右側のいちばん手前の部屋は寝室だった。遮光ブラインドが下りている。一方の壁際にダブルベッド、もう一方に長椅子。シーツはくしゃくしゃになっていた。ついさっきまで誰かが使っていたのだ。しかしベッドの下に隠れるスペースはなかった。クローゼットも空っぽだ。

ダニーは無言のまま廊下へ出るとスパッドにうなずいた。異状なし。

左側のいちばん手前の部屋も同じだった。

右の二番目、左の二番目も寝室だった。ベッドはくしゃくしゃだが、誰もいない。

さらに寝室が二つ。どちらも特大で、大理石造り。ドアにタオル地のバスローブが掛かっていた。バスルームの鏡が曇ったままだ。しかし誰もおらず、ここも異状なし。

ふいに物音が聞こえた。ダニーは一瞬緊張したが、すぐに屋外からのものであると判断した。ヘリコプターのローターが回転する音だ。屋上を旋回する軍用ヘリの姿が目に浮かんだ。側面扉口のところでミニガンをかまえた砲手が睨みをきかしているに違いない。屋上まで逃げてきた敵を阻止するために。しかしそんな逃走路はなさそうだ。ダニーが見るかぎり、非常口らしきものはなかった。

つまり、アブ・ライードは残る二つの部屋のどちらかに潜んでいることになる。ヘリの音を耳にして、さぞかし警戒していることだろう。

廊下を進むにつれて、ますます暗くなった。どの部屋も遮光ブラインドを下ろしていたが、ダニーの目も暗がりにかなり慣れてきた。右側のいちばん奥の部屋は居間だった。モダンな白いソファが置かれ、片隅にバーカウンターがあった。ガラステーブルに額入りの写真がところ狭しと並んでいた。写真の人物を確認したかったが、それは後回しだ。

まだアブ・ライードが見つかっていないのだ。

これで残る部屋は一つだけ。

ダニーとスパッドはチラッと視線を交わした。いつでも撃てる構えでドアを押し開け、踏み込む。

すぐに見覚えのある部屋であることに気づいた。あの殉教ビデオが撮られた場所である。タイル張りの床にダイニングテーブル。ここも遮光ブラインドが下ろされていた。

しかし誰もいなかった。

建物の周囲を旋回するヘリコプターが近づいてくるたびにローター音が大きくなった。ダニーは部屋を横切ると壁のボタンを押して、遮光ブラインドを巻き上げた。窓から一〇メートルも離れていないところでマーリンがホバリングしている。その向こうに灰色のロンドン市街が広がっていた。空も同じように灰色だった。

ダニーは銃を下げるとスパッドを振り返った。「遅かったな。もっと早く来ればよかった」と意味ありげに言う。

スパッドはそのコメントを無視すると無線で連絡した。「内部は異状なし。標的は発見できず。繰り返す、標的は発見できず」

二人はダイニングルームを後にした。廊下に出ると、片膝をついて入口を固めている仲間の姿が見えた。二人は廊下を引き返した。入口に近づくにつれてエレベーター扉の開閉音が聞こえてきた。閉まりかけては血まみれの死体にぶつかり、また開く音である。

エレベーター周辺は見るも無残な状態だった。死体から流れ出した血が床に広がり、壁からも血がしたたり落ちていた。ダニーがエレベーターまで死体を引きずった跡が赤い染みになって残っている。その死体をエレベーターから引きずり出すと、ようやく扉が閉まった。エレベーターはたちまち降下を始めた。ダニーは護衛二人の上着に手を入れ銃を回収した。両方ともブローニング・ハイパワーだった。しかも愚かなことに安全装置を外したまま内懐にしまっていた。ダニーは安全装置をかけてから銃を床に置いた。スパッドが規則どおり護衛二人の死亡を確認するあいだも、ヘリコプターの音がひっきりなしに聞こえた。

二分後、荷造り用テープでコンシェルジュの目と口をふさいでから、二人はようやく目出し帽をぬいだ。エレベーターの扉が開き、二人の人物が現れた。

二人の顔を見てダニーは立ち上がった。せかせかした足取りで出てきたのはヴィクトリア・アトキンソンである。血まみれの死体を一目見るなり不快そうに顔をしかめた。すぐさま袖口からハンカチを取り出して口に当てる。

連れは、ＣＩＡからハマーストーンに連絡担当として出向しているハリソン・マドックスだった。マドックスは凄惨な現場を見ても顔色一つ変えず、死体とコンシェルジュにチラッと目をやると、わずかに眉を吊り上げた。そして血だまりを踏みつけないよう足元に注意した。

「この状態だと、下で待っていた方がいいんじゃないか、ヴィクトリア?」マドックスは言った。

ヴィクトリアは気遣い無用とばかりにハンカチをひらひらさせた。「わたしなら大丈夫よ、ハリソン」そしてダニーとスパッドに向き直った。「中へ入ってもいいかしら? 入口に見張りを残してもらえると助かるわ」

ダニーは肩をすくめた。「見張りの必要はない。ここはもぬけの殻だ。まんまと逃げられたよ」

「護衛を尋問できるとよかったんだが」マドックスは皮肉たっぷりに言った。「この状態だと無理みたいだね」

「ああ」ダニーは冷ややかに応じた。「そうみたいだな」

ふいにマドックスの携帯電話が鳴り出し、二人の会話は中断した。電話に応じるマドックスとヴィクトリアを連れて、ダニーとスパッドは殉教ビデオの舞台となったダイニングルームへ引き返した。遮光ブラインドが巻き上げられたままなので、窓越しにヘリコプターが見えた。ずっと旋回を続けていたが、ふいに向きを変えて、テムズ川方面へ飛び去っていった。ヴィクトリアはめまいをこらえているように見えた。

「わたしは高いところが苦手なの」正直に認めると室内を見回した。「鑑識を呼んで、本当にここにいたかどうか確認させないとね」

「それはほぼ間違いない」マドックスは言った。「いま報告が入った。ブルカ姿の人物が午前五時前にこのビルから出て行った。ロビーの監視カメラの映像にその姿が残っていた。あのコンシェルジュを締め上げれば、もっと詳しいことがわかるだろう」

「こっちより情報が早いとはさすがね、ハリソン？」とヴィクトリア。アメリカ人の情報部員は黙って肩をすくめた。二人ともダニーがスパッドに見せた――「ほら、始まった」という――表情には気づかないふりをした。

ダニーはリビングルームを出た。情報部員同士の角突き合いなんかに興味はなかった。それより気になることがあった。居間に入ってガラステーブルに歩み寄る。その上に額入りの写真が並んでいた。全部で五つ。どれも伝統衣装を身にまとった中東系の一家を写したものだ。家族全員、鉤鼻《かぎばな》なのがひどく目立った。ダニーは被写体がいちばん鮮明なものを選ぶと、それを手にしてダイニングルームへ引き返した。

「これからどうする？」スパッドがしゃべっているところだった。「おれたちに追いかけられていることを知ったんだ。地下へもぐっちまうぞ」

「手がかりを見つけた」ダニーは写真を持ち上げてみせた。

「まだ触ったらダメじゃないの」ヴィクトリアはそう言ったものの、ダニーから手渡された写真をそのまま受け取った。

ダニーはその表情を注意深く観察した。ヴィクトリアは目を細めた。顔見知りらしい。そして、かすかに口元がほころんだ。

「お友達かい？」ダニーは尋ねた。

「ええ、もちろん」ヴィクトリアは答えた。「わたしたちのあいだではとてもよく知られた人物よ。ムハマド・アル・シクリティというサウジの実業家。ホーリー・シュライン・モスクに定期的に寄付をしている。アブ・ライードとのつながりを突き止めようとずっと調べてきたけど、いまのところ成果なし」ＣＩＡ情報部員を振り返る。「ムハマド・アル・シクリティ。この名に覚えがあるでしょ、ハリソン？」

「もちろん」マドックスは答えたが、あきらかに感情を抑えている。

「アル・シクリティ氏はアメリカ政府にもおなじみの人物なの。ただし、異なる理由で」ヴィクトリアは嫌みたらしく続けた。「石油利権でしょ、ハリソン？　アメリカ通商代表部の面々に受けがいいのも当然ね。たしか関連ファイルの中に、アメリカ大統領と握手をしている写真もあったわ……」

「アブ・ライードとの関係を裏付ける確たる証拠はまだないはずだ」

「いままではね」ヴィクトリアは言い張った。「でも、このフラットがアル・シクリティ氏関連の住居であることが判明したからには、彼の身柄を超法規的に確保しても異存ないわね。ハーキュリーズでポーランド北部のブラック・キャンプに送り込んでちょうだい。この男は情報の宝庫よ。たとえ尋問中に死亡しても気にしないで……」

「アル・シクリティがこの地表から姿を消すことはない。その政治的な余波を考えたら……」

「あら、そうなの」ヴィクトリアは穏やかに口を挟んだ。「あなたたちは容疑者の人権をどの程度まで尊重するのかしら。すべてはこれ次第ってわけ」指先をこすり合わせて紙幣を勘定するしぐさをしてみせる。

「尋問するなと言っているわけじゃない」とマドックス。「ちゃんと生かしておけと言っているんだ、無傷のままで。もし何かあった場合、わが政府はいっさい関与を否定する。これが政治的現実というやつだ。わたしにはどうすることもできない」

「いまの聞いたでしょ？」ヴィクトリアはダニーたちに話しかけた。「傷つけちゃダメだって。さもないと、アメリカのいとこたちが大変ご立腹になるらしいわ」

「このアル・シクリティはいまどこにいる？」ダニーは穏やかな声で尋ねた。情報部員同士の不毛なせめぎあいにようやくケリがついたのでホッとしていた。

「サウジのプレイボーイが大好きな場所。ありあまるお金をふんだんに使って、自分の国ではできないことが好きなだけできるところ」

「だから、それはどこなんだ？」

ヴィクトリアは窓の外に目をやった。

「ロンドンよ」

第13章　サウジの富豪

午前中、二人は睡眠をとった。

セイフハウスに帰ってくるとダニーは二時間だけ眠ることに決めて目を閉じた。そして目覚めたとき、二分くらいしか経っていないように感じられた。しかし実際にダニーとスパッドが寝床から這い出したのは午後二時だった。二人はふたたびパディントン警察署の地下室を訪れた。警察の連絡担当のフレッチャーが彼らを待っていた。フレッチャーは前回よりずっとくたびれているように見えた。

「さあどうぞ、遠慮なく入りたまえ」フレッチャーは西部アクセントのにじむ声でそう言いながら、戸口に現れた二人を差し招いた。ダニーとスパッドはフレッチャーのオフィスに入った。書類の山がぐんと高くなっていることにダニーは気づいた。「あれからずいぶん忙しかったんじゃないかね？」フレッチャーは何気なく尋ねたが、すぐに撤回した。「いや、答えなくても結構」考えてみれば、爆弾テロ犯の向かいのアパートの鍵を手渡してくれたのはフレッチャーである。ほかの二件はともかく、この一件については事故死との関連は火を見るよりあきらかだろう。

「ヘリフォードから必要な品は届いてますか？」ダニーは尋ねた。

「ああ、もちろん」フレッチャーは一息入れた。「おそらく聞かん方がいいと思うが、これも爆弾テロ事件に関係あるのかね？」

二人のＳＡＳ隊員はポーカーフェイスのまま何も答えなかった。

「いや、よくわかったよ、諸君。まことに結構。きみたちの活躍ぶりは警察顔負けだ。こちらは人手が足りず、何が起きたか手がかりすらつかんでおらんのだからな」また間があった。フレッチャーは笑みを浮かべた。「こんなお世辞、聞き飽きているだろうね」

「不法侵入者は見つかりました？」ダニーは尋ねた。答えようのない質問ばかり聞かされるので話題を変えたかったのだ。

フレッチャーはポカンとした顔で二人を見た。

「先日、言ってた事件ですよ」ダニーは相手の記憶を呼び覚まそうとした。「プレード通りの若い女性宅に空き巣が入った一件。通勤途中の大学教授がひき逃げされた事件もあったでしょ。ゲンジロフとかいったっけ？」

フレッチャーは首を振った。「われながら仕事を抱え込みすぎとるな。まったく手に余る」乱雑をきわめるデスクの上をかき回したすえ、ようやくＡ２サイズの図面を引っ張り出した。「パーク・レーン・ホテル一四階の見取り図だよ。勝手に調べさせてもらったんだが、ワンフロアまるごと貸し切られている。ムハマド・アル・シクリティというサウジアラビアの紳士にな。よほど取り巻きが多いのか、とにかく大変な出費だぞ」

「楽々支払えるでしょ、そいつなら」ダニーは言った。「その上階は？」

「全室ふさがっている。ただ、圧力をかければ一部屋空けさせることは可能だ、きみたちがどうしても必要なら」

ダニーとスパッドは顔を見合わせると、小さく首を振った。部屋を追い出された客が騒ぎ立てないという保証はないし、そもそもその客がアル・シクリティの取り巻きの一人だということだってありうる。上階に監視所を設けることが可能だとしても、今回はやめた方がよさそうだ。

フレッチャーから写真を数枚手渡された。どれも同一人物を写したものだが、服装が異なった。アラブ伝統のかぶりもの――白い頭巾に赤いバンドを巻いたもの――を身につけた写真以外に、ディシュダーシュ姿もあれば、ビジネススーツで西洋風に決めた姿もあった。しかし、すぐに同一人物であると判別できた。その決め手になるのは、耳にかかる豊かな黒髪よりむしろ、骨折しているのではないかと思わせるような鉤鼻だった。

「おれがこいつくらいカネ持ってたら、まずこの鼻を直すね」スパッドはそう言うと、フレッチャーに向き直った。「ほかに何か届いてないか？」

フレッチャーはうなずいた。そして振り返るとデスクの後ろに置いてあった金属ケースを手に取った。ちょうど小型の工具箱くらいの大きさである。手渡されたスパッドはフレッチャーのデスクに載せてから、蓋を開けた。そして中から懐中電灯そっくりの黒い物体を取り出した。長さはおよそ三〇センチ。フレッチャーは驚いて目をぱちくりさせた。「懐中電灯ならもっと身につけやすいサイズのものがあるだろうに」

二人のSAS隊員は何も言わなかった。スパッドは懐中電灯らしき物体を箱に戻すと手を差し出してフレッチャーと握手した。ダニーも同じように握手した。この連絡担当の警察官は好人物だった。いささか物を知らないが、好人物であることに変わりなかった。

パーク・レーン・ホテルは革ジャケットにジーンズ姿で入れる場所ではなかった。パディントンを後にした二人はオックスフォード・ストリートに向かい、そこでダニーはスーツと革靴を新調した。「馬子にもなんとやらだな」セルフリッジ百貨店からスーツ姿のダニーが現れるとスパッドは皮肉たっぷりに冷やかした。グレイのスーツは肩のあたりがひどく窮屈だったたし、ひげも剃っておくべきだった。ただ、その二点をのぞけば、結構さまになっていた。そして何よりも重要なのは、グロックと無線機をスーツの中に隠せることだ。近くのキオスクでマルボロ・ライトとライターを購入した。ダニーは喫煙者ではないが、ビルの外をうろつくときにタバコを手にしているると怪しまれないですむ。

オックスフォード・ストリートからパーク・レーンに向かう。スパッドがハンドルを握った。マーブル・アーチで左折してハイド・パークに沿って南下、パーク・レーン・ホテルの角から二〇メートル離れたところに車を停めた。

「早いとこ面《ツラ》を見せてくれると助かるんだが」とダニー。

「心配するなって」スパッドが請け合った。「すぐに出てくるさ。アラブの金持ちがロンドンへやって来るのは、オンナを買ったり、クスリをやったり《マーチング・パウダー》するためだ。間違ってもホテルの窓から雨を眺めるためじゃない」

「ホテルに呼んだりしないといいんだがな」ダニーは時刻をチェックした。そして相棒にうなずくと車から飛び降りた。ディスカバリーはたちまち車の流れの中に戻っていった。スパッドはこれからハイド・パーク・コーナーとマーブル・アーチのあいだを行ったり来たりして退屈な時間を過ごすことになる。そして、いざ行動を起こすときが近づいたら、ホテルのエントランスを見渡せるところに車を停めて待機するのだ。無線連絡は最小限にとどめる。位置を確認したり、特別に報告すべきことがあるときだけ使うことにした。

ダニーはホテルのエントランスへ向かって歩きだした。このホテルにやって来るのは初めてではない。二年前、アフガニスタン政府代表団の護衛チームを支援したことがあるのだ。当時もそうだったが、現在もエントランスには黒塗りのタクシーが列をなし、客を降ろしたり乗せたりしていた。当時はビジネスマンと、ハロッズ百貨店やハムリーズ玩具店のショッピングバッグをぶら下げた裕福な家族が主たる客層で、なんとも不思議な取り合わせだった。今日は子どもの姿が見当たらない。当然だろう。戦場と化した街中に子どもを連れてくる親がどこにいる？

ダニーは何食わぬ顔で回転ドアを通り抜けると、驚くほど若い女を連れた肥満体の年寄りのかたわらを歩き、ラウンジに入った。ダニーはあたりを見回した。高い天井からシャンデリアが垂れ下がり、黒光りするグランドピアノでは中国人の男がイージーリスニングな曲を弾いていた。ウエイターたちがティートレイを片手に革張りのソファに腰掛けた客たちのあいだを歩き回っている。ダニーの当初の狙いは監視カメラの位置を確認することだった。死角に身を置くことができればそれに越したことはない。しかし天井の各所から監視装置がドーム状にせりだしていた。そのドームにはそれぞれ三個のカメラが格納されており、全方位をカバーしている。つまりここに死角はなく、監視の目から逃れることは不可能だった。

エレベーターは一〇時の方角、三〇メートル先にあった。ダニーは真正面に位置するソファを選んだ。ただし、ラウンジのいちばん奥の席である。目の前のガラステーブルに〈タイムズ〉が置いてあったので、それを手にしてパラパラめくりながらエレベーターを見張った。どのページもピカデリーの爆破現場の写真ばかりだが、四ページ目におなじみの顔写真が載っており、アブ・ライードがこちらを睨みつけていた。

「お客様、何をお持ちいたしましょうか？」

髪を艶やかになでつけた如才なさそうなウエイターがかたわらに立った。

「コーヒー」ダニーは答えた。「ブラックで」そしてエレベーターの見張りを続けた。

耳にはめたイヤホンから声が聞こえた。「位置についたか？」

「ああ」ダニーは鼻をかくふりをして唇の動きを隠した。「長い午後になりそうだ」

五分経過。注文したコーヒーが運ばれてきたが、それからまる一〇分口をつけず、もっぱら周囲の状況に注意を向けた。ラウンジにたむろする男性客の顔を一人ずつ確認してゆく。客の数は流動的だった。三〇人にまで減ったかと思うと、すぐまた七〇人くらいに増えるのだ。ダニーは目立たぬよう注意深く観察を続け、ようやくカップにコーヒーを注いだ。

四五分後、またウエイターがやって来た。ダニーは苛立たしげに顔を上げた。

「コーヒーのお代わりをお持ちしましょうか？」

ダニーはエレベーターに視線を戻した。「そうだな。もらおうか」

そしてウエイターが空になったカップを回収しようと前かがみになると、ダニーは言った。「いや、やっぱり、結構だ」

そのときちょうどエレベーターの扉が開き、少人数のグループが現れたのだ。総勢八名。女三人、男二人、子ども三人。全員、アラブの伝統衣装を身につけていた。ダニーは男たちに目を向けた。二人のうち一方はきわだった鉤鼻の持ち主で、まさに目当ての相手であった。ダニーはウエイターが立ち去るのを待って無線で連絡した。「標的を視認」

「一人か?」スパッドの声。

「いや。家族をぞろぞろ引き連れている」

エレベーターの扉が閉まったが、サウジ国籍の八人はその場からほとんど動かなかった。二人の男は何やら話し込んでいる。アル・シクリティはそうやって話しながら、女の一人の腕に手を添えた。いかにも愛情のこもったしぐさで、女の方も笑顔だ。残る二人の女は、退屈してむずがる子どもたちをガミガミ叱りつけていた。

エレベーターの扉がふたたび開いた。さらに三人の男が現れた。これで監視対象者は計一一名。三人の男もアラブの伝統衣装だが、ずっと簡素なものだった。それに後ろ手にスーツケースを引いていた。

「クソッ」ダニーは小声で悪態をついた。そして財布から二〇ポンド札を引き抜いてコーヒーカップのそばに置くと立ち上がり、無線連絡を再開した。「標的はスーツケースを所持。チェックアウトするもよう。尾行態勢をとれ」

一一名のサウジ人は歩いて出口に向かった。ダニーはラウンジから出てその後を追った。アル・シクリティは大仰な身ぶりをまじえながら子どもたちに楽しげに話しかけていた。父親にかまってもらえたのが嬉しいのか子どもたちも顔を輝かせた。笑い声も聞こえた。出口まで来るとアル・シクリティ一家はその場にたたずみ、簡素な衣服を身につけた三人の従者がスーツケースを外へ運び出すのを待った。

そのかたわらを通り過ぎるときダニーはアラビア語の会話が聞こえる距離まで近づき、そのままホテルの外へ出た。目の前にスモーク・ウインドーのベンツが二台停まっており、そのトランクに従者がスーツケースを詰め込んでいるところだった。ホテルに面した車のドアは前後とも引き開けられ、そのかたわらに直立した制服姿の運転手が、主人一家の乗車を待っていた。ダニーは右手に移動するとポケットからマルボロとライターを取り出した。両手をまるめて風をさえぎりながらタバコに火をつける。口の中にいがらっぽい味がひろがった。紫煙を深々と吸い込む。ベンツから目を離さなかった。スパッドに尾行させるには、アル・シクリティが二台のうちどちらに乗るのかを確認したうえ、車のナンバーを伝える必要があった。この様子だと一家そろって空港へ直行しそうだ。

オンナとクスリを楽しむというのは単なる噂に過ぎず、案外子煩悩《こぼんのう》な家族思いの男なのかもしれない。

アル・シクリティ一家が出てきた。ダニーはタバコをふかした。ふたたび標的に目をやった。アル・シクリティは女の一人を抱擁した。そして身をかがめると子どもたちを一人一人抱きしめた。

「ちょっと待て」ダニーは無線連絡した。「標的は残りそうだ」

三〇秒後、そのとおりになった。女と子ども、その従者三名——計九名の監視対象者——は残らず車に乗り込んだ。アル・シクリティともう一人の男は歩道に立って、運転手がドアを閉めてハンドルを握るまで待っていた。二台の車が走り出すと、ダニーはアル・シクリティに注意を戻した。楽しげな表情はたちまち消え失せて、むっつりした顔つきに変わった。サウジの富豪とその同伴者は無言のままホテルの中に引き返した。

ダニーはタバコの火をもみ消すとその後を追った。ラウンジに戻ってサウジ人の動きを見守る。二人ともエレベーターの中に姿を消した。ダニーはふたたび革張りのソファに腰掛けた。

そしてもう一度コーヒーを注文して、ひたすら待った。

一時間経過。ダニーはコーヒーをすするふりをした。水分を取りすぎるとトイレが近くなるが、監視要員はダニー一人なので席を立つわけにはいかなかった。ピアニストは演奏を終えた。客層に変化があった。フォーマルな服装の客――ディナー用に着飾った女とタキシード姿の男――が増えてきたのだ。二人のウエイターがダニーの方を見ながら何事か話し合っている。おそらくコーヒー一杯で長居する客に退席を求めるかどうか相談しているのだろう。ダニー自身もスパッドと交代することを考えはじめていた。ちょうどそのとき、エレベーターの扉が開いた。

観察眼が鋭くなければ見逃したかもしれない。

アル・シクリティはまったく別人のように見えた。さきほどまでのアラブの伝統衣装ではなく、パリッとしたグレイのスーツ姿で、薄ピンク色のシャツの襟元を大きくあけている。黒髪はポマードで固めていた。同じ男が付き添っていたが、この男もスーツ姿だった。アル・シクリティは文字どおり両手に花の状態で、ブルネットとブロンドの小娘を両脇に抱えていた。両方とも一八を少し超えたくらいの年頃で、タイトなミニドレスを身につけているため、太もものラインがひときわ強調され、乳房が盛り上がって見えた。その胸元を飾るダイヤのネックレスがシャンデリアの明かりにキラキラ輝いた。二人とも子犬のような眼差しでアル・シクリティを崇めるように見つめていた。

この助平オヤジめ。ダニーは胸のうちでつぶやいた。悔しいが、敵ながらあっぱれと言うほかない。

アル・シクリティとその同伴者、そして二人の小娘はロビーの人ごみをかき分けるようにして出口へ向かった。ダニーは無線で連絡した。「ホテルを出るぞ。おまえの見立てどおりらしい――マイアミ・バイスそこぬけのご発展ぶりで、両手に花だ」

「それは、それは」スパッドは言った。「エントランスでリムジンが待ってる。カミさんの留守をいいことに亭主の方は命の洗濯を盛大にやるつもりなんだろ」

ダニーは一行の後を追ってホテルを出た。外は暗く、吐く息が白くなるほど冷え込んでいた。ダニーはさっきと同じようにタバコに火をつけた。ホテルのドアマンが一人、リムジンの後部ドアのそばに立っていた。二人の小娘はくすくす笑いながら後部座席に乗り込んだ。アル・シクリティはその尻をポンと叩くと同伴の男を振り返り、真面目な顔で指示を与えた。男はうなずくと、小娘たちが消えた後部座席を名残《なごり》惜しげに見やってから、ホテルの中へ引き返していった。

アル・シクリティがリムジンに乗り込むと、ダニーはそのかたわらを通り過ぎた。シャンペンを入れたバケットが見えた。小娘たちは早くもその中身をグラスに注ぎはじめていた。運転席との仕切りにはスモークがかけてあった。なんとか運転手の顔を確認しようとしたが、サイドウインドーもスモーク仕様で、フロントガラスを覗き込む暇もなくリムジンが走り出した。ダニーはそのまま見送った。あからさまにではなく、横目でこっそりと。リムジンがパーク・レーンに向かうと、黒のランドローバー・ディスカバリーがぴったりくっついて後をつけはじめた。

ダニーはタバコを足元に捨てると踏みつけて火をもみ消した。そしてホテルから離れるとパーク・レーンを歩き出した。現在はスパッドが監視中だ。アル・シクリティたちがどこかに着いたらすぐに知らせてくるはずだ……。

「おい、相棒」スパッドの声がイヤホンから聞こえた。「たったいま、プリンス・チャーミングとお姫様たちがゴールデン・フラミンゴ・カジノの外で車を降りた」

「中に入ったのか?」ダニーは尋ねた。

「ああ。連絡があったらしく、玄関番がすぐに飛び出してきて車のドアを開けたよ」

「一〇分でそっちへ行く」

「おれの代わりに赤に賭けてくれ」スパッドは言った。「今夜はツキが来そうだ」

住所を教えてもらったダニーは、ちょうど一〇分後にウエスト・エンドのはずれにあるゴールデン・フラミンゴの前に立っていた。リージェンシー様式のテラスハウスの一角を占めるカジノはごくふつうの住宅にしか見えず、店名を記した郵便受けサイズの真鍮製プレートがそれとなく高級感を強調していた。あきらかに会員制のカジノである。玄関は施錠されていたのでダニーはベルを鳴らした。五秒もしないうちにドアが開き、頭髪が薄くなりかけている小柄な男が愛想よく笑顔で出迎えた。

「何か御用でしょうか?」

「ちょっと賭けをやりたくてね」

「残念ながら当店は会員専用でして」

ダニーはうなずくと、尻ポケットから情報部の身分証を引っ張り出した。「これがおれの会員証だ」身分証を目にしてドアマンの顔が曇った。いかにも気の進まない様子なので、ダニーは相手の耳元に口を近づけた。「おい、電話一本で」ハッタリをかます。「パトカーを一〇台くらい呼べるんだぜ。一晩中、店先で警告灯をチカチカさせようか。商売あがったりだぞ。それとも黙っておれを店に通して、知らんぷりを決め込むか。二つに一つだ」

ドアマンは目を細めると、ドアを押さえたまま脇へどいた。ダニーは堂々と中へ入った。

カジノにはブランデーと香水の匂いが立ち込めていた。メインルームは縦三〇メートル、横二〇メートルくらいの大きさで、カードゲームとルーレットのテーブルが八卓置かれ、奥の壁際にバーカウンターがあった。真鍮とガラスをふんだんに使った造りで、照明は暗くしてある。およそ五〇人ばかりの客がおり、あちこちのテーブルから興奮気味にしゃべる声が聞こえた。ダニーはすぐさま三台の監視カメラの存在に気づいた。いずれもカードゲームのテーブルに向けられている。裏の部屋でゲームの一部始終を見張っている監視スタッフがいるはずだ。イカサマだけでなく桁違いに儲けた客にも目を光らせているに違いない。人相識別ソフトも導入されていることだろう。カジノから大金をせしめた客がそのまま勝ち逃げを許されるはずもなく、アルコール飲み放題、無料チップ進呈、女性コンパニオン同伴といった甘い言葉に誘われて連れ戻されることになる。ゲームを続けさせれば、客に勝ち目はなく、最後はボロ負けすることになるのだ。

監視要員は裏の部屋にいるだけではない。何食わぬ顔でテーブルのあいだをぶらつき、それとなく客に張り付いているスタッフもいるはずだ。しかしダニーがその監視対象になることはない。賭けに色気を出すことなく、こうやってバーカウンターでじっとしているかぎりは。

すぐに若い女が寄ってきた。一七歳をようやく超えたくらいの年頃で、すっかりめかしこんでおり、ホルターネックのドレスから乳房がこぼれだしそうになっている。

「お客さん、初めてね」ハスキーな声で話しかけてきた。

「今夜は結構」ダニーはそっけなく答えた。女は腹を立てた様子もなく、新たなカモを求めてゲームテーブルの方へ引き返していった。

ダニーはオレンジジュースを注文した。おそらくアルコール飲料は無料だろうが、驚くにはあたらない。そういうシステムなのだ。カジノはしらふより酔客を好む。ダニーはアル・シクリティの姿を求めて室内を見回した。標的はルーレット・テーブルを独占していた。ルーレットに興じているのはアル・シクリティと小娘二人だけだった。ディーラーがホイールを回転させて球を入れ、フェルト張りの賭け盤にチップを手際よく置いてゆく。小娘たちはそれぞれアル・シクリティの肩に腕を巻きつけ、ときおりその耳元に何事かささやきかけて鼻をこすりつける。アル・シクリティの方は絵に描いたようなプレイボーイぶりを見せていた。小娘の一方にチップを一山渡し、残らず赤に賭けさせた。ディーラーがホイールを回転させた。狙いが的中して赤が勝つと小娘は手を叩いて喜んだ。アル・シクリティは倍になったチップの山を手元に引き寄せると、その一つを小娘の胸の谷間に差し込んだ。小娘は仔猫《こねこ》のようにしなをつくり、ニコニコしながらパトロンの頬にキスした。

ダニーはあまりじろじろ見ないようにした。アル・シクリティが動けば、離れずついてゆくが、それまでは目立たないよう振る舞う必要があった。いつもの習慣で戸口を確認する。まず自分が通された正面玄関。それから男女の化粧室に通じるドアが二つ。これ以外に、バーの奥にドアが一つ。おそらく通用口につながっているのだろう。ふたたび室内を見回す。ダニーはふと思った。見たところ、護衛はついていない。これならトイレまでついてゆき、個室に閉じ込めたうえで痛めつければ、簡単に情報を聞きだせるだろう。しかしマドックスの意向に逆らうわけにはいかない――アザは残すな、というお達しなのだ。ダニーは辛抱強く待つことにした。

自然とほかの客に目が行った。豪華な宝飾を身にまとい退屈を紛らわすために大金を浪費する富裕な有閑マダムたち。とびっきりの美女を引き連れた不細工な年寄り。部屋のいちばん奥にダニーを入れてくれたあの小柄な男がいた。疑わしげにこちらを見ている。ダニーは知らぬ顔でジュースをすすった。

そして待ちつづけた。

三〇分経過。アル・シクリティのツキが変わった。赤で大儲けした小娘が黒で二回負けて、ほぼ同額をすった。ツキが変わると、アル・シクリティの表情も一変した。見るからに不機嫌になり、小娘をテーブルから追い払った。小娘はすぐさまアル・シクリティの視界から消えると、ほかのゲームテーブルのあいだをぶらつき一〇分ばかり時間をつぶした。ダニーはその動きを目で追った。この娘の顔立ちにはクララを思い出させるものがあった。とりわけブロンドの髪の毛がほつれてうなじに掛かっているところとか、やや上向きの鼻などに。いまごろは別の相手を見つけているかもしれないと思うと居ても立ってもいられない焦燥感をおぼえた。どうしようもなく切なかった。この一件が片付いたら連絡しようか。そして詫びるのだ……。

小娘がルーレット・テーブルに戻ってくるとまたツキが変わった。アル・シクリティは娘をすぐ横に掛けさせて、その身体をさすった。

六五分経つとさすがのアル・シクリティもルーレットに飽きてきた。指を鳴らすと、カジノのスタッフがどこからともなく現れた。アル・シクリティはそのスタッフに何事か伝えると、エントランスに立つ小柄な男に合図した。小娘二人は女性化粧室に向かった。あきらかに帰り支度をしている。

ダニーは飲みかけのオレンジジュースをカウンターに残して出口へ向かった。表へ出ると気温がいちだんと下がっており、黄色い街灯にうっすらと霧がかかっていた。ダニーの左手に、アル・シクリティのリムジンが停まっていた。ハザードランプを点灯させている。あの小柄な男がダニーの後を追うようにして出てくると、リムジンの後部座席のドアを開いた。

ダニーは通りを横断した。そしてリムジンを振り返った。道路側に面した運転席のウインドーがすっと下りた。ハンドルを握っているのはスパッドだった。スパッドはダニーにウインクするとウインドーを上げた。

エントランスで動きがあった。アル・シクリティが小娘二人を連れて出てきたのだ。

「運転手はどうした？」ダニーは無線で尋ねた。

「おれが最後に見たときには」とスパッド。「側溝で気を失ってたな。しばらくおネンネしたままだろう。通りの外れで拾ってやろうか？」

「頼む」

ダニーは足を速めると、ふたたび道路を横断した。三〇メートルほど後方でアル・

シクリティと二人の小娘がリムジンに乗っているところが見えた。ダニーは小走りに先を急いだ。二〇秒後、スモーク・ウインドーのリムジンが静かに近づいてきて、ダニーの横で停車した。そのすぐ後ろに黒塗りのタクシーがつけていた。運転手は苛立たしげにクラクションを鳴らすと、たちまち追い越していった。ダニーは後部ドアに歩み寄った。カチッと音がしてドアロックが解除された。ダニーはスーツのポケットから黒の目出し帽を取り出し、すばやくかぶった。

そしてドアを引き開けた。

車内は宴たけなわであった。二人の小娘はアル・シクリティの向かいに腰掛けてネッキングをしていた。舌を突き出して互いの喉元を舐めあう。好色な富豪のためのささやかな実演ショーである。その富豪はシャンペングラスを手にしてリクライニングシートにもたれていた。シャツの前をはだけて胸毛を見せている。ベルトをゆるめ、ズボンのチャックも下ろしていた。

ダニーは車に乗り込むと、アル・シクリティの横に腰掛けた。女たちはネッキングを中断した。あわてて上体を起こしたアル・シクリティはシャンペンをこぼした。三人とも突然の闖入者《ちんにゅうしゃ》に怒りをあらわにした。

そこでダニーが銃を抜いた。

女たちが悲鳴をあげると、ダニーはグロックの銃口を振り向けた。

「おやすみ、お嬢さんたち」ダニーはうなるように言いながら銃でドアを指し示した。言葉で命じられるまでもなかった。二人の女は先を争うようにして車から降りると、ハイヒールの音を響かせながら足早に遠ざかっていった。ダニーはその後姿を見送ると、アル・シクリティの向かいに席を移してドアを閉めた。そして運転席との仕切りを二度叩いた。ドアロックをかける音が聞こえ、リムジンが走り出した。同時に仕切りがするすると下りて、運転席のスパッドがあらわになった。黒の目出し帽をかぶっている。

アル・シクリティは汗をかきだした。シャンペングラスを握りしめている。いまにも握りつぶしそうなくらい力を込めて。

「いくら欲しい？」アル・シクリティは尋ねた。不安のこもったその声はか細かった。「いくらでもいいから言ってくれ、すぐに渡すから。カネならここにある」もう一方の手を上着の方に伸ばした。

「両手は絶えず見えるところに置いておけ」ダニーは命じた。「さもないと死ぬことになるぞ」

アル・シクリティはすくみあがった。

スパッドは運転を続けた。ダニーは一言も口をきかなかった。無言のまま相手の恐怖をあおればそのぶん仕事がやりやすくなる。マーブル・アーチを経由してベイズウォーター方面へ向かう数分のあいだ沈黙を通した。

アル・シクリティがふいに口を開いたが、恐怖のあまり舌がうまく回らない。「お……女は好きかね？　さっきみたいなタイプの女？　それならいくらでも紹介するぞ。あの女たちは何でもやってくれる。何でもオーケーなんだ……」

ダニーが首を振ると、アル・シクリティはふたたび黙り込んだ。

ダニーはポケットから携帯電話を取り出し、録音モードに切り替えた。そして肩越しにスパッドに声をかけた。「あれを寄越《よこ》せ」

スパッドは片手をハンドルから放すと助手席に置いてあった懐中電灯そっくりの黒い物体を持ち上げて手渡した。ダニーは銃をしまって、代わりに懐中電灯そっくりの物体をかまえた。そして前かがみになると、十数センチ離れたところから、その物体をアル・シクリティの顔面に突きつけた。表面のボタンを押す。

突然バチバチと耳ざわりな音が響きわたった。アル・シクリティの顔がまばゆい白色光に照らしだされると同時に、黒いウインドーが稲妻のような電光を映しだした。

ダニーは数秒作動させてから、押さえていたボタンを放した。

「これはテーザーだ」ダニーが言うと、アル・シクリティは息を飲んだ。「高電圧で、ときおり心臓麻痺《まひ》を引き起こす。使い方によっては脳障害だって生じる」ぐっと身を乗り出して脅しつける。「だがいちばんの問題はすごく……すごく……痛いことだ」

アル・シクリティは首を振った。「お願いだ、やめてくれ。何でもあげるから……」正確な英語をしゃべったが、中東系独特のなまりがあった。

「アブ・ライードはどこにいる？」ダニーは尋ねた。

その質問を耳にしたとたんアル・シクリティは黙り込み、顔色を一変させた。いままでの恐怖よりずっと根深い畏れが表情にあらわれていた。こうなると口を割らせるには圧力をかけるしかない。

ダニーはいきなりテーザーをアル・シクリティの左腕に押し付けるとボタンを押した。たちまち全身を引きつらせてアル・シクリティが悲鳴をあげた。バリバリという音とともに電撃が走ったが、衣服に密着させているので電光は見えなかった。

一秒経過。

二秒経過。

三秒経過。

スイッチオフ。

アル・シクリティはぜいぜいと息を弾ませた。涙が頬を流れ落ちたが、目はギュッとつむったままだ。ダニーは回復する時間を与えることにした。バッテリーを節約する必要があるし、意識不明の相手に電撃を加えても無意味だった。一〇秒経過した。標的がようやく目を開けた。ダニーはその面前で電光を走らせた。そのままテーザーを近づけるとアル・シクリティはぶるぶる震えだした。その直後、車内に異臭が立ち込めた。

「クソをちびったのか？」ダニーは尋ねた。

アル・シクリティはうなずいた。

「声に出して言え」ダニーは命じた。「わたしはクソを漏らしましたってな」

「わたしはクソを漏らしました」

「薄汚い野郎だ」ダニーは侮蔑を込めて罵倒した。そしてまた標的の腕にテーザーを押しつけた。

アル・シクリティが二度目の電撃にさらされているとき、車はちょうどノッティング・ヒルを通り過ぎようとしていた。二度目は一度目より長く、悲鳴もやや大きかった。ダニーがテーザーを放しても、アル・シクリティの痙攣《けいれん》はなかなか収まらなかった。電撃の余韻《よいん》が後を引くかのように。ダニーは異臭を無視して相手の方に身を乗り出した。「こちらの知りたいことを教えないのなら」ダニーは言った。目出し帽をかぶっているせいでその声はくぐもって聞こえた。「チンポコに一撃食らわしてやる」テーザーを開けっ放しになったズボンの前に突きつけると、アル・シクリティはあわてて股間を両手で覆った。

「その手をどけろ」ダニーが命じると、アル・シクリティは言われたとおりにした。

「アブ・ライードはおまえのフラットに隠れてた。そいつが姿を消した。いまどこにいる？」

アル・シクリティは目を見開きながら首を振った。「嘘は言いません。本当に知らないのです……」

ダニーはテーザーを相手の股間にぐっと近づけると電撃を放った。わずか二秒だった。それ以上続けると小便を漏らして感電する恐れがあった。実際、その必要もなかった。電撃音が静まると、アル・シクリティは何事かつぶやきだした。一つの単語をささやき声で繰り返す。最初ダニーは聞き取れなかった。発音が不明瞭で、アラビア語かと思ったほどだ。しかし繰り返すうちに、発音が明瞭になってきた。

「イエメン」アル・シクリティは何度も繰り返した。「イエメン……イエメン……」

「イエメンといっても広いからな。もっとちゃんと答えろ」ダニーは宙に向けて電光を放ち、さらなる説明を求めた。

「あの人は昨夜、船でフランスへ発った」アル・シクリティは答えた。「サヌア行きの航空機が待っているからだ。イエメン北部はサヌア政府側の支配地域で、アル・シャバーブの軍事キャンプがある。そこへ逃げ込む手はずに……」

「サヌアからの距離は？」

「知らない。それは教えてくれなかった」ダニーがふたたびテーザーを近づけると、アル・シクリティは金切り声をあげた。「知っていることはそれだけだ……」

その主張に嘘はなさそうだ。ダニーは肩越しにスパッドを振り返った。「そろそろ切り上げよう」

スパッドは右のウインカーを点滅させると幹線道路を離れて暗い脇道へ入り、そこで車を停めた。ダニーはテーザーを下に置き、代わりに携帯電話を持ち上げた。録音を止めて少し巻き戻し、再生する。

「……サヌア行きの航空機が待っているからだ。イエメン北部はサヌア政府側の支配地域で、アル・シャバーブの軍事キャンプが……」

ダニーはさらに巻き戻した。

「わたしはクソを漏らしました」

「薄汚い野郎だ……」

ダニーは一時停止ボタンを押した。「下手に騒ぎ立てたら、この録音が関係者のところに届くことになる。わかったか？」

アル・シクリティはうなずいた。その顔には、恐怖に代わって、抑えがたい憎悪の色が浮かんでいた。

「馬鹿なマネはしないと思うが」ダニーは銃を抜くと、その銃口を相手の頭に突きつけた。「おれたちに話したことをアブ・ライードに漏らしたら、おまえの女房子どもはそろってあの世に行くことになる。家族の死を二週間ほど悼んだら、今度はおまえがその後を追うんだ。おまえはおれの姿に気づきもしないだろう。気づくまえに脳天を撃ちぬかれているからな。わかったな？」

アル・シクリティはおびえた表情でうなずいた。

それ以上言うことはなかった。スパッドがドアロックを解除した。二人は車を降りながら目出し帽をぬいだ。ダニーはスパッドにテーザーを渡した。それをバッグにしまうと二人そろって足早にリムジンを離れ、幹線道路の方へ引き返した。

「あの野郎にとっちゃ命の洗濯どころじゃなかったな」とスパッド。

「どうして夜遅くまでグズグズしてたんだろ？」

スパッドは戸惑いながら腕時計を見た。「まだ午前零時にもなってないぞ」

「アル・シクリティじゃない。アブ・ライードのことだ。どうして朝のうちに高飛びしなかったんだ？」

スパッドは肩をすくめた。「アホだからだろ」

「そんな愚か者が捕まらないのはどういうわけだ？」ダニーは手に持ったままの携帯電話を見つめた。「こいつを聞かせる必要があるな。ねぐらへ戻って連絡を取ろう」

スパッドはうなずいた。二名のＳＡＳ隊員は夜の闇に消えた。

第14章　イエメン潜入作戦

翌朝六時にハマーストーンに集合することになったが、ダニーとスパッドは早めに到着した。そして夜明けの冷え冷えとした空気の中に立ち、ヘッドライトをつけた四台の車列が長い私道をゆっくり近づいてくるのを見ていた。車は砂利を踏みつけながら屋敷の前まで来ると停車したが、ヘッドライトは煌々《こうこう》と光らせたままだ。顔の見えない運転手が外へ出て後部座席のドアを引き開けると、四つの人影が次々に降り立った。こちらも顔は見えなかったが、背格好と歩き方で見分けがついた。いちばん小柄なのはヴィクトリアで、せかせかした足取り。チェンバレンは大柄で、がっしりした体格。ハリソン・マドックスは細身で軽快な足取り。そしてバッキンガム。三人を先に行かせて、ささやかな四人組のしんがりにつけた。吐く息はみな白かった。近づくにつれて顔も見えてきた。四人とも疲労と不安の色が濃かった。

バッキンガムが玄関の鍵を持っていた。玄関が開くと全員そろって無言のまま屋敷の中に入った。闇の中をぞろぞろ歩き、最初のミーティングをした部屋に向かった。バッキンガムが明かりをつけると、ダニーとスパッドを除く全員がまぶしそうに目を細めた。情報部員たちはいずれもオーバーコートを脱ごうともせず、手もポケットに入れたままだった。チェンバレン以外の三人はそろってダニーたちを警戒の目で見ていた。あきらかに前回と異なる態度である。まあ、当然だろうな、とダニーは思った。前回の会合を終えてからダニーとスパッドが何をしてきたか知っているわけだから。もちろんアル・シクリティとのやり取りも耳にしているはずだ。

ヴィクトリアが咳払いをした。「わたしが代表して話しましょう。二人ともよくやってくれたと思います」しかし残りの三人はその意見に同意するそぶりも見せず、ダニーたちを冷たく見つめた。「アブ・ライードが国外へ脱出したのは間違いないわ。次に狙われるのは自分だと思ったんでしょう。これでわが国の安全保障上の脅威は取り除かれました。残虐行為が繰り返されることはないでしょう。少なくとも当面は」

「じゃあ任務完了だな？」スパッドが尋ねた。

四人の情報部員はそろって同じような表情を浮かべた——ユーモアのかけらもない冷たい笑みである。

「まだ終わってはいないわ」ヴィクトリアはまた咳払いすると、マドックスにうなずいてみせた。ＣＩＡの連絡担当も同じようにうなずいた。「脅威の芽を摘み取る必要があるのよ、二度と同じようなことが起きないように」ヴィクトリアはスパッドとダニーを交互に見た。

ダニーも馬鹿ではない、次の展開が読めた。

「ヒューゴー、あなた、イエメン問題の専門家とずっと連絡を取ってたでしょ。サアダ県のことについて説明してくれないかしら」

バッキンガムは前に出た。ハンサムな顔が疲労でだいなしになっている。ダニーと目を合わせようとせず、その場にいる全員に語りかけた。専門家の受け売りながら、いかにも得意げな口ぶりは隠しようがなかった。

「ここはならず者国家です」

「もうちょっと具体的な情報が欲しいんだけど」ヴィクトリアはとりすました口調で言った。

バッキンガムはうなずいた。「われわれ……いや……きみたちがアル・シクリティから聞き出した情報はイエメンの現状に合致する。イエメンはアラビア半島の最貧国で、イスラム過激派の軍事訓練拠点でもある。ずっとアル・カーイダが根城にしてきたのだが、最近、アル・シャバーブの分派がソマリアから海を渡って流れ着き、北部の人里離れた場所に軍事訓練キャンプを設けだした――とりわけサアダ県を中心に。このあたりはシーア派の分派であるザイド派の支配地域だ。アル・カーイダもアル・シャバーブもスンニ派だが、この地域の無法ぶりにつけこんで浸透を図っている。イエメンの中央政府にも手出しはできない――破綻した国家はどこも同じようなものだがね」バッキンガムは咳払いすると、しばらく考えをまとめてから説明を続けた。

「イエメン政府はこうしたキャンプを掃討するためにあらゆる手立てを講じた。サウジはもちろんアメリカにも軍事支援を求めてミサイル攻撃を仕掛けた。ところが逆に大変な苦境に追い込まれた。イスラム過激派は資金が潤沢でね。信仰心に訴えて民兵を募集するだけでなく、ちゃんと給料を支払う。イエメン政府もこれにはお手上げでね。最貧困地域の収入源を断てば、反乱の火の手があがりかねない」

「いかにも中東らしい政治状況だな」チェンバレンが口を挟んだ。

「まったく」とバッキンガム。「イエメンはアラブの近隣諸国よりアフガニスタンと共通する点が多い。部族支配が強く、地元の長老が武装した住民を束ねており、その影響力は中央政府の比ではない。その結果、中央政府のあずかり知らぬうちに、軍事訓練キャンプがぼこぼこ生まれることになる」

「もちろんイエメンにも情報を収集してくれる現地要員がいるわ」ヴィクトリアが説明を付け加えた。「ラングレーの友人たちのようにね」マドックスの方を見やったが、ＣＩＡの連絡担当は口をつぐんだままだ。「現在、問題のキャンプの所在地を突き止めようと探りを入れているところ」

「それなら問題解決だな」スパッドは肩をすくめると、ハリソン・マドックスの顔を見た。「米軍がドローンを飛ばせばいい。ヘルファイア（レーザー誘導式空対地ミサイル）を二、三発ぶち込んだら、きれいに片付く」

また情報部員たちが冷笑を浮かべた。しばらく沈黙が続いた。ダニーは直感した。どうやら別の作戦を考えているらしい。

「重要なのは」チェンバレンが口を開いた。「アブ・ライードを間違いなく仕留めることだ。無差別に空爆を加えたら本人が死体になったかどうか確かめようがない。たとえばアボダバードを壊滅させていたら、ビンラディン本人を殺害したかどうか確認することはできなかっただろう」そう言うと、得意げに笑った。パキスタンの一都市を消滅させることなど何でもないと言わんばかりだ。

「ピアーズが言いたいのは」ハリソン・マドックスがアメリカ英語独特のアクセントで続けた。「アブ・ライード本人であることを確認したうえで抹殺する必要がある、ということだ。訓練キャンプをまるごと消滅させるかどうかはイエメン政府の専決事項であって、われわれとは関係ない」

ダニーはハマーストーン四人組の顔を順番に見た。四人とも冷然たる眼差しをダニーとスパッドに向けている。ダニーは窓辺に歩み寄り、外を見た。四台の車のヘッドライトは消えていたが、空が白みはじめていた。雲が垂れ込めてはいるが。

「最低でも」ダニーは言った。「一六名必要だ。そしてキャンプの正確な位置も」ダニーは振り返った。「だが、本格的な侵攻作戦をやるつもりなら、おれたちをここに引っ張り出したりはしないだろう」

また沈黙が続いた。

「軍事侵攻などもってのほかだ」ようやくバッキンガムが口を開いた。「足跡はできるだけ小さくする必要がある。上からそう指示されている」

ダニーはつかつかと歩み寄った。「ほう？　上って誰だよ？」

バッキンガムは鼻を鳴らしたが、ダニーの顔を見据えたまま一時も目をそらさなかった。「重要人物に決まってるだろ」

ふいにチェンバレンが二人のあいだに割って入った。バッキンガムを睨みつけてから、ダニーを振り返る。「〇八〇〇時にヒースロー集合だ」現役時代に戻ったかのように指令を伝達する。「両名ともだ。詳細はレジメントの担当者から聞け」

「おれたちだけ？」スパッドはつぶやいた。

チェンバレンは曖昧な笑みを浮かべた。「任務の成功を祈っておるよ。われわれは諸君に全幅の信頼を置いている」ほかの情報部員たちを振り返る。「まさに精鋭中の精鋭。きみたちに優る者はおらんだろう」

その評価を真に受けたとしても、ハマーストーンの面々はそぶりにも見せず寒々とした部屋を後にした。屋敷の外に出ると、ダニーとスパッドは四人組が無言のまま運転手付きの車に乗り込み私道をゆっくり遠ざかってゆくのを見送った。

「足跡を小さく？」スパッドは言った。「重要人物？　信じられるか、そんなたわごと？」

ダニーは首を振った。「いいや」

「これがE中隊ってわけか」

たぶん。しかし作戦の全貌を教えてもらえないのは、これが初めてではない。おそらく最後でもないだろう。職業上のリスクというやつだ。命令された以上、軍法会議にかけられたくなければ、その命令に従うしかない。

「さあ行こう」ダニーは言った。二人はディスカバリーに乗り込むと、ハマーストーンを後にした。

〇八〇〇時

ヒースロー空港には誰もが立ち入れる場所とそうでない場所がある。たとえば空港関係者しか立ち入れない場所だ。さらにその空港関係者でさえ立ち入りを制限される場所があった。第二ターミナルの片隅に設けられたプレハブ小屋《ポータキャビン》もそうした特別制限区域の一つである。白のトランシットがポータキャビンのそばに駐車していた。ダニーとスパッドはディスカバリーをその横に停めた。見覚えはあるが名前までは知らないD中隊の兵士が、アサルト・ライフルをたすき掛けにして入口の歩哨《ほしよう》に立っていた。ダニーとスパッドに一礼したものの、その場を動こうとはしなかった。もちろん許可なき者の入室をはばむためだが、もう一つ大きな理由があった。航空機の搭乗者に義務付けられているセキュリティ・チェック、それをかいくぐる作業をこれから始めようというのだ。

ダニーとスパッドはその場に立ち会った。作戦担当将校のレイ・ハモンドも来ていた。作戦担当将校がむっつりした表情で見守る中、二人の隊員がテーブルの上に装備類を並べた。

カービン銃が二丁――HK416である。ダニーとスパッドはそれぞれカービンをバラバラに分解した。金属部品がこすれあわないよう、一つ一つグレイの布で包み、さらにそれを一まとめにする。その部品の束をザ・ノース・フェイス製の丈夫なホールドオール――九〇センチ四方の大型収納袋――に詰め込む。次はSAS制式のシグP266。これまた分解して布に包み収納する。それから銃弾。カービン用の五・五六ミリ弾とハンドガン用の九ミリ弾――それぞれ紙箱にパックしたものを数個。それからカービンに取り付ける伸縮自在のスリング。破砕性手榴弾《フラッグ》が各自に二個。特殊閃光音響手榴弾《フラッシュバン》も同数。クレイモア地雷が一個。これはスパッドが自分のホールドオールに入れた。砂色のヘシアンシートは金網で裏打ちされているので、状況に応じてどんな形状にも折りまげることができるが、いまはきちんと四角に折りたたまれていた。塹壕《ざんごう》掘削用具。銀色の断熱《サーマル》シート――赤外線探知装置に人体の熱を感知されたくないときに使用する。

「どうしてこれを？」ダニーは尋ねた。

「かつてイエメン政府とトラブルになったことがあってな」ハモンドは説明した。「連中は自前の偵察機を持っている。昔のことをいまも根に持って、おまえたちを見つけたら敵に売らないともかぎらない。監視所《OP》を設営することになったら、万一のことを考えて、かならずそれを使え」

ダニーは荷造りを続けた。これから向かう先の詳細な地図は使い込まれてよれよれになっていた。無線機。ＧＰＳ装置。ライカ製夜間偵察用スコープ。暗視ゴーグルが二個。空っぽの装備収納ベスト——現地に着けばふくれあがることになる。衛星電話が各自に一個。コンパス。調理済み携帯糧食《MRE》。米ドル紙幣の薄い束——各自に２０００ドル。信じがたいことに、これだけは受け取りにサインさせられた。精算用の領収書をいちいちもらってこいとでも言うのだろうか。

ホールドオールが一杯になるとジッパーを閉めた。ハモンドから白い袋をもらう。表に外交用郵袋とプリントされていた。その袋にホールドオールを入れてから口ひもを締めて南京錠で封印する。これから先は、この袋をずっと自分のそばに置いておける。

ハモンドからパスポートを手渡された。これまた外交官専用パスポートで、英国からオマーン国境まで申告なしで行ける。「〇九〇〇時発のマスカット（オマーンの首都）行き英国航空《BA》便に搭乗しろ」ハモンドは命じた。「その先のことも知りたいだろ？」

　二人ともうなずいた。

「サウジ－イエメン国境に沿ってサウジ側を飛行することになる。現地でスルタン（オマーン軍）のチヌーク（全天候型双発輸送ヘリコプターCH－47）が待機している」

「そのヘリを飛ばすのは誰ですか？」ダニーは質問した。たとえ命令でも、オマーン軍の未熟なパイロットだけは願い下げだった。国境すれすれに飛んで、イエメン領内にひそかに潜り込めるとは思えないからだ。致命的なヘマをするに決まっている。

「イラクから特殊部隊《SF》のフライト要員を呼んだ」ハモンドは答えた。「午前零時にオマーン－イエメン国境で合流《RV》することになっている。そのヘリがおまえたちをサアダまで運んでくれる」

　ハモンドは別のテーブルに移動した。そのテーブルには関係資料が広げてあった。

「サアダ県の主要都市はハッダだ。人口はおよそ五万。しかしこれは推定値にすぎない。ここ数年紛争が絶えなかったので数千の国内避難民《IDP》がこの一帯に取り残されている。町そのものは標高一八〇〇メートルの高地にある。人けのない場所を選んでおまえたちを降下させるが、そういう場所が見当たらない場合は町に通じる道路を使うことになる。町はフーシー派民兵の支配下にある。こいつらはイエメンからの独立を宣言しており、現在政府と休戦状態にある。タリバン同様の連中で、イランとヒズボラから資金援助を受けている。すぐに銃をぶっ放す凶暴な連中だから、できるだけ近づくな。町に着いたら、ハムザという地元の学校教師とコンタクトを取れ。こいつは米国の飼い犬だ。われわれの知るかぎり、この近辺で英語の話せる唯一の人間でもある」

「そのハムザがキャンプの場所を知っているのですか？」

「そう主張している。いちおうＣＩＡのお墨付きだ。ここ三年正確な情報をアップしており、そのお陰でこの地域に潜伏していたソマリ人テロリストの所在を突き止めることができた。ＳＥＡＬ（米海軍特殊部隊）が派遣されて、このテロリストを仕留めたが、こいつの情報が役立ったと報告があった。ただ、このところ貪欲《どんよく》になっており、アブ・ライード情報に関しては現金で前払いを要求している。その額は五〇〇米ドル――このあたりだとかなりの大金だ。それだけ要求するからには情報に自信があるものと思われる」

「もしくは」スパッドが言った。「アメリカの覚えがいいうちに荒稼ぎする腹か」

「その可能性もある。要は、信用しすぎないことだ。こいつはＣＩＡの犬だが、信心深いイエメン人でもある。じつは、われわれに情報を提供する動機も込み入っているんだ」

なんだ」

「ゼニが欲しいだけじゃないんですか」とスパッド。

「そんな単純なものじゃない。こいつはAQAPと違って、シーア派のイスラム教徒
「AQAP?」ダニーが尋ねた。

「アラビア半島のアル・カーイダの略称だ。アル・カーイダとアル・シャバーブはともにスンニ派だ。スンニ派とシーア派はイスラム教の二大勢力だが、政治的に対立している。おまえたちはこれからシーア派の支配地域へ向かうんだ。北部の住人の大多数はシーア派地域でのAQAPとアル・シャバーブの活動を好ましく思っていない。だから喜んでその足を引っ張ろうとするんだ」

ハモンドは航空地図に注意を向けた。高地のてっぺんに広がる市街地を指で示す──ハッダである。そこから地図を東へたどると、急峻《きゅうしゅん》な斜面があり、そのふもとに平坦な砂漠地帯があった。「問題のキャンプはこのあたりに設けられている可能性が高い」ハモンドは言った。「野蛮で危険なところだ──遊牧民《ベドウィン》と山賊くらいしかいない。悪路だから、ほとんど誰も行かない。あえて行こうとする者もおらんがな」

「そいつは楽しみだ」スパッドがつぶやいた。

ハモンドはそれぞれに腕章を渡した。水色の布地に国連《UN》の二文字が白抜きされている。「おまえたちは国連の医療チームのメンバーということになっている。当該地区

に医療支援の必要な西欧人がおり、その救援に来たというふれこみだ。間違ってもこの腕章を現地に置いてくるんじゃないぞ。国連に知れたら大騒ぎになるからな」そして首を振った。「まさに狂気の沙汰だ。二名だけで行かせるなんて。連隊長《CO》が特殊部隊指揮官に掛け合ったが、レンガの壁を叩くようなものだった。まさに……」

　ダニーにはすぐにわかった。ハモンドは「自殺行為」と言いかけて言葉を濁《にご》したのだ。

「ＣＩＡはこのハムザという男をとても大切にしている」ハモンドは説明を続けた。「だから危害を加えたりするな。どこに住んでいるかわからんが、ハッダの中央モスクの外で落ち合うことになっている。明日の早朝、礼拝を呼びかけるアザーンが始まってからな――時刻はおそらく午前五時を過ぎた頃だろう。情報を聞きだせるかどうかはおまえたちの腕次第だ」ハモンドは陰鬱な表情を浮かべた。「アブ・ライードの居所を見つけたらただちに殺害しろ。そして死亡を確認したらすぐに連絡しろ――キャンプを脱出するまえに。おまえたちには申し訳ないが、この点についてロンドンからうるさく言ってきている。おまえたちの身に何かあった場合、クソ野郎の死が確認できなくなるからな」

「おれたちの身の安全を第一に考えてくれるなんて嬉しいね」とスパッド。

　ハモンドは外交用郵袋を指差した。「無線機にＧＰＳ発信機を装着しておけ。おまえたちの動きをリアルタイムで追跡できるように。おまえたちの救難信号を受信したら数時間以内にアデン湾から侵入して事後処理にあたる。万事計画どおりに行った場合は、安全な場所を見つけて待機しろ。ただちに迎えのヘリを送る」ハモンドは腕時計に目をやった。「そろそろ搭乗時間だぞ」

ハモンドがそう告げたとき、ダニーのポケットの中で私用の携帯電話が振動しはじめた。取り出して番号をチェックすると非通知になっている。そのまま切ろうとしたとき、作戦担当将校からじろりと睨まれた——私用の電話に出ている場合じゃないだろ、とばかりに。反発を覚えたダニーは思わず応答した。

「もしもし」

間があった。

「やっと出る気になったか？」

ダニーはたちまち身をこわばらせた。そしてポータキャビンから飛び出すと歩哨のわきをすり抜けて滑走路のはずれに立った。離陸した旅客機が轟音《ごうおん》をあげながら頭上を通り過ぎてゆく。エアリンガス（アイルランド国営航空）の緑色の尾翼がチラッと見えた。

「何の用だ、カイル？」ダニーは轟音に負けないよう声を張りあげた。

鼻をすする音に続いて激しく咳き込む声が聞こえた。いまにも何かを吐き出しそうな勢いだった。

「カイル？」

「水曜日におめえのスケに会ったぜ」

今度はダニーが黙り込む番だった。クララへの思いを断ち切るためにあれほど努力してきたのに、そのクララがすぐ横に立っているような錯覚にとらわれた。

「彼女に近寄るんじゃない」ダニーは言った。「いいか、カイル、もし指一本でも彼女にふれたら……」

「まあ、落ち着けって、何もしちゃいねえよ、たまたま出くわしただけだ」歩哨が睨みつけてきたので、ダニーも文句あるかとばかりに睨み返した。カイルはふたたび呟き込んだ。そして口調が一変した。「じつはトラブッてんだ」深刻そうな口ぶり。「あのポーランド野郎どもにしつこくつきまとわれてよ。困ってる」

「どれくらい困ってるんだ？」

「五千《ファイブ・ラージ》」

「ふざけるな、カイル」ダニーは押し殺した声で言った。

「一度ぶちのめされてよ、歯が何本か折れちまった。鼻も折れてるかもしれねえ」カイルはまた呟き込んだ。「だから助けが必要なんだ……」

またもや轟音をとどろかせながら旅客機が飛び去った。「いま何て言った？」

「助けが必要だと言ったんだ。これ以上ボコられたくねえからよ！」

ダニーは携帯電話を投げ捨てたくなった。カイルが泣きついてくるのはいつものことで、そのたびに嫌な思いをさせられる。せびられるままカネを渡したところで、自分のものになったとたん無駄遣いするのは目に見えていた。ダニーは滑走路のはずれを行ったり来たりした。スパッドがポータキャビンの戸口に現れ、こちらをじっと見ていたが、無視した。ダニーは一瞬ためらいを覚えた。ヘリフォードのちっぽけな自宅で不自由な身体にもかかわらず一人暮らしをしている父親のことを思い出したのだ。父親はダニーの顔を見るたびに兄貴の力になってやれと言う。もしこの場にいたら、いつもと同じように兄貴をかばうだろう。しかし当のカイルは、酔っ払ったり、クスリでハイになったあげく、その父親に乱暴を働いて、結局は刑務所に放り込まれるのだ。いつもその繰り返しだ。何度も裏切られると、同情などこれっぽっちも感じなくなる。

「おれを当てにするな、カイル。自分でまいた種は自分で刈り取れ」

沈黙。

「てめえは血も涙もねえクズ野郎だ、ダニー。いつもそうだったし、これからもそうだろう」

ダニーは電話を切ろうとしたが、そのまえに一言付け加えた。「クララに近づくんじゃないぞ、カイル。もし言うことを聞かなかったら、ポーランド野郎の方がずっと